# El Diana D

## Testimonio de historia real

# El Diana D

## Testimonio de historia real

Meysbol Torres

Primera edición: 2021

© Derechos de edición reservados.
Letrame Editorial.
www.Letrame.com
info@Letrame.com

© Meysbol Torres

Diseño de edición: Letrame Editorial.
Maquetación: Juan Muñoz
Diseño de portada: Rubén García
Supervisión de corrección: Ana Castañeda

ISBN: 978-84-1114-297-7

DEPÓSITO LEGAL: AL 3391-2021

IMPRESO EN ESPAÑA – UNIÓN EUROPEA

A Cecilia Araya Vargas

«La libertad, Sancho, es uno de los más preciosos dones
que a los hombres dieron los cielos; con ella no pueden
igualarse los tesoros que encierran la tierra y el mar: por la libertad, así como por la honra, se puede y debe aventurar la vida»

**Miguel de Cervantes Saavedra**
**Don Quijote de la Mancha**

# El Diana D

Historia basada en hechos reales.

El nombre del protagonista de la historia que cuenta este libro es real y se mantiene con el propósito de intentar buscar respuestas de su desaparición, algunos nombres de personajes reales fueros cambiados, otros personajes son producto de la invención de la autora en la necesidad de intentar construir una serie de posibles y supuestos hechos.

La desaparición del barco Diana D es un hecho verdadero, los sucesos en este libro contados algunos se apegan fielmente a la realidad narrada por alguno de sus personajes, otros son ficción y creatividad de la autora. En esta novela histórica la ficción y la realidad se dan la mano.

# Agradecimientos

Escribir esta novela me ha supuesto años de trabajo y cansancio.

Gracias a mi esposo, Carlos, y a mis hijos, Manfred, Stacy y Camila por el amor, la paciencia y compañía durante mis noches de desvelo. A mi madre, Geovannya, gracias por tanto.

No puedo dejar de mencionar y agradecer profundamente a mi lector y corrector, Andrey Elizondo Solano, no podría pagar tanta entrega, entusiasmo y motivación.

A mi club de lectura en Tilarán, gracias por su apoyo incondicional.

A toda la familia Araya Vargas, tocada directa y fuertemente por esta novela y la tragedia que la motivó. Espero que mi novela sea un bálsamo sanador en muchos corazones cicatrizados.

## El Diana D

### Desaparecido:
### FABIO ARAYA VARGAS
### Costarricense

Puedo yo, vagamente, pensar en la sencillez del más aterrador atrevimiento, el de quedarme aquí, en este sucio baúl. Escondido como cualquier vieja rata de este exánime barco. Simplemente osar hacer silencio, cerrar los ojos y pensar que estoy en casa; en mi país y con mi gente. Puedo y debo aferrarme a mis recuerdos: la finca donde crecí, mis hermanos, mis padres, mis hijas… debo ser ingenioso, más que ellos, voy a aguardar inteligentemente, esa es mi obligación: hacer silencio y rezar.

**Parientes de ticos desaparecidos hace 29 años acuden a la CIDH**

Procuran que Nicaragua y Costa Rica brinden explicaciones

«Desde el momento en que se perdió, el dolor y el sufrimiento no me dieron chance de rehacer mi vida, porque es terrible ver salir a una persona de la casa y no verla de nuevo. Es terrible que uno no sepa si está viva o muerta porque no la veló ni la enterró, aunque hubiera sido en pedazos... Yo tenía siete años de casada cuando mi esposo se perdió…

… Se trata de Fabio Araya Vargas, uno de los siete costarricenses que viajaban en el barco Diana D, que desapareció en aguas del Pacífico el 20 de enero de 1984.

El navío, que medía 91 metros, salió el 19 enero de 1984 del Puerto San José, en Guatemala, hacia el puerto Caldera, en Puntarenas, pero nunca llegó…».

Por Carlos Arguedas C.
Periódico *La Nación, Costa Rica*
Actualizado el 11 de marzo 2013, 12 a.m.

# I
# EL RAPTO
# 1984

«El Diana D, una de las embarcaciones más grandes que se ha perdido, cuyo rastro dejó dudas no aclaradas jamás, simplemente se esfumó en el Pacífico, con una tripulación de 25 personas a bordo, siete de ellas costarricenses. Los familiares viven una inmensa incertidumbre de lo que pudo haber ocurrido con sus seres queridos, otros han encontrado un poco de paz tras encontrar hipótesis que a estas alturas dan por ciertas...».

**Por Yury Lorena Jiménez.**
*Revista Dominical/ Drama,* **Periódico** *La Nación,* **Costa Rica Tomado el 20 de junio de 2019**

**\*\*\***

**Nicaragua celebra sus elecciones generales electorales en 1984 y 1990**
Puerto Sandino, Nicaragua
Lunes 24 de enero de 1984

La noche antes de partir, soñé que regresaba a mi hogar. A la casa de mis padres y que tenía solo quince años, desperté en un antiguo corral al lado de un caballo blanco, no muy lejos escuchaba la voz de mi madre, que discutía con alguno de mis hermanos, yo trataba de visualizar la escena, pero no podía recordar el rostro de mi angustiada madre, estaba seguro de que estaba soñando. El manso caballo blanco se tornó cada vez más oscuro, un violento corcel negro, con mirada despiadada y apetito voraz por desaparecerme a patadas. Yo quise avisar a mi madre del peligro, pero cuanto más fuerte abría mi boca, más sangre salía de ella. Mi sueño se volvió una oscura pesadilla, una muy roja, más roja que negra, una que comprendí me avisaba del arribo de la peor de mis realidades.

En este recogimiento voluntario, oculto de posibles verdugos desalmados, ya no puedo dar seguridad de mi vida, de mis sueños o de mis realidades. Cuánto quisiera sospechar fugazmente que esto que vivo no es más que otra pesadilla y no el súbito inicio de la realidad más auténtica y caótica de mi paso por este arbitrario mundo.

Puedo yo, vagamente, pensar en la sencillez del más aterrador atrevimiento, el de quedarme aquí, en este sucio baúl. Escondido como cualquier vieja rata de este exánime barco. Simplemente osar hacer silencio, cerrar los ojos y pensar que estoy en casa; en mi país y con mi gente. Puedo y debo aferrarme a mis recuerdos: la finca donde crecí, mis hermanos, mis padres, mis hijas… debo ser ingenioso, más que ellos, voy a aguardar inteligentemente, esa es mi obligación: hacer silencio y rezar.

—Revisen todo, no quiero errores —es la voz de un hombre adulto, una voz ronca y calma, pero a la vez espeluznante, el miedo no me deja pensar, los latidos del corazón no me permiten respirar. «Mi nombre es Fabio Araya Vargas, soy costarricense, tengo familia y soy inocente», solo eso repito en mi mente, eso es lo que debo decir si me encuentran, si me capturan.

Escucho sus pasos, se está acercando, creo que ya sintió mi presencia. «Dios mío, ¡ayúdame!, ¡protégeme! Señor, perdona mis pecados, sé que son muchos, pero yo creo en ti y recibo tu perdón, por favor, mi Dios, escúchame, no quiero morir aún, mis hijas me necesitan y tendré un bebé, ayúdame Dios, protégeme, no quiero morir, tengo mucho miedo».

Mi corazón no resiste más, tengo ganas de vomitar, me duele el vientre y me tiembla el cuerpo. Hace un rato, mientras buscaba dónde esconderme, pude ver como amarraban a mis compañeros, vi como golpearon al capitán, su sangre, pude olerla, no quiero que me lleven. «Dios mío, ¿qué hago?». «Quizás si me hago el muerto, solamente me tiren al mar. ¿A quién engaño? no me salvaré».

—Sargento, por aquí, en este baúl hay un niño escondido —gritó un militar.

Oh, no, escucho sus súplicas, su llanto, es Daniel, solo tiene quince años. Escucho pasos apresurados, son muchos hombres, no puedo defenderlo, mis lágrimas queman mis ojos, pero sé que de nada me servirá llorar, los gritos de Daniel me desgarran el alma, a su corta edad tuvo que salir a trabajar, es nuestro niño y nuestro deber protegerlo. Creo que estoy a punto de desmayarme, estoy mareado y me cuesta respirar. Las arcadas aumentan, no puedo protegerme yo y tampoco a Daniel, no resistiré mucho tiempo más escondido, esto no puede ser real. ¿Por qué nos capturan? ¿Qué hicimos mal?

En este turbador momento, escuchando los gritos de Daniel, no dejo de recordar las súplicas de su madre en Guatemala, cuando nos lo encomendó. Prometimos cuidarlo y hasta enseñarle a ser hombre, qué inocentes fuimos y... ¿Por qué nos detuvimos? Yo... yo debí montarme en mi camión e irme por tierra, mi madre me lo pidió, no le gustaban los barcos y mi esposa, ella también me lo aconsejó la última vez que hablamos por teléfono, qué tonto fui.

Los gritos de Daniel cesaron, no sé si ya lo mataron, se lo llevaron o solo lo amordazaron, los pasos continúan, llevan el ritmo de mi corazón. Puedo sentir un olor a perfume, perfume de hombre, no sé por qué, pero, por un momento, recordé a mi padre, eso me calma un poco. Mis temblores y latidos cesan con el silencio y el recuerdo de mi padre Leónidas, él era muy paciente y en este momento me aconsejaría estar tranquilo, él me enseñó que un hombre de verdad trabaja duro para llevar comida a su casa; a buscar soluciones, pero en esta situación, capturados en alta mar, aquí no hay solución, eso yo lo sé.

Continúo escuchando pasos y voces, son hombres, los mismos que vi golpeando al capitán, estoy seguro de eso porque nunca olvidaré sus voces ni sus risas. A uno pude verle unos dientes forrados en lata, ese fue quien dio la última patada al capitán antes de que el pobre quedara inconsciente o quizás hasta muerto, el barco sigue detenido y yo no puedo evitar mis sacudidas involuntarias, el miedo supera mis fuerzas.

—No, por favor, no me golpeen —escucho gritar nuevamente a Daniel.

—¡Calláte, cipote!

—Por favor, mamá… mamá. —Sus llantos ya no lo dejan hablar, escucho golpes, parecen latigazos, no puedo soportarlo. «Debo salir. No, no puedo, debo pensar en mi familia, me necesita».

—Apuráte hijo de perra. ¿No podés con un chavalillo? idiota, ¿necesitás ayuda también para eso? Dame al niño chillón a mí y te enseño. —Otro hombre, otro militar habla, escucho los gritos de Daniel más lejos cada vez.

Un poco de silencio, gracias al cielo, un poco de calma para poder pensar, debo intentar huir, pero no sé cómo, voy a esperar la noche, eso haré, la oscuridad será mi aliada, buscaré ayuda. Los escuché hablar de prender fuego al barco, yo no le temo al mar ni al fuego, mi temor más grande es por los hombres que nos han capturado sin motivo alguno.

Creo que puede haber pasado una hora, percibo cerca de mí a dos hombres, dos voces diferentes y les escucho hablar:

—El Frente ganará las elecciones, estoy seguro de que ganaremos y por turqueada —dijo uno de ellos.

—Obvio que Daniel Ortega vencerá las elecciones —dijo el otro—. Tendremos la victoria en esta lucha, esa ya la ganamos —lo escucho reír y estoy seguro de que es el de los dientes de lata.

—Claro que sí, ganará e igual nos llevará puta Jerónimo, esta carajada va de mal en peor y vos sabés que muchos moriremos —respondió el otro—. La Dirección Nacional seguirá en su fiesta y el pueblo pone los muertos.

Sargento y teniente hablaban, Jerónimo y José, este último un poco más ubicado y portador de algunos cargos de consciencia ocasionales, especialmente después de torturar y matar enemigos del Frente. José ya había perdido la cuenta de sus asesinatos a contrarrevolucionarios.

Fabio, por su parte, seguía metido en el baúl, escondido y asustado, era solo cuestión de tiempo que lo descubrieran. Oriundo de la provincia de Guanacaste, en Costa Rica, de clima cálido y gente humilde, sus padres; agricultor y ama de casa de profesión, de raíces sencillas y honestas. Fabio, el más buenmozo de sus hermanos, a sus treinta y tres años, se ganaba la vida como camionero, un hombre entregado a su trabajo, caracterizado y muy conocido por su entrega y honradez, padre y esposo abnegado, hijo ejemplar. Se embarcó, como siempre, para trabajar, se subió al Diana D, sin siquiera sospechar, sin imaginar que una pesadilla de esa magnitud se acercaba a su sueño calmo y sincero, padre de dos hermosas niñas en Costa Rica y hacía pocos días se había enterado de que su tercer hijo nacería en Guatemala.

Fabio hizo este último viaje laboral con el fin de despedirse de Rosa en Guatemala, jamás imaginó que ya estaba embarazada de él. Fabio quería decirle la verdad a su amada esposa Doris, fue sincero con Rosa y no pensaba abandonar a su hijo, pero iba a hacer las cosas bien, llegando a Cañas, en Guanacaste, hablaría con su compañera de vida y le pediría su perdón, ella era muy comprensiva y él confiaba en que superarían esa prueba, ella lo perdonaría y él prometería hacerla muy feliz.

Fabio no quería seguir viajando, en su juventud cometió muchos errores, pero ya era hora de hacer las cosas bien y Doris era su puerto más esperado y su motivo de devolverse esperanzado y sonriente después de cada viaje. Él tenía todo planeado, diseñó y elaboró un plan de regreso y de reconstrucción de su vida, un viaje más, igual que todos, con puerto, fecha y hora de regreso, eso creyó.

En su amada esposa pensaba cuando, por fin, fue capturado. Los miembros de la guerrilla que tomaban aquel navío, lo saqueaban por completo, no solo se llevaban a sus tripulantes, sino que también sus pertenencias, cualquier objeto de valor y por supuesto todos los contenedores y el cargamento. Eran millones de dólares en ganancias sin mucho esfuerzo, como los más expertos piratas, pero vestidos como militares y en las calmas aguas del cálido Pacifico.

Así de fácil, como animal capturado y resignado a ser devorado por su captor, después de algunas horas de terror en su encierro, Fabio estaba a punto de ser liberado de su baúl provisional y lanzado a la peor parte de su vida. Fue Jerónimo, el valiente sargento, quien lo encontró, ese fue el militar con el corazón más frío que conocería Fabio, él fue quien se encargó del joven Daniel y ahora de Fabio, del tico que aterrado esperaba su destino en el fondo de un mugriento baúl.

Fabio, al escuchar que abrían su baúl, optó por hacerse el muerto o el desmayado al menos, lo cual no funcionó por mucho tiempo. Cuando lo encontró, Jerónimo soltó una carcajada, era su premio mayor, el último tripulante, él sospechaba cuánto terror ya habría sentido ese hombrecito, escondido en un sucio baúl disfrazado de arcón.

—Te creés muy inteligente —afirmó sonriente.

Como si no pesara nada, lo levantó como un trapo y lo dejó caer en el suelo húmedo del barco y con la primera patada Jerónimo sintió un gran alivio, era la primera vez en mucho tiempo que podría golpear a un chele, así llamaba él a los hombres rubios.

—Mi nombre es Fabio Araya, soy costarricense, tengo familia y soy inocente —logró soltar Fabio, justo antes de la próxima patada, esta vez en la cabeza.

—Cuatro razones más me has dado para torturarte, chele: —hablás cuando no te lo he permitido, sos tico, te creés inteligente y, de paso, inocente. —Las carcajadas de Jerónimo se escucharon en toda la embarcación.

—José, corré, veníte para acá —gritó el sargento.

—Sí —respondió escasamente José.

—¡Ayudáme! Lo quiero desnudo y atado a aquel poste, el de hierro, hoy pasaremos la noche en este barco. —El sargento giró en su mismo eje contemplando su nuevo triunfo en aquel navío—. ¿A quién se le ocurre llamar a un barco Diana D? —se cuestionó—. ¡Apuráte teniente! Esta noche se quedan acá: el polizonte del baúl, el chavalo y el capitán, este día fue muy cansado y debemos divertirnos un poco.

José siguió las órdenes del sargento, él era teniente desde hacía muy poco tiempo, entró a la guerra a la fuerza, por un asunto familiar y hacía seis años ya que no veía a sus hijos, uno de ellos ya tendría quince años, un hijo que había sido engendrado en un campo de entrenamiento militar. José siempre estuvo dispuesto a entregar su vida y hasta la de su familia por la causa, «pueblo libre o morir», su consigna de vida. La muerte, tarde o temprano llegaría, jugaba con ella, la respiraba desde niño y nunca le tuvo miedo.

A Fabio lo amarraron junto a Daniel, quien seguía llorando, pero en silencio, él y el capitán ya se encontraban desnudos y amarrados, tenían marcas de cintos en su rostro y espalda, a Fabio solo lo patearon un poco, hasta ese momento y esa fue la primera vez que el chele deseó morir rápido, sintió impotencia por no poder defender a Daniel, por no poder golpear a esos hijueputas que los capturaban y golpeaban armas en mano.

Después de algunas horas, mucho descanso y silencio, todo estaba en aparente calma, la noche caía y el frío no se hacía esperar, los tres tripulantes del Diana D no habían tenido tiempo de pensar qué habría sido de sus demás compañeros, sus dientes ya titiritaban por la baja temperatura a la que eran expuestos.

Estaban despiertos, atentos, pero con sus ojos ya cerrados. Al cabo de un rato de paz y sin tener tiempo de prepararse, sin escuchar pasos o voces, solo sintieron una fría bolsa plástica cubriendo sus cabezas, siendo apretada casi a punto de asfixiarlos, el juego comenzaba.

Fabio volvió a la realidad, respiró un poco, no podía ver nada, pensó en su esposa y en su madre, recordó las oraciones de su hermana Cecilia, se sintió fuerte por un instante y se dispuso a morir.

—¿Querés morir? Pues no te lo permitiré, hoy no será el día de tu muerte, chele.

Fabio conoció la voz, era el tal Jerónimo, solo tuvo dos segundos para descubrirlo antes de ser levantado a la fuerza, fue desatado del poste, pero sus manos seguían ligadas, estaba desnudo y muy golpeado, podía oler el alcohol en la sangre de sus raptores, lo llevaron más cerca del borde del barco, podía escuchar el mar de cerca y olerlo también, la brisa marina recorría su cuerpo en grandes escalofríos de terror nocturno.

No supo en qué momento ni cómo lo colgaron de sus brazos, estaba suspendido, pero no sabía de dónde era sujetado, comenzaron los gritos de Daniel y la diversión de sus captores, el horroroso juego de terror se centró en el niño.

—¿Querés a tu mamá? Tomá, cipote, dale un besito. —Se escuchaban unas cuatro o cinco voces y las carcajadas de regocijo grupal eran más repulsivas que espeluznantes, Fabio solo se retorcía intentando vanamente soltarse.

—Nooooooo, por favor, nooooooooo, ayuda, ayuda, ayúdenme, por favor, yo no he hecho nada malo, por favor, no quiero morir, mamá —gritaba Daniel, clamores que su madre jamás escucharía, ya nadie podría ayudarlo.

Fabio pudo escuchar cómo golpearon a Daniel, cómo disfrutaban de su sufrimiento. Ciertamente, hubo un momento donde pasó por su mente la posibilidad de que lo estuviesen violando, pero no, no quiso dar cabida a tal pensamiento, ya no podía sentir más miedo.

Se escucharon muchos gritos, chillidos, lamentos y también muchas risas, los oficiales del Ejército Popular Sandinista disfrutaban con el dolor de los tripulantes del Diana D, ellos los llamaban «miembros de la contrarrevolución», Fabio aún no entendía por qué.

Después de un rato de silencio, Fabio solamente escuchó un par de pasos, una voz más tranquila, pero ya conocida, le dijo:

—Hey, vos, tiquillo. —Fabio levantó su cabeza aún envuelta en la bolsa plástica, sabía que había llegado su hora.

—No digás nada. ¿Oíste, tico de mierda?

José soltó el nudo de la bolsa y Fabio volvió a respirar holgadamente, primero una gran bocanada de aire salado y, poco a poco, reguló su respiración, su corazón latía a ritmo acelerado, sus ojos celestes miraron la cara del teniente suplicando piedad, revisó su mano y tocó una pequeña tira roja que llevaba atada como pulsera y sintió alivio.

—¡Vení, seguíme! —José tiró en el suelo la ropa de Fabio.

—Gracias —replicó el tico muy desconcertado.

—No agradezcás nada, malparido, apuráte —dijo suavemente José mirando hacia el mar.

El teniente esperó a que Fabio se vistiera y lo dirigió en silencio hacia otra embarcación, una mucho más pequeña, cuando puso el primer pie en aquel bote, Fabio supo que no volvería, que el inicio de su final solamente comenzaba, sintió mucha tristeza más por lo que dejaba y no volvería a ver que por su miedo a dejar este mundo.

—Si sos realmente inteligente, te declararás culpable. —Solo eso escuchó Fabio antes de que le vendaran los ojos, no sin antes observar que en una de las tablas del bote en donde iban decía «Corinto».

Llegaron a la orilla, era ya de noche, quizás de madrugada, Fabio caminaba despacio, con sus ojos vendados y jalado por la cuerda de sus manos, podía sentir cómo majaba muchas conchas al caminar y escuchaba el sonido de las calmas olas cuando arrastraban esas mismas conchas junto a la arena. Poco a poco se alejaba del mar, de las conchas y del agua, pudo imaginar esas conchas blancas convirtiéndose con cada pisada en tristes conchas grises y negras, opacándose. Poco a poco se adentraba en tierra firme, en la vegetación, el aire era distinto, más caliente, más inestable, así lo sintió Fabio en su incertidumbre.

—Aquí es, debés hacer mucho silencio, ya todos están borrachos hasta la verga —le susurró el teniente, mientras quitaba la venda de sus ojos.

La escena fue inequívocamente desgarradora, Daniel estaba tendido en el suelo, aún desnudo, golpeado y masacrado. Las ganas de vomitar no se hicieron esperar, olía a alcohol, a sangre y a desgracia. En una esquina yacía ahorcado el capitán o, por lo menos, el difunto llevaba su uniforme, su lengua fuera fue lo único que logró ver antes de desvanecerse en un socolloneo de vértigo y casi caer al suelo, un poco antes de notar que por todo el piso de tierra de esas cuatro paredes había sangre, brutalidad inhumana en su máxima representación.

Fabio no pidió permiso para tirarse encima de Daniel y llorar, llorar como un niño y José se lo permitió por unos minutos, solo unos cuantos antes de reformulárselo y patearlo.

Probablemente, el motivo de permitirle al chele ayudar al muchacho era el recuerdo de su hijo de la misma edad. José ansiaba regresar a casa, en secreto, pero sabía que, después de la guerra, las cosas ya no serían las mismas. Él nunca sería un hombre de hogar, no conocía otro oficio, su hombría tampoco le permitiría desertar, deseaba que su familia estuviera bien, pero no se animaba ya ni siquiera a visitarla.

—Te traje aquí para que viva el niño, vos y él se quedarán en esta isla, no hagás estupideces, vos ya estás muerto. —Por un segundo, Fabio se preguntó el motivo real de esa ayuda brindada.

Con estas últimas palabras cerró la puerta y se marchó, dejando a Fabio en esa cárcel improvisada, con el cadáver del quizás capitán del Diana D, el mexicano, la verdad, no lo reconocía, no quería mirarlo, no quiso cerciorarse de quién era en realidad y fijó su atención y fuerzas en el cuerpo ya casi sin vida del más joven, su amigo guatemalteco Daniel. Esa noche fue la primera de muchas en ese encierro de corriente sandinista, una remota casucha usada como cárcel.

Al despertar, Fabio se encontró en el suelo, ya no había nadie, solamente él, unas cuantas ratas y las cucarachas que nadaban aún en algunos charcos de sangre, no podía creer que hubiera despertado y continuara allí, «esto no podía ser realidad, y Daniel, ¿qué pasó con el pobre Daniel?», sus mareos eran cada vez peores y solamente se echó a descansar, no sin antes mirar al lado una vieja mesa de madera y encima de los charcos de sangre algunos baúles y cajas aún con el nombre Diana D. Supo que no había vuelta atrás.

# II
# EL JUICIO
# 1984

«En uno de aquellos días manifesté a mis amigos que si en Nicaragua hubiera cien hombres que la amaran tanto como yo, nuestra nación restauraría su soberanía absoluta. Mis amigos me contestaron que posiblemente habría en Nicaragua ese número de hombres, o más…

… Nuestro ejército es el más disciplinado, abnegado y desinteresado en todo el mundo terrestre, porque tiene conciencia de su alto papel histórico».

**Augusto César Sandino**
**Patriota y revolucionario nicaragüense.**

\*\*\*

Después del rapto y la toma del Diana D, los veinticinco tripulantes, incluyendo a Daniel, fueron torturados, salvajemente masacrados, presos y uno que otro, con un poco más de suerte, muerto. Los aún sobrevivientes esperaban a ser juzgados y encarcelados, todos en distintos centros penales, unos más seguros que otros, era mejor mantenerlos separados y evitar sabotajes.

Fabio no podía entender el hecho de ser juzgado por delitos de sabotaje, atentado y posesión de armas, un tribunal militar que a simple vista y, a pesar de tener la legalidad necesaria, carecía de garantías para los acusados y de los más mínimos elementos necesarios en un estado de derecho, simplemente los hallaría culpables; y esperando lo peor, ser separados, enviados a distintas cárceles, perdiendo la esperanza de volver a ver a sus familias, resistir tal sufrimiento, no saber si los demás tripulantes del barco aún vivían, los trabajos forzados, las torturas... era mucho para él y todo por un cargamento de frijoles, eso era lo que cargaba su tráiler, frijoles, no armas.

Las audiencias eran realmente populares en Nicaragua, durante y después de la guerra, los tribunales eran especiales y condenaban en masa por los delitos de asesinato atroz, sabotajes, asociación para delinquir, violación al derecho internacional, posesión de armas para la contra y muchas otras acusaciones. Los tripulantes del Diana D no tuvieron abogado, en el juicio no les preguntaron nada y nadie presentó pruebas, para el tribunal no fueron necesarias. Los interrogatorios fueron aterradores e injustos, para ellos que no tenían información alguna que soltarles.

Las sentencias estaban listas y solo se las comunicaban verbalmente, uno a uno. Fabio escuchó sentencias de más de cien años de prisión, a él particularmente no le leyeron su sentencia, días después y aún sin conocerla, fue obligado a firmarla y aceptarla. Todo pasó en un abrir y cerrar de ojos, a toda vista era increíble lo que sucedía en las vidas de los tripulantes, ahora desaparecidos, del Diana D.

Al poco tiempo, Fabio comenzó trabajos forzados en la isla, sin derecho de hablar con nadie, recibiendo poca comida y muchas golpizas. Comenzó a ver comportamientos extraños y a enterarse de algunas verdades sobre armas y drogas, pero siempre prefirió mantenerse al margen y en silencio. Esperaba ser vendido como esclavo en alguna embarcación de las que llegaban a cargar o descargar mercaderías sospechosas a los puertos en los que ellos realizaban trabajos forzados, inequívocamente como simples e indefensos esclavos.

Escuchó decir que, al niño, al inocente Daniel lo llevarían a La Granja, Fabio no quería separarse de él, le recordaba quién era. No lo podía proteger, pero le ayudaba en los trabajos forzados que hacían en esa isla, Daniel estaba encerrado al lado de él, algunas veces, Fabio le daba su ración de agua por uno de los huecos del encierro de madera, en una casucha vieja. Daniel era solo un crío y entendía mucho menos que Fabio lo que les estaba pasando.

En ese entonces, el compañero de cuarto de Daniel era Miguel, otro ángel que cuidaba al pequeño desafortunado. Daniel y Miguel hicieron una buena yunta, la vida era menos difícil teniendo con quién compartir recuerdos y soñar. La idea de separarse de Daniel era odiada por todos en aquel lugar, era inevitable no guardar cariño por un niño tan amable y servicial; tan callado y agradecido; tan maltratado por la vida.

Una que otra vez hablaron sobre poder escapar y buscar a la familia del otro si lo lograban, pero las posibilidades eran escasas, sus conversaciones eran cortas, pero muy reconfortantes. Sus vidas estaban cambiando y sabían que con la reciente llegada de colombianos al lugar, pronto serían separados.

—Hermano, Daniel pasó con calentura, por la noche llamaba a su mamá —le comentaba Miguel a Fabio mientras comenzaban su jornada.

—Aún no se termina de recuperar, si no fuera por los cuidados de la cocinera, ¿qué sería del chiquillo?

—¿María? —replicó Miguel agitado por el peso que llevaba en su espalda.

—La misma, he visto cómo se miran ustedes dos. —Fabio miró a ambos lados sonriendo—. Ten cuidado, hermano.

—Sabés que mi familia me espera y tengo mujer, yo pronto cumpliré mi condena —Miguel vio a otros prisioneros acercarse—. Después hablamos, hermanito, pero nada que ver, yo con María nada.

—Decime cómo ayudar al chavalo —Fabio quiso volver la conversación a la situación de Daniel.

—Le ha costado mucho recuperarse, casi no habla, come poco y aún tiene sangrados.

—Es solo un niño —aseguró Fabio con impotencia.

—Sí, y no lo repitás, ¿creés que a ellos les importa un poco? Algunos de nuestros vigilantes se enlistaron de forma obligatoria a la guerra, siendo tan solo unos chavalillos. Para ellos, aquí nuestro amigo Daniel solo se hará hombre.

—Sí, lo sé —respondió con tristeza el tico.

—Yo mismo escondí a mis hijos para que no fueran obligados a pelear. —Miguel miró al suelo y comenzó a llorar.

—No te preocupés, nosotros cuidaremos a Daniel —dijo sin mucho convencimiento en sus palabras Fabio.

—Claro —asintió menos convencido su amigo Miguel mientras se recomponía.

—¿Creés vos que ese tal Pablo Escobar está con los colombianos que llegaron?

—Prefiero no saber, Fabio —refunfuñó Miguel mientras levantaba unas latas de zinc para echarlas al camión que las transportaría.

—Sí, claro, pero todos estos cambios, las casas que arreglamos para ellos, las armas, los paquetes… esos hijueputas nos explotan a nosotros para ganarse unos pesillos que al final ni les alcanzarán para vivir, no como ese Escobar, que se esconde ahora en Nicaragua.

—Calláte tico, hablás de más.

—¿Por qué? —el tico bajó la voz —yo mismo los escuché hablando cuando nos llevaron a trabajar a la casa escondida, esa sí que es una mansión, no sé a cuantas horas de aquí está, pero el que vive ahí es un rey o al menos está forrado en billete.

—Si seguís hablando nos matarán de una vez.

—No Miguel, aún no lo harán, nos necesitan.

—¿Eso creés vos?

—Aquí se está moviendo algo grande, por eso nos cambian los nombres, nos esconden, no tenemos acceso a teléfonos y ni siquiera a periódicos —el chele hablaba con cautela.

—María, mientras recogía los platos anoche, me contó que algunos integrantes de la Junta de Gobierno nicaragüense estuvieron dispuestos a acoger a ese señor.

—¿A Pablo Escobar?

—Sí, a ese, a otros capos y a sus familias, a cambio de ayuda económica para enfrentar el bloqueo impuesto por Estados Unidos, creo que en Colombia acaban de pasar cosas terribles, eso entendí.

—Mucho hablás vos con la María. —Fabio no contuvo la risa.

—Ni tanto, pero ambos sabemos que aquí lo que hay ahorita es simple tráfico de cocaína —alegó Miguel arriesgándose a ser escuchado.

—Dios nos libre a los dos y al pobre de Daniel —terminó el tico.

La amistad del pequeño Daniel y Fabio comenzó en Guatemala a bordo del barco y se hizo más que fuerte cuando durmieron juntos y ensangrentados aquella primera noche de la captura del Diana D. A Miguel lo conocieron en Corinto, los tres acordaron contar detalles fieles de sus vidas con el fin de algún día ayudar a los demás a ser libres o simplemente dar paz a sus familiares. Su encierro los hizo hermanos, el calmo mar de Corinto les hizo soñar con libertad, sus blancas arenas les inspiraron para escribir una corta, pero verdadera historia de amistad que, a su manera, compartieron con la cocinera que les cuidaba, pero que, leal a sus jefes, nunca les ayudaría a escapar.

El tico jamás imaginó que La Granja, lugar al que trasladarían al más joven de ellos, era el nombre de otra cárcel inhumana. El nombre de aquella supuesta cárcel le recordaba a Fabio su niñez y sus momentos junto a sus hermanos arreando ganado, jamás eso tendría relación con un encierro, pues Fabio había sido feliz en su niñez y completamente libre, ni los más duros castigos que le daba su madre cuando se portaba mal le podrían siquiera hacer tener una idea de lo que pasaría Daniel en La Granja.

Los colombianos que los acompañaron un tiempo desaparecieron, los trabajos allí disminuyeron, era claro que dejarían la isla y, como dictaba su destino, serían separados, un dolor más agregado a la lista de sufrimientos.

En ese momento, las denuncias de violaciones de los derechos humanos que recibía el Gobierno Revolucionario de Daniel Ortega iban y venían, ninguna de ellas fue escuchada, los malos tratos en las prisiones no cesaban y en el momento en que Fabio y Daniel dejaban la isla de Corinto por orden de traslado interno y conveniencia de rotación de algunos que, más que presos, eran ahora esclavos. Nicaragua estaba en la mirada del mundo, pero a nadie le interesaba demasiado o, por lo menos, lo suficiente.

Ese año, los medios internacionales hablaban de algunas fotos filtradas de Pablo Escobar en Nicaragua, los sandinistas siempre negaron la información y defendieron que se trataba de una artimaña para desestabilizar al Gobierno sandinista de la época.

El ministro del Interior de ese entonces, Tomás Borge, negó los cargos de participación y, días más tarde, Daniel Ortega, como actual presidente del país afirmó que «responderían a esa infamia», asegurando que la CIA estaba entrenando y ayudando a los contras en la destilación de cocaína.

—Esto es parte de un plan para desestabilizar a Nicaragua —dijo don Daniel Ortega a los medios.

Lo cierto era que mientras los medios se interesaban por amistades entre políticos y la búsqueda de nuevas rutas de paso en Nicaragua para contrabando de cocaína, a Fabio solamente le desvelaba su incierto destino lejos de Daniel.

—El Gobierno eso es lo que hace, mandar a matar a la gente para callarles la boca, mi amigo era muy valiente y no se iba a quitar la vida así, la mayor mentira es que digan que se ahorcó —las aguas mecían la barca—. Me lo mataron, a mi amigo me lo mataron, no lo lograron con el temor sembrado —replicaba en el diminuto barco donde los llevaban apretados uno de los prisioneros el día que los sacaron de la isla.

La noche antes de que los sacaran de Corinto, su amigo aparentemente apareció ahorcado, los llevaron a comer y al volver al sótano lo encontraron allí guindando, eso decía el reo y, al parecer, eran presos políticos.

Fabio escuchaba, pero prefería mantener un perfil muy bajo y no buscarse más problemas, él no deseaba separarse de Daniel y esa era la tristeza que, de momento, le embargaba.

Llegando a tierra, los reos fueron colocados en fila, los más jóvenes, incluido Daniel, serían trasladados a La Granja. Fabio fue trasladado sin saber a dónde, en el cajón de un viejo carro, junto a unos sesenta prisioneros más, muy pocos se atrevían a hablar o quejarse del hambre, sed, dolor o los malos olores que, además de frecuentes, eran parte de sus torturas.

No tuvo tiempo de despedirse de Daniel, ni siquiera lo vio partir, solo lo escuchó llamarlo, Fabio miraba a todos lados, lo buscaba con afinidad en la vista, lo escuchaba gritar una y otra vez:

—¡Fabio, ayúdame! —Todo fue muy rápido y el miedo no le dejaba pensar bien—. Tico, por favor, no dejes que me lleven, ayuda, por favor, ¡Ayúdame! —La voz de Daniel cada vez sonaba más lejos, los guardias formaban filas y todos eran subidos a distintos camiones en su mayoría verdes y cubiertos con lonas plásticas—. ¡Fabio, tico, amigo, ayúdame! —La voz de Daniel se cortaba, estaba llorando, otra vez, era el más débil, no estaba aún preparado para estar solo—. No quiero morir, por favor, no quiero ir. —Fabio comprendió lo que sucedía, dejó de insistir en moverse y de buscar a su joven amigo y se dedicó a llorar mientras seguía indicaciones agachando la cabeza, deseando ser invisible y no llamar la atención de sus captores, observaba detenidamente todo, miraba detalles mientras intentaba recordar a su amigo Daniel.

Mientras viajaba apretado en el camión pudo identificar un rotulo que decía «Paso Caballos», pensó en sus montas a caballo de niñez y juventud, cerró los ojos y esperó así el resto del largo camino, soñó con sus cabalgatas de trabajo en la finca, eran libres él y sus animales, pensó en la libertad y la deseó con todas sus fuerzas, una pequeña lágrima rodó por su mejilla derecha e inmediatamente se recompuso, se levantó con fuerza y continuó su viaje.

Fabio estaba siendo trasladado a la antigua cárcel La Loma, que después sería llamada El Chipote, allí el derrocado mandatario nicaragüense de apellido Somoza torturaba a los involucrados con el sandinismo y ahora los sandinistas torturaban a los contrarrevolucionarios o a cualquier sospechoso de atentar con la revolución, esta «cárcel» no era más que un tenebroso sitio de tortura en Nicaragua. Allí mismo fue torturado el presidente de Nicaragua, Daniel Ortega, y muchos otros miembros del Frente Sandinista en las entrañas de La Loma, allí recibió Ortega patadas tan fuertes que incluso una le provocó la cicatriz de su frente.

Muchas mujeres también fueron violadas y torturadas en este lugar, parecía ser que a la gente más importante la recluían allí, quizás en ese lugar soltaban más rápido la información, quizás no era casualidad llegar a La Loma. Fabio ya no esperaba nada bueno, sabía que sus esperanzas solamente se reducían.

—Aquí traemos a cualquier persona y por cualquier motivo —respondió un soldado a un preso que tuvo la valentía de preguntar el porqué los traían a ese lugar—. Y siéntanse privilegiados que aquí, en este mítico cerro, nuestro padre Augusto César Sandino fundó su cuartel general, aquí libramos batallas contra el ejército de Estados Unidos. —El soldado o policía respiró profundo, miró hacia el cielo y todos en la fila se detuvieron—. Esta es La Loma y aquí se blandea la bandera rojinegra de la revolución, en Nicaragua habrá patria para todos por igual —una pausa puso atentos a los reos—: ¡¡¡Patria Libre!!! —gritó el soldado y los demás guardias respondieron:

—¡O morir! —El soldado, orgulloso, dio un paso al frente y gritó más fuerte:

—¡Patria o muerte! —Y los demás entonaron un claro:

—¡Venceremos! —Justo antes de comenzar a golpear a los reos que traían, en cuentas dos tripulantes del Diana D. Fabio solo sentían alivio de que Daniel no hubiera venido con él.

Fabio fue recluido en La Loma y, poco tiempo después, le contarían entre celdas que fue debajo del palacio presidencial que se construyeron esos sótanos de tortura, donde él mismo sería conducido a empujones por cada tenebroso y oscuro pasillo, cada vez más paralizado por el terror que se respiraba en ese lugar. Ese encierro era tan oscuro que, a veces, no podía ver sus manos o sus pies, incluso una que otra vez en la oscuridad de esos sótanos Fabio se preguntaba si seguía estando vivo, ese lugar era tan húmedo, todo lo contrario a su encierro en la isla de Corinto. El olor era más que desagradable, siempre olía a orines, a excremento humano, a sudor y a muerte, esa cárcel verdaderamente rendía homenaje al somocismo y ahora al sandinismo y era una verdadera mofa a las familias de las personas que ahí estaban siendo torturadas y muertas.

Fabio no entendía mucho de política, escuchó que las iglesias eran quemadas y tomadas por sandinistas, quienes, supuestamente, sacaban de esta forma revolucionaria y exagerada a la Guardia Nacional. Él no comprendía por qué tomaban iglesias y catedrales o cómo convencían a personas ajenas al problema, y sin ningún interés más que su patria y la revolución, de ejecutar tales acciones inhumanas sin importar quién era inocente y quién no, no valoraban la vida humana, matar era su pan de cada día.

En esa espantosa cárcel, Fabio hacía amistad con otro desafortunado preso contrarrevolucionario, quien fue capturado luchando contra sus propios hermanos de sangre que apoyaban la revolución. División familiar hasta la muerte, eso era ya el extremo para Fabio en esa guerra y así observaba cómo sus esperanzas de volver a casa disminuían día tras día. La situación política del país lo enterraría junto a muchos hombres más, extranjeros y propios, sin distinción alguna.

—Aquí mismo escuchamos los morteros y pistolas al aire que eufóricamente se disparan aleatoriamente por la ciudad.

—¿Aún los escuchan? —se interesaba Fabio en el relato de su reciente y extraño compañero de celda.

—Los gritos que escuchaste anoche eran los de mi amigo Lenín. —El preso miró al pasillo revisando la posición de sus vigilantes.

—¿Cómo sabés? —se interesó Fabio—. Esos gritos de anoche fueron de una despiadada tortura eso es seguro, yo intenté taparme los oídos, pero era imposible no escucharlos, no sabía que fueran de un amigo tuyo, lo siento mucho.

—Lo sé porque eran los mismos gritos; yo mismo lo escuché gritar en la catedral cuando nos capturaron, estaba todo quemado y eso les facilitó la tortura, fuimos compañeros en la escuela, desde cipotes. —El delgado hombre se acurrucó en una esquina como para no hablar más, Fabio no dijo nada, solamente pudo sentir un poco más de miedo.

# III
# LA REVOLUCIÓN
# 1979

«Yo me haré morir con los pocos que me acompañan, porque es preferible hacernos morir como rebeldes y no vivir como esclavos».

**Augusto César Sandino**
**Patriota y revolucionario nicaragüense.**

\*\*\*

Augusto César Sandino, el popular revolucionario, héroe nacional e inspiración de tantos fieles insurrectos, falleció en 1934 en Managua, Nicaragua, la causa de su muerte: asesinato. Líder máximo de la resistencia en Nicaragua contra el ejército de los Estados Unidos, procuró con su constante lucha guerrillera sacar al que consideraba enemigo de su país. Entre sus logros están la creación de la Guardia Nacional y poner al frente a Anastasio Somoza, quien, a su vez, sin remordimientos, llegó a traicionarlo mandándolo a asesinar a punta de engaños. Pero la muerte de Sandino no fue el final del movimiento sandinista que dejaba el capitán y máximo líder en Nicaragua, su corriente y doctrina apuntó a la inmortalidad.

La revolución como tal siempre existirá vivamente en el corazón de muchos nicaragüenses, que, además, con el tiempo han logrado traspasar sus ideales de sus propias fronteras, causando todo tipo de enfrentamientos, levantamientos y rebeliones en nombre del fallecido Sandino y proclamándose sandinistas.

En 1979, los rumores de guerra en Nicaragua no cesaban, pero en casa, en Costa Rica todos íntegramente permanecían tranquilos, en la familia Araya no estaban del todo enterados de lo que realmente sucedía en Nicaragua, aunque en los países centroamericanos siempre hubo información actualizada de los pasos del Frente Sandinista de Liberación Nacional (FSLN), algunos sabían por los periódicos nacionales, que básicamente nació como un movimiento guerrillero creado en 1961 en Nicaragua por Carlos Fonseca, Amador, Santos López, Tomás Borge, Germán Pomares Ordóñez y Silvio Mayorga, y que, además, mucho tiempo después, ya en tiempos de la revolución se convierte en partido político definitivamente de izquierda para las elecciones presidenciales de 1984, año en el que Nicaragua vivía un sinfín de acontecimientos, como la desaparición del Diana D en sus aguas.

Los más interesados en el tema sabían de sobra que se vivía una guerra de guerrillas y que todos serían afectados de una u otra manera. La humilde familia Araya no se escaparía de esa afectación tan masiva y dolorosa, que definitivamente acarrea cualquier conflicto político y de poder, ejemplo inequívoco los corazones de la familia Araya y de las otras veinticuatro familias de los desaparecidos tripulantes del Diana D, así como las mentes invadidas por la angustia de tantas madres que vieron morir a sus hijos a causa de la guerra o que nunca pudieron verlos regresar.

El partido FSLN, buscando la liberación de su país, se proclamó seguidor del movimiento iniciado por el líder nicaragüense Augusto César Sandino, en el cual se basaría por completo.

En poco tiempo se hizo muy famoso ese apellido, del cual se tomó el nombre de «sandinista» y, poco después, sus miembros también fueron llamados así, este movimiento dio pie a esa guerra de grupos armados contra la llegada de líderes estadounidenses. Una lucha de poder o quizás de libertad como manifestaba el capitán Sandino en Nicaragua. En sus orígenes en la década de los años sesenta el FSLN buscaba liberar al país del somocismo y del control que histéricamente las élites habían tenido en Nicaragua, en ese momento no existía una visualización directa en los Estados Unidos, pero en el marco de la guerra fría, se repudiaba definitivamente todo lo que oliera a yanqui imperialista.

—Cuánto se ha escuchado hablar en las noticias de este señor —decía doña Cecilia Araya, aunque no entendía ni la mitad de lo que significaba o acarreaba este movimiento y en un país como Costa Rica, que apenas se levantaba de la crisis que vivió en 1978 con la recesión económica.

Doña Cecilia era la hermana mayor de Fabio, ella nació un 15 de enero de 1944, su padre, don Leónidas, fue inmensamente feliz al recibir en su humilde morada a su primera niña. A pesar de sus carencias económicas, la nueva integrante de la familia era muy bien recibida. La familia vivía en una finca lejana a transportes públicos y hospitales, así que como sus hermanos ella nació en su modesta vivienda y a su madre, doña Mira, solo la ayudó una partera vecina, la señora más gruñona que se conocía por el pueblo, pero la más aclamada en casos de emergencias médicas, donde no dejaba de cobrar sus veinte colones como mínimo.

Así nació la niña, la primera mujer de la familia Araya, la mayor, la que aprendería los oficios y ayudaría a su madre en las tareas propias del hogar, la mujer abnegada que cuidaría de sus hermanos como si fueran sus propios hijos, con el mismo amor y entrega que su madre; una segunda mamá fue para ellos más que una hermana y lo seguía siendo aún después de viejos.

De la misma manera que una vez vino al mundo en el piso de su casa y solo cubierta con trapos viejos. En su sencilla y oscura habitación y con ayuda de una vecina menos gruñona pero igualmente eficaz en su labor de partera, años después, Cecilia tuvo a sus cinco hijos «a hacha y machete y como las mujeres de verdad», decía ella misma. Su madre tuvo doce, casi el doble, pero doña Ceci, además de parir cinco, se hizo cargo de dos niños más, a quienes amó tanto como a los que parió con poca ayuda e inmenso dolor.

Ella, así como todos los ticos había escuchado y leído sobre todo esto de los combatientes del Servicio Militar Patriótico en Nicaragua e incluso escuchó a una vecina y gran amiga suya nicaragüense contar del orgullo que sentía una nica de saber que un hijo suyo pelearía contra los estadunidenses.

—Como soldados de la revolución, se harán hombres peleando en la universidad de la guerra, Ceci, hijos de Sandino, verdaderos conquistadores, esos serán mis hijos, ese será mi orgullo —había dicho una mañana doña Meya, su vecina.

Cecilia leía las novedades del país vecino, pero no podía entender de esos llamados «hijos de Nicaragua», quienes quitaban libertad a otros buscando la suya. Ella escuchaba en silencio, leía y meditaba sobre la irracional guerra que se levantaba, para ella era absurdo capturar a unos para liberar a otros, matar para vivir, perder para encontrar, dejar de ser para seguir los ideales de otro.

Ella, en su soledad, meditaba en cada letra que leía, amaba la lectura, a pesar de que no fue muchos años a la escuela ni tenía muchos libros, pero aprendió a leer muy bien. La Biblia era su libro favorito, y esa inclinación por la lectura fue una pasión trasladada después a sus generaciones.

En 1979, justo para la revolución sandinista, la abuela Ceci ya leía, junto a sus hijas, muchas noticias sobre lo que sucedía en Nicaragua, pero nunca pensaron que quizás algunas cenizas de esas brasas de la revolución arderían en su alma de una forma tan dolorosa e insaciable, un fuego abrasador que no dejaría de arder con un simple vaso de agua ni con mil lágrimas derramadas, sino que calcinaría su alma hasta lo más profundo de su ser. Un dolor que, en el caso de doña Ceci, superaría el sentido por las múltiples infidelidades y maltratos de su marido.

La palabra «rebelión» era nueva y extraña para cualquier mujer como doña Cecilia, criada para ser sumisa y abnegada. En una cultura de hombres machistas, ella cuidó de sus hermanos, quienes la celaban al cansancio y algunos de ellos ahora no perdían oportunidad para hacerle entender que la mujer debía vivir simplemente para servir a su marido y a sus hijos. Ella, siguiendo con costumbres familiares, fue constantemente maltratada por la vida y por su esposo, quien nunca pudo serle fiel por decisión propia, ni tampoco tuvo una palabra de amor o agradecimiento para ella, sino hasta el día en que supo que la había perdido para siempre, ella no sabía aún cómo levantar su voz.

Sumisa, paciente y generosa, se sacaba la cucharada de la boca para compartirla con cualquiera, para ella, siempre los demás estarían en primer lugar y la palabra rebelde era ajena a su léxico o practica de vida.

Según se leía en uno de los periódicos viejos de doña Ceci, este frente rebelde sandinista había nacido del intento de imitar al Frente de Liberación de Argelia, el cual aparentemente emergía de la lucha anticolonialista de esa nación africana, probablemente impulsado por el ejemplo de la Revolución Cubana.

—Qué mal comienzo, y es que, para imitar, hay que saber a quién imitar, además, los objetivos deben ser claros y bien direccionados y es que la violencia no se combate con más violencia, sin Dios las cosas no van por buen camino. Uno debe pensar en el ejemplo para los niños que son nuestros futuros gobernantes; la política, de victoria en victoria, acabará con la humanidad —eso decía la abuela a su vecina doña Meya, quien no entendía mucho y aseguraba que la vida en Nicaragua cambiaría para bien, para ella, Sandino era un valiente general, la voz del pueblo y su libertador. A ella no le importaba perder a sus hijos en combate si lo hacían bajo el mandato de su comandante y para derrocar la dinastía del «traicionero Somoza», como ella le llamaba.

—¿Cómo puedes estar tranquila mientras un hijo está preparándose para pelear a muerte? —le preguntaba asombrada doña Ceci.

—Este pendejo con el que vivo aquí nunca dejaría a mis hijos pelear, por eso estamos en Costa Rica, buscamos seguridad para estos chigüines que tuve con él, estos van a estudiar como quiere su tía y su tata —respondió doña Meya ignorando el llanto de uno de sus hijos que jugaba tirado en el suelo.

—¿Cuántos hijos tenés entonces Meya? —seguía Cecilia interesada mientras tendía ropa en el patio que colindaba con su vecina.

—Seis, estos cuatro y los dos que se quedaron en Nicaragua, esos pelearán con el papá como verdaderos nicaragüenses, por el pueblo.

—¿Y después vendrán aquí?

—Hay que esperar a ver, este hombre no los quiere —doña Meya ya tenía dos de sus hijos en las piernas.

—Si tu cuñada en la capital les puede dar estudio a tus hijos, no pierdas la oportunidad, vecina —continuó Ceci.

—Sí, yo sé, hay que esperar a ver qué pasa, yo extraño mi país, pero mi marido no volverá allá, tenemos diferentes ideologías, con él no se puede ni hablar. —Doña Meya escupió en el suelo y se hizo un moño en el pelo para poder dar de mamar al más pequeño de sus hijos.

En 1979, cinco años antes de que la desgracia embargara el corazón de la familia Araya con la gran tragedia de sus vidas, la que nadie vio venir y que doña Ceci no sospechó, se vivía la revolución sandinista en el país vecino.

Cecilia no imaginó la desgracia que se les vendría, ni siquiera en los momentos en que doña Mira, la mamá de Cecilia, le decía a su hijo Fabio que cambiara de trabajo para evitar una desgracia. Doña Edelmira o, como le decían todos, doña Mira, era la madre de Fabio, de Cecilia y de diez hijos más, y eso de que sus hijos anduvieran de país en país en camiones y en barcos era muy peligroso para su opinión, no le causaba tranquilidad alguna a esa angustiada madre, uno de sus hijos ya se encontraba viviendo en Guatemala y Fabio, con su terquedad de seguir trabajando como camionero, le causaba largas noches de desvelo e incertidumbre.

Fue en ese mismo año y mientras Fabio daba sus primeros pasos en esa dura profesión; más designada por la vida que elegida por vocación, que en Nicaragua, tras una larga lucha sostenida contra el Estado, el Frente Sandinista logró derrocar a la dictadura de Anastasio Somoza Debayle y a la dinastía de la familia Somoza, que había gobernado el país durante décadas.

Esto sucedió después de que, solamente un año antes, asesinaran al  director del periódico *La Prensa*, Pedro Joaquín Chamorro Cardenal. Este asesinato, como muchos otros, fue atribuido al régimen somocista, al ser Chamorro un conocido opositor de la dictadura de Somoza. Esto, por supuesto, generó mucho malestar que aún años más tarde no acabaría. «No queremos somocismo sin Somoza», decían quienes apoyaron el asesinato de Pedro Chamorro.

La violencia no pararía: huelgas, insurrecciones y muchas muertes se vivieron en la lucha, pero todo esto no pasaba las fronteras de Nicaragua, no aún, eso pensaban los países vecinos, esto no pararía hasta el triunfo de los sandinistas, eso pensaban todos.

Ya en Costa Rica se oía de los prisioneros políticos, de la guerrilla y de ejércitos en Nicaragua y todo esto no generaba más que miedo en los ticos, puesto que en Costa Rica no había ejército, no se escuchaba de presos políticos y ni siquiera los aires pesados de revolución se sentían, solo se escuchaban rumores de lo que sucedía en su país vecino y, por supuesto, se vivía una migración masiva de nicaragüenses asustados hacia sus países cercanos, ciertamente en Costa Rica todos pensaban que no les afectaría directamente.

Un 19 de julio de 1979, se lleva a cabo un antecedente que marcaría la vida de todo nicaragüense que participó en la gesta, los somocistas dejan el Gobierno con el triunfo de la revolución y las fuerzas guerrilleras entran triunfantes a Managua. La derrota de la dinastía somocista dejaba sinsabores y mucha satisfacción a los que dirigían la guerra.

Esto sucedió casi un año después de que don Edén Pastora, conocido como el comandante «cero» y doña María Téllez iniciaran una serie de hazañas de violencia inolvidables, que marcarían el futuro de tantos centroamericanos en la toma del

Palacio Nacional, desgracia y muerte se vivía año tras año. Este pasaje político sería largo y difícil de entender.

Gracias a este triunfo sandinista, muchas madres lograron ver a sus hijos salir vivos de las montañas, no todas, claro está, y otras se preparaban para verlos partir sabiendo que nunca tendrían una tumba donde ir a llorar su muerte, Nicaragua entraba en un estado de incertidumbre nacional.

Somoza se vio obligado a aceptar los puntos del Frente y tuvo que liberar prisioneros políticos, publicar comunicados revolucionarios, dar dinero en efectivo y permitir la partida del comando al extranjero, su reinado había acabado, el FSLN con su bandera rojinegra había triunfado.

Rivas, Matagalpa, Chinandega, León, Managua, Masaya, Carazo y Estelí se habían alzado contra el Gobierno, el cual respondió desesperadamente bombardeando las ciudades, había mucho aún por resolver. Las columnas del FSLN avanzaron liberando todas las ciudades a su paso.

El Gobierno de EE. UU. también intentó, mediante la Organización de Estados Americanos (OEA) parar el avance del Frente, intermediando para que esta destacara tropas de interposición en Nicaragua, pero no obtuvo el apoyo deseado de los países latinoamericanos presentes en la organización. Todo se salía de control. Seguidamente, poniendo como pretexto motivos humanitarios, intenta afincar tropas en Costa Rica para intervenir en Nicaragua, pero en esta operación también fracasan los yanquis.

Entonces se estableció un Gobierno revolucionario y los sandinistas gobernaron entre 1979 y 1990. Durante este Gobierno se estableció una política de alfabetización masiva y se trató de avanzar en temas de educación y salud. Todo se escuchaba muy favorable y positivo, pero no todo era tan lindo como lo pintaron, no habrían siete años de vacas gordas ni nada parecido, para muchos una pesadilla interminable apenas florecía.

En Costa Rica, nicaragüenses y ticos leían las ultimas noticias y oraban por sus hermanos en las zonas del conflicto, así como por el final de la revolución y en Nicaragua la Guardia Nacional se derrumbaba y el Frente Sandinista de Liberación Nacional entraba en Managua ese 19 de julio, poniendo fin a la etapa dictatorial somocista y comenzando lo que se conoce como «la Revolución Sandinista» asumiendo las responsabilidades de Gobierno mediante la Junta de Gobierno de Reconstrucción Nacional.

Los bienes de la familia Somoza y de otros miembros relevantes de la sociedad que sostuvo a la derrotada dictadura fueron expropiados, equivaliendo al cuarenta por ciento de la economía nacional.

Esta expropiación se realizó mediante el Decreto número tres, del 20 de julio de 1979, que facultaba al procurador general de Justicia para que, inmediatamente, procediera a la intervención, requisa y confiscación de todos los bienes de la familia Somoza, militares y funcionarios que hubiesen abandonado el país a partir de diciembre de 1977.

Posteriormente, en el año 1981 comienza la guerra de las contras, escasamente año y medio del triunfo revolucionario, los Estados Unidos de América, poniendo como pretexto el supuesto soporte y ayuda de los sandinistas al movimiento guerrillero de El Salvador, imponen un bloqueo económico a la vez que gesta y financia la denominada «contra», partiendo de las unidades del ejército de Somoza, que tuvieron que huir al vecino país de Honduras y creando así una situación de guerra. Esa situación afectaría la vida de todo nicaragüense y de toda la familia Araya también, incluso los que estaban por nacer, en Costa Rica siete familias no imaginaban el dolor que les esperaba gracias a esta guerra que de momento no les interesaba.

En respuesta a la contrarrevolución, se estableció una situación de guerra que atemorizaba a tantas madres, trayendo como consecuencia muertes calculadas en más de casi cuarenta mil personas y pérdidas económicas de unos diecisiete mil millones de dólares, en concepto de destrucción de infraestructura, además de la aplicación del servicio militar obligatorio, los resultados eran devastadores. Esta guerra afectaba al país entero, así como a los demás países centroamericanos, muchos niños y jóvenes fueron obligados a prepararse en campos de entrenamiento para la lucha de contras, un gran número mujeres se preparaban también para luchar.

En Nicaragua, los medios de comunicación fueron censurados, por decreto de ley, a pesar de ello, el principal periódico de oposición, *La Prensa*, mantenía su línea editorial íntegra originando su cierre en varias ocasiones. La Iglesia Católica fue acusada de desestabilizar la Revolución y mantuvo unas tirantes relaciones con el Gobierno.

«**Artículo 13.— Todo el que tuviere establecido o estableciere en lo sucesivo una imprenta, litografía, empresa editora, o cualquier otro medio de publicidad u otra forma electrónica que sirve para difundir en forma masiva una idea, una opinión o noticia, tendrá obligación de solicitar autorización a la Dirección de Medios de Comunicación...**».

*Reglamento de Registro de los Medios de Comunicación*
Nicaragua, 1980

De la misma forma, una vez abandonado el poder, el FSLN y algunos de sus dirigentes fueron acusados por los medios de comunicación afines a la contrarrevolución y al Gobierno de los Estados Unidos de quedarse con propiedades estatales. Este hecho fue conocido como «la piñata», pero no dio lugar a ninguna acusación ante la justicia, nacional o internacional, y ningún dirigente sandinista fue acusado, enjuiciado o encarcelado por ello.

—Una vez más, el ser humano demuestra una inmensa falta de humanidad y de respeto por la vida y libertad —le decía Doña Cecilia a su hija Yini, la mayor, cuando recordaba los eventos anteriores a la desaparición de su hermano Fabio.

—¿En qué podía toda esta revolución sandinista afectarme a mí? No lo comprendí hasta mucho tiempo después —declaró ella misma a la prensa nacional, ya era marzo de 1984.

# IV
# LA PENCA
# 1984 – 1985

**Nosotros, los Sandinistas que vivimos la guerra, queremos la paz**

«Una llamada al diálogo que todo Nicaragua quiere, hay unos pocos que no quieren el diálogo, que no quieren las negociaciones, que no quieren entenderse; que quieren la guerra; porque no la conocen.

Nosotros que queremos la paz porque conocemos la guerra».

**Edén Pastora**
**Exguerrillero sandinista.**
**Declaración para vostv.com.ni**
**Nicaragua, 1 de mayo, 2018**

\*\*\*

La despertó el silbido de una cafetera que ensordecía el silencio de aquella blanca habitación. Frente a ella, una cruz de palma y, debajo del santo símbolo, el viejo reloj de pared marcaba las cinco, extrañamente había dormido toda la noche sin percatarse de ruidos extraños o quejidos nocturnos. Pudo alcanzar unas siete horas de sueño, definitivamente avanzaba.

María despertaba cada mañana cansada, sus heridas físicas y emocionales eran ya solamente cicatrices, el cansancio ahora se lo provocaba estar encerrada. Después de un frío baño, se miró en el pedazo de espejo que colgaba arriba del lavatorio, pasó su mano por el rostro tocando cicatrices de las tantas quemaduras sufridas, abrió bien los ojos, se recogió el pelo y se repitió tres veces «no estoy loca», de eso estaba segura, su locura había disminuido.

El cuarto era sencillo y con una única cama, las sábanas estaban limpias y el olor a su hijo Jaimito aún se sentía. Ella no estaba en sus cabales el día de las visitas, no pudo decirle cuánto lo amaba o qué tanto deseaba que no se volviera a marchar, probablemente ni siquiera supo si eran realidad o parte de un sueño; cada una de las dos convenientes visitas, una en el hospital y la otra al entrar a este manicomio.

Esa mañana, el cielo no terminaba de aclarar, la oscuridad anunciaba a la antigua cocinera una luz en el camino. Sus heridas físicas sanaban y las del alma cicatrizaban a paso lento, pero firme, ella era una guerrera, mujer virtuosa y luchadora.

Su descanso en ese hospital psiquiátrico se había prolongado y debía demostrar estar en óptimas condiciones para salir de allí, aquellos fueron días de sueros y calmantes, su cuerpo ya rechazaba tanta píldora.

Cada noche recordaba menos de aquel día de la tragedia, eso procuraba. Definitivamente, estaba lista para volver a su tierra, Corinto. Después de su hijo Jaime, no existía cosa en este mundo que la gentil María extrañara más que la brisa del mar.

Luego de un tranquilo almuerzo en el comedor, María se dispuso a leer un periódico que le prestó una de las enfermeras en turno, leía sin entender una sola palabra escrita, su mente estaba maquinando un plan para escapar del sitio.

Una avalancha de pasos se abría apresuradamente, traían a un enfermo, los gritos molestaban la tranquilidad, pero despertaban interés en la antigua cocinera militar y, escuchando los lamentos de un hombre que gritaba no estar loco, ella supo que su única salida estaría en ser aliada de la gente correcta.

Ese día, María se autoproclamó enfermera del Hospital Psiquiátrico Nacional de Managua, ubicado en el kilómetro 5 de la carretera sur, de ahí la expresión popular —estar «para que se lo lleven al kilómetro cinco», que en buen nica significa «estar loco»—. Ese fue un lugar tétrico desde sus inicios y, aunque después del triunfo de la revolución las cosas cambiaban, María ya estaba más que harta de estar encerrada.

Además de la presión emocional que implica todo manicomio y el contacto con cada uno de los internos, este psiquiátrico presentaba también gravísimos niveles de superpoblación, abandono, represión y miseria. «Después de la guerra abundan los locos», decía siempre el enfermero Simón.

En el momento del triunfo de la revolución en Nicaragua, estaban junto con María en el hospital, un poco más de trecientos internos, prácticamente «almacenados» en pabellones, a toda vista inadecuados para esta cantidad de enfermos. Casi doscientos el número de médicos o paramédicos y unos ciento cincuenta empleados como personal auxiliar que en algunos casos fueron enviados allí por «castigo» y así atendían a esta población psiquiátrica. Esto formaba parte de la absurda situación que imperaba en el hospital en el momento que Jaime logra ingresar a su madre «la cocinera de guerra».

Ese año era el tercero en que el hospital participaría en una actividad anual entre enfermos y trabajadores con el Ministerio de Reforma Agraria para el acercamiento de internos a la vida social y María mientras escuchaba a Simón contar sobre los preparativos de la actividad reconocía en ella su oportunidad de escapar.

—¿Me dejás ayudar con el nuevo? —preguntó María a Simón al verlo salir del cuarto del recién llegado.

—Adelante —dijo el enfermero con un gesto de aprobación. María entró.

—Buenas noches —dijo amablemente María a su nuevo enfermo.

—¿Por qué me amarraron?

—Probablemente porque vos no te quedabas quieto, soy María.

—No sé cómo me llamo.

—¿Por qué gritabas tanto?

—Recuerdos.

—¿Qué recuerdas?

—Mi familia, mi casa, mi país.

Ese fue el inicio de una breve amistad entre el guatemalteco gritón y la amable nicaragüense María. El guatemalteco era llamado por los enfermeros el Sesenta y cuatro, muy conveniente llamarlo por su número de cama, realmente a nadie le importaba cómo se llamaba realmente o cuál fuese su historia.

Después de ese día tan peculiar y por al menos ocho noches seguidas, María lograba escuchar desde su cuarto al nuevo llorando, ¿qué heridas tan grandes podrían causar tal sufrimiento? María pidió información a su cómplice adentro; Simón.

—Parece ser que estuvo preso, prisionero de guerra por traer armas para la contra, las traía desde su país y fue capturado. Casi lo matan; leí en su expediente que desde ahí quedó jodido y se comenzó a destartalar, en poco tiempo comenzó a perder la memoria. Lo acusaron de matar a un hombre en prisión, fue condenado, pero siempre juró ser inocente. Comenzó a desorientarse, olvidó hasta su nombre, está demente.

—Pobre hombre.

—Cuidado, vieja, él tiene alucinaciones y delirios y, a veces, su comportamiento es violento, no te confíes.

María sintió compasión por ese hombre, ella conocía la vida de los prisioneros de guerra, podía imaginar el tipo de castigos que había sufrido el pobre. Quiso ayudarlo.

—¿Por qué llorás tanto? —le preguntó María al sesenta y cuatro.

—No estoy llorando, mujer.

—No, pero todas las noches te escucho chillar.

—¿Por qué estás aquí si tampoco estás loca? No como los demás.

—No te gustaría saberlo —afirmó María.

El guatemalteco dibujó la primera sonrisa en su rostro desde que llegó a ese lugar.

—Una bomba —soltó María.

—¿Una qué?

—Una onda expansiva me dejó mutilada, sorda, muda y loca.

—Un barco —soltó el guatemalteco.

—¿Un qué?

—Un viaje en un barco capturado por sandinistas me hizo culpable y prisionero. —María recordó a un joven llamado Daniel, un inocente aferrado a la vida y en busca de libertad, su recuerdo la hacía soñar con regresar a su tierra—. Sobre mi locura, esa solamente es causada por mis recuerdos.

—Entonces sí sabés cómo te llamás, jodido.

—Sí, pero ya no me atrevo a decirlo.

—¿Hace cuánto te capturaron?

—No lo recuerdo, de verdad, no cuento ya los días.

—¿Y por qué no te mataron?

—Contáme vos primero, ¿cómo no moriste con una bomba? —preguntó interesado el interno Sesenta y cuatro sin notar que dos enfermeros se acercaban, quería quedarse en ese hospital por un tiempo, así que se tiró al suelo y comenzó a rodar.

—¿Estás loco de verdad vos? —soltó María al ver a los enfermeros acercarse—. Creo que está progresando, ya llora menos —les dijo María mientras lo levantaban, quería demostrar a toda costa su cordura, a diferencia del guatemalteco, ella no prefería estar en ese lugar.

Esa noche, María recordó su propia historia y nuevamente lloró, solo un poco, lo suficiente para desahogarse sin permitirse enloquecer otra vez.

—Ya había pasado la media noche cuando me sacaron de Corinto, era mayo del 84 eso lo recuerdo bien, casi un año ha pasado y recuerdo esa noche como la de ayer, la luna era hermosa, pero lloviznaba, la brisa fresca calmaba los latidos de mi corazón —María intentaba no quebrarse—. Todo pasó muy rápido, me montaron en un *pick up* y me llevaron hasta León, allá comimos un poco y esperamos hasta que nos dieran orden de seguir, la misión era especial. —El guatemalteco escuchaba interesado esa mañana.

»Fijáte vos que ya en León yo no tenía miedo, lo peor que me podía pasar era que me violaran otra vez y lo mejor que me mataran de una, eso pensaba yo, que de momento no alcanzaba a pensar más que en esos terrores. —María buscó agua mientras veía a la interna de al lado que continuaba jugando con sus dedos, la miró con tristeza y continuó.

»De ahí a Mangua y a buscar la frontera con Costa Rica, en cosas buenas fijo no andábamos, eso uno se lo huele y con esos arriesgados del demonio una se atiene a cualquier desgracia. Yo solo sé limpiar y cocinar, nunca aprendí a defenderme. Necesitaban a alguien de confianza en esa misión para los quehaceres y la suerte fue mía, dormimos en un pueblucho cercano al río San Juan, yo creí que íbamos para Costa Rica, sabía que era la «contra» ayudada por los yanquis la que se movía por ahí.

—¿Los yanquis?

—Sí, Estados Unidos daba el dinero para todo ese movimiento, dicen que la mayor parte se lo dejan los de más arriba, no sé cuántos pesos me irían a dar a mí, ni cuántos fajos de dinero recibiría por aquellos tiempos el comandante jefe. — María fijó su mirada en el suelo.

—En mi barco, supuestamente, venían armas para la contra y parece que las mandaban de los Estados Unidos. De Guatemala las traíamos, pero ninguno fue informado, no nos pagarían ni un dólar, nos las metieron a escondidas, millones de dólares en armas —soltó el nuevo sin que le preguntaran.

—No estás loco vos.

—Ni yo ni vos. —La sonrisa de complicidad fue sincera.

—Yo no era de la contra ni del Frente, solamente la cocinera, siempre fue así. Con mi marido también solo era la que cocinaba y la que limpiaba sus porquerías, por eso me dejó y, poco tiempo después, mi Jaime.

—¿Quién es Jaime?

—Mi hijo y mi salvador.

—Continuá con la historia.

—Pues nada, llegamos a La Penca, así se llamaba el lugar, montados en una vieja canoa de madera, allí conocí a Claudita, la guerrillera que salvó mi vida.

—A mí también me salvaron la vida, amiga.

—Los guerrilleros son buenos, los sandinistas son buenos, los contras son buenos, los periodistas son buenos, mi hijo es bueno… por eso enloquecí. —María se quedó un rato ida dando vuelta a sus ideas. El silencio inundó la habitación del guatemalteco—. Mi locura se llama La Penca.

—¿La Penca? Eso no tiene lógica, uno no le pone nombre a la locura.

—El atentado de La Penca fue un trágico caso nunca resuelto y nunca olvidado de reporteros extranjeros dizque muy comprometidos con su trabajo y de secretos y dudas nunca aclaradas por nadie.

—¿Atentado?

—Sí, unos reporteros cheles que querían hablar con el comandante vieron troncado su futuro, algunos muertos y muchos heridos, en una rueda de prensa atacada por el terrorismo. No imaginás la cantidad de periódicos que guardo sobre esa gran tragedia, el episodio que me enloqueció de por vida. Increíble —María se sentía confiada al confesarse con el Sesenta y cuatro.

Simón interrumpió la charla con su carrito rechinante lleno de medicamentos, era la hora de curar las heridas del nuevo loco, el guatemalteco. Mientras Simón y el Sesenta y cuatro terminaban, María buscaba sus viejos periódicos, hacía un año que los coleccionaba en una bolsa plástica.

La muy descansada cocinera comenzó a leer para su enfermo:

—«Los hechos ocurrieron el 30 de mayo de 1984, en los años más convulsos de la guerra que sufría Centroamérica, cuando Edén Pastora convocó a los periodistas de distintas nacionalidades allí presentes, a una conferencia de prensa. Los periodistas habían hecho un largo viaje en carro desde la capital de Costa Rica hasta la frontera, para llegar al lugar tuvieron que montarse en canoas hechizas de madera las cuales iban sobre cargadas. Ese día, en el transcurso dos de las pangas en las que los guerrilleros dirigían a los comunicadores chocaron, y el agua no solo les mojó los pies sino también algunas de sus herramientas de trabajo, cámaras, grabadoras y hasta las libretas».

»No te durmás jodido.

—Claro que no, solo intentaba descansar un poco la vista. Contáme de ese tal Pastora.

María buscó con paciencia otros documentos, miró un rato al suelo y dijo:

—Pastora estuvo siempre detrás de la caída de la dinastía Somoza en Nicaragua, él fue quien convocó a los periodistas ese día a La Penca. —María se puso de pie para descansar su espalda—. Un hombre que demostró su valentía en la toma del Palacio Nacional cuando, al subirse al avión que lo sacaría del país, dejó ver su rostro demostrando al pueblo cuán valeroso era y hasta dónde llegaba su compromiso, muchos dirigentes sandinistas nunca le perdonaron por eso, pero la gente lo amaba, un verdadero revolucionario. —María comenzó a leer de nuevo—: «En 1984 en el atentado de La Penca se tejió un plan para dar muerte a Pastora, el resultado fue una bomba que causó la muerte de varios periodistas y otros quince comunicadores costarricenses y extranjeros sufrieron heridas graves, algunas secuelas permanentes y amputaciones como consecuencia del atentado».

No se sintió atraída por el artículo y buscó otro:

—«Gritos de dolor y sufrimiento se escuchan en el único registro audiovisual del atentado. Captados por la única filmadora que en el momento funcionaba, propiedad de un camarógrafo costarricense de Notiseis, mientras grababa las declaraciones que comenzaba a ofrecer el guerrillero Edén Pastora cuando la explosión los sorprendió».

—Interesante historia.

—¿Interesante? Sí, claro, yo estaba debajo y un poco alejada. La casa estaba construida de tablas de madera, sobre grandes pilones como para evitar ser sorprendidos por las inundaciones. Yo no era guerrillera, pero pasaba desapercibida, me dedicaba a trabajar y obedecer, era invisible.

—Comprendo muy bien, amiga. —El guatemalteco muchas veces buscó la invisibilidad.

—Todo fue muy rápido, una luz blanca que no cesaba, el rayo que me cegó, en un momento, la luz se enrojeció y yo pensé que estaba muerta. Hubo silencio, las tablas caían a mi lado, la gente y la sangre también. La bomba tenía el fin de asesinar al comandante, pero nos mató a todos.

—Nunca estuve cerca de una bomba, ni siquiera sé disparar un arma. —El sesenta y cuatro intentaba imaginar la vivencia que le relataban.

María continuaba buscando detalles en sus viejos papeles:

—«Despedida por la onda expansiva, la cámara del periodista tico cayó al suelo, pero siguió grabando los aterradores momentos de una tragedia que marcaría la vida de todas las personas presentes y de sus familias, más de veinte periodistas vivían la mayor tragedia de sus vidas en esa débil casucha muy cerca de la frontera y al lado del río San Juan».

»Los periódicos solo hablaban de los reporteros, nunca de nosotros. En una de las canoas me sacaron los guerrilleros a mí, fue la guerrillera Claudita quien me desenterró del barrial y me arrastró hasta la orilla del río, gracias a mi Dios me fui en los primeros viajes hasta uno de los puestos guerrilleros, la gente estaba desesperada, nadie sabía el origen del ataque y todos definitivamente esperábamos lo peor.

—¿Eso fue de noche?

—Sí, la hora del atentado nadie la recuerda con exactitud, pero pasaba la media noche y la luna era igual a la de aquella noche en que salí de Corinto, mi pueblo.

—¿Qué hicieron con vos?

—La Panga atracó en otro simple desembarcadero y los guerrilleros subieron unos escalones de barro a la orilla del río conmigo al hombro, Claudita no me dejó sola a pesar de sus quemaduras, salíamos de la zona selvática donde había llovido tanto aquel día.

—Ahora comprendo todas tus cicatrices.

María se tocó la espalda como haciéndose masajes fuertes y prefirió leer que contar:

—«Horas antes, ninguno de los veintidós periodistas tenía en su mente la idea de llegar al lugar que, de paso, carecía de comodidades y quedarse a pasar la noche, por su mente no pasaban supuestos que asomaran la palabra "bomba". Al llegar don Edén Pastora les dijo que se acomodaran para dormir en el lugar y que la conferencia sería el otro día, ya era de noche cuando ellos llegaron».

»Ese día todo estaba organizado en La Penca y yo me había esmerado en preparar comida para todos, recoger agua, organizar las bebidas y los improvisados sitios para dormir, definitivamente a los guerrilleros y nicas que organizábamos aquella visita llamada rueda de prensa, no nos importaría dormir en el suelo, cosa contraria a los estirados reporteros que sabían que corrían un gran riesgo al estar allí.

—¿Y vos te acordás de todo?

—Sí. —María se sumergía en los recortes de diarios y noticias. Volvió su mirada a los documentos marchitos de su regazo y leyó: «Ellos llevaban sus cámaras, grabadoras, lápices y libretas, no portaban ropa para otro día en la selva, ni cepillo de dientes, tampoco botas de hule para caminar en el barro, ni siquiera llevaron pasaporte. Ninguno de los comunicadores al salir de la capital de Costa Rica imaginaba que ese día cruzarían la frontera y serían llevados hasta La Penca, se reflejaban secretos en el tema. El misterio que envolvía su misión era normal en tiempos ajetreados de guerra, ese viaje desde San José, Costa Rica hasta La Penca fue tan extenso como agotador. Llegados al lugar se hizo de noche y era sabido que al anochecer cualquier cosa que se moviera en las aguas del río San Juan podía ser víctima de disparos, no podían devolverse».

La mujer hizo una pausa, parecía seguir leyendo pero en voz inaudible.

—Continua —soltó interesado el Sesenta y cuatro.

—«El lugar estaba lleno de mesas y bancos de madera, todos hechos a la carrera por los lugareños, lo suficientemente cómodos para el corto tiempo que pasarían allí. El comandante se comportaba de manera amable y comenzaba a responder las primeras preguntas, parecía recién bañado y estaba bien peinado, vestía ropas militares verde olivo, su uniforme usual, la conversación era amena. El carisma y buena presentación del anfitrión hizo sentir confiados a los interesados periodistas».

—Entonces, ¿sí lograron entrevistar al comandante?

—Sí, ya era de noche, cerca de las siete. Yo misma escuchaba las preguntas desde mi puesto, una verdadera entrevista se llevaba a cabo dentro de la choza, afuera muchos guerrilleros cuidaban el lugar, todos alerta, yo quedita debajo de las tablas, en el barro descansaba sobre un viejo tronco, alerta a alguna nueva orden. Por el día tuve mucho trabajo y la lluvia solo me hizo las cosas más difíciles en aquella casucha que me daba miedo y que a pesar de tener el agua tan cerca, no se parecía a mi ranchito en Corinto.

María volvió sus ojos a los percudidos papeles y continuó:

—«Pastora estaba apoyado en un tipo de moledero y acomodados en media luna alrededor comenzaron a ubicarse los comunicadores, completamente interesados en las declaraciones del guerrillero. Algunas grabadoras no funcionaron puesto que se habían mojado, pero libreta y lápiz muchos captaban hasta el último detalle, los de televisión y radio se colocaron más cerca del conversador comandante, los de prensa escrita donde encontraron espacio. Una bomba estalló en media entrevista, alguien quiso matar a Edén Pastora, el popular líder revolucionario que a pesar de sus múltiples capacidades y reconocido liderazgo no pudo convertirse en uno de los nueve comandantes de la revolución. El plan para matar a Pastora avanzaba».

»La explosión se extendió en instantes, amigo, y abrió un hueco en el techo de la casa y otro en el piso, las cosas comenzaron a caer encima de mí, la sangre era opacada por el humo blanco y se derramaba en el barro.

—¿Qué hiciste? —La historia había quitado el sueño ocasionado por los medicamentos al Sesenta y cuatro.

—Yo estaba como dunda, perdí el conocimiento, intenté agarrarme de alguna parte para ponerme de pie, pero me quemé las manos y la cara en el intento. —María mostró las palmas de sus manos a su compañero—. Mi cara era irreconocible, sospeché que mi vida había acabado.

—¿Nadie les ayudó?

—Los vecinos de las zonas fronterizas estaban acostumbrados a los estruendos producto de tanto movimiento guerrillero en la zona, probablemente pensaron que era un simple combate entre sandinistas y guerrilleros del movimiento antisandinista Alianza Revolucionaria Democrática que llamábamos ARDE, también fundado por Pastora luego de pelearse con el Frente y aliarse con el Gobierno de los EE. UU. «¡Tírate al suelo!», fue todo lo que escuché antes de oír un pito alargado que me dejaría sorda por algunos meses, yo no recuperé del todo el oído ni el habla sino hasta en noviembre del año pasado con la visita de mi esperado hijo y la emocionante noticia del traslado al psiquiátrico. Nunca pensé estar tanto aquí.

En un momento de sincero interés, el guatemalteco tomó un trozo de periódico y leyó en voz alta como para una audiencia:

—«Los guerrilleros de Pastora pensaron que los ataques provenían de morteros, un arma de guerra que se utilizaba a menudo en esos tiempos para lanzar bombas y comenzaron a disparar en defensa, el miedo se apoderó de todos los presentes, algunos suplicaban a los guerrilleros que no dispararan más, pues podían dar con una bala a alguno de los periodistas y herir de muerte. La sangre fluía y bajaba como la lluvia que cayó ese día, la gente gritaba desesperada, lloraba, se despedía, algunos ticos suplicaban los llevaran a morir a su tierra».

»¿Qué hacías vos antes de que te rescataran, mujer?

—Nada, yo estaba simplemente enterrada en el lodo, inconsciente y ensangrentada. La estructura de madera que nos protegía hacía temblar el suelo con sus movimientos por la misma onda expansiva. Los que se pudieron levantar, buscaban al comandante, debían sacarlo de allí, fuera se encontraban muchos estañones, varios pasaron rodando por encima de mí, el barro agravó mis heridas y, seguramente, fue la causa de las infecciones que, tiempo después, no querían sanar.

—Esa es una historia de horror —aseguró el guatemalteco.

—Historia de pánico colectivo. Todos gritaban y estaban a ciegas, hombres y mujeres lloraban con el mismo dolor, no eran gritos ni gemidos lo que yo escuché y a veces mortifican mis noches, eran verdaderos alaridos de intenso y penetrante terror, el mismo que me enloqueció.

—Si la prensa era tica y el comandante operaba por allí, ¿por qué la rueda de prensa no fue convocada en Costa Rica?

—El Sesenta y cuatro estaba impactado.

—Buena pregunta, creo que el presidente de ese país había declarado neutralidad y le había solicitado a Pastora, que también contaba con nacionalidad costarricense, que saliera del territorio tico porque su presencia comprometía esa declaratoria. Probablemente por ese motivo la base se construyó en La Penca, del lado nicaragüense.

El interno asentó con la cabeza como dando por entendido y, de inmediato, prosiguió con su lectura:

—«El día de convocatoria a la rueda de prensa, Pastora había citado a los periodistas en un hotel de la capital costarricense, desde donde los trasladarían, todo estaba planeado minuciosamente. Les dijeron que los llevarían a un primer destino solamente para revisión de identidades y los equipos que portaban, gran error no haberlo hecho. Junto a los trece periodistas costarricenses iban nueve reporteros extranjeros. Los estadounidenses Linda Frazier de *The Tico Times*, Tony Avirgan de la cadena televisiva *ABC* y Reid Miller, de la agencia de noticias *Associated Press*. La inglesa Susan Morgan, que escribía para *Newsweek*, el portugués Joaquín Da Silva, representante de la empresa *Portuguez TV*, el brasileño Lopes, el boliviano Fernando Prado de *Swedish TV* y el sueco Peter Torbiörnsson, quien más de veinte años después, confesó públicamente que él había facilitado el atentado».

»¿Por qué no había reporteros nicas?

—No sé. ¡Seguí leyendo! —María se interesaba cada vez que leía nuevamente la historia, buscando detalles nuevos en ese episodio.

—«Lo cierto es que de las veintidós personas que se registraron como miembros de prensa, una —la que nadie conocía en el medio— utilizó la profesión como coartada. Para él, sus compañeros fueron el señuelo. El culpable, el impostor, un supuesto periodista. Per Anker Hansen, el verdadero, nunca viajó a Centroamérica. Entre 1979 y 1980, él reportó como extraviado su pasaporte en Dinamarca. Cuatro años después, su documento de viaje registraba movimientos migratorios en varios países de la región. Un impostor hizo esos viajes, adulterando el salvoconducto y haciéndose pasar por un reconocido fotógrafo. El 30 de mayo de 1984, el supuesto danés, llegó al hotel de la convocatoria en la capital costarricense cargando un maletín de metal que todos pensaron contenía su equipo fotográfico. Llevaba una gorra, lentes oscuros y barba. Su imagen está en múltiples fotos y vídeos del trágico día, la maleta que cargaba la bomba también. Tras la masacre, el impostor salió en canoa hacia el hospital más cercano, su misión estaba cumplida. Al día siguiente, desapareció del hospital».

»¿Y no lo pudieron agarrar?

—Leé y no comás ansias, loco. —La cara del guatemalteco cambió al escuchar la palabra loco, aunque el hospital estaba lleno de desquiciados, la mayoría deambulaban fuera, de eso estaba seguro. María sonrió y continúo leyendo ella—: «Investigaron con esmero, insistentemente, hasta revelar la identidad del hábil farsante. Algunos periodistas muy comprometidos con la investigación descubrieron que el falso fotógrafo era en realidad el argentino Roberto Vital Gaguine, guerrillero de izquierda, una revelación que volvió los ojos acusadores hacia el Frente Sandinista de Liberación Nacional, FSLN. Tiempo después, la prensa informó que el autor material del atentado había muerto en 1989 en un ataque de la guerrilla contra los cuarteles del ejército argentino en La Tablada. El crimen no tendría juicio alguno. Olía a impunidad».

—Lo siento —soltó con lástima el Sesenta y cuatro. María pareció no escucharlo.

—«Al llegar a La Penca, Gaguine cargaba un estuche de aluminio. En la parte externa de su valija se apreciaba el nombre de una conocida marca japonesa de equipo fotográfico: Canon. Un disfraz inteligente que no levantó sospecha alguna entre los veintiún verdaderos periodistas, mucho menos entre los militantes de ARDE, que transportaron al grupo en el que estaba camuflado el terrorista».

—Un verdadero camuflaje. —El compañero de María estaba impresionado.

—Sí, no había manera de identificarlo y ya en el lugar, Gaguine colocó la bomba camuflada al lado del moledero contra el cual se apoyaba Pastora. Parecía no tener tiempo que perder para asesinarlo, obviamente aprovechó el interés de los presentes en las respuestas del comandante, el terrorista del que leemos simuló tener un problema con el *flash* de su cámara para salir de la casa y salvar su pellejo. —María continuó su lectura—: «Gaugine detonó una bomba tipo Claymore, de construcción casera. Después de analizar láminas de zinc, maderas quemadas y esquirlas tomadas en la escena, forenses del Organismo de Investigación Judicial (OIJ), con ayuda de la Oficina Federal de Investigación estadounidense (FBI), concluyeron que el artefacto era una platina de hierro en forma cóncava cubierta de explosivo plástico C-4. Para desatar la reacción química del explosivo plástico C-4, Gaguine usó un radio de comunicación, un *walkie—talkie*, marca Icom, modelo 2A de 399 frecuencias. El aparato estaba envuelto en plástico».

La vocalización de las palabras comenzó a dificultarse para María, quien comenzaba a recibir relampagueos de imágenes en su mente.

—«Una guerrillera presente alteró accidentalmente el desplazamiento de la explosión, esto le salvó la vida a su comandante. En un momento, ella estaba pateando sin interés el maletín que contenía la bomba y al otro intentando ayudar a uno de los periodistas que se asfixiaba con un enorme orificio en la garganta atravesado por dos clavos, vidrios y una astilla de madera; este se encomendaba a Dios, dispuesto a morir». —El relato avanzaba en terror.

»Esta loca que ves aquí, yacía prácticamente enterrada en el lodo, a punto de perder la conciencia, yo lloraba por no volver a ver a mi hijo, otros lloraban sus piernas mientras se desangraban. Las múltiples quemaduras nos hacían irreconocibles. Las víctimas simplemente estábamos tiradas y esparcidas dentro y fuera de la casucha, allí ayudó uno de los periodistas ticos de apellido Ibarra, además de comunicador era cruzrrojista, este se esmeró por instinto a buscar material para hacer torniquetes y tratar de salvar vidas. Pero, a pesar de su instinto servicial, ese hombre no pudo incorporarse más: el líquido de su rodilla derecha se había regado, su brazo derecho tenía quemaduras de primer y segundo grado y más de cincuenta esquirlas entre la axila derecha y sus dos extremidades inferiores, era afortunado de contar con sus piernas y brazos aún. Yo viví todo esto y también lo leí.

El guatemalteco se puso de pie quitando su mirada de los papeles y mirando al vacío de la pared blanca de su cuarto.

—Yo fui sacada del lugar en los primeros viajes hacia el lado nica, llevaba algunos huesos expuestos y tenía un profundo hueco en mi espalda que taparon con trapos para que no me desangrara. No podía ver, parecía que había perdido mis dos ojos, estaba irreconocible. —Las primeras lágrimas emergieron.

—¿Y el comandante? ¿Estaba muerto?

—Ni muerto ni grave, pero fue el primero en ser sacado en lancha rápida. En San José, fue trasladado a un centro médico privado que entonces solo tenía dos puertas, de ingreso y salida. Dos días después, Pastora fue trasladado a una clínica privada en Venezuela, donde estuvo dos meses recuperándose de quemaduras en sus manos, pecho, y lesiones en su pierna derecha.

—¿Y a vos dónde te llevaron?

—En Nicaragua, los demás guerrilleros lesionados y yo estábamos en un centro médico cercano, la discreción era vital, las victimas debíamos ser atendidas lo antes posible, pero con mucha cautela. La vida y cuerpo de los heridos se nos desfiguró y yo ya llevo casi un año de hospitalizaciones primero por las heridas físicas y después por las del alma. Vos me comprendés bien.

—Sí. —El interno tenía un gran nudo en la garganta.

—Cirugías reconstructivas, pérdida de la escucha y de la vista. Fui intervenida por lo menos una diez veces en Managua y pasé en cama más de seis meses hasta que me pasaron acá por orden de mi hijo.

—No te fue tan mal, María.

—Me extrajeron tachuelas, clavos y arandelas del cuerpo, la bomba casera me llenó de esquirlas. El hueco en la espalda sanó, pero mis huesos no, los dolores de espalda son constantes y mi columna torcida; ciega y sorda por meses, los ataques de pánico de por vida, mi demencia comenzó en La Penca. Cada noche, al intentar dormir, veo llamaradas blancas y azules, siento los choques que noté en aquel momento como de electricidad fulminante, mi piel calcinada arde, mi propia sangre me ahoga; los recuerdos me hacen vivirlo una y otra vez.

—¿En qué te puedo ayudar? —preguntó el nuevo interno, María ya estaba hecha un puño en el suelo, en sus manos los periódicos viejos que con esmero cuidaba.

—Ya lo hiciste —soltó ella mientras se recomponía—. Traéme agua.

Después de recordar su historia, la más terrible hasta ahora vivida, María sintió un gran desahogo y el guatemalteco la confianza suficiente para contar un poco de su historia a su nueva amiga nica.

—Creí que mi historia era catastrófica, pero he comprendido que probablemente existen peores circunstancias, una historia de vida minimiza y a la vez maximiza la de los demás.

—Mi tragedia ahora no son las heridas, sino estar aquí lejos de mi casa; perdí mi libertad también —María sollozaba.

—Pues mi barco se llamaba Diana D. —Al escuchar ese nombre, María se sintió mal, seguramente era otra de sus demencias, eso no sería posible. El mundo era pequeño, pero Nicaragua diminuto. María miró alrededor con nerviosismo y vacilante, se giró dando la espalda a su amigo.

—No es cierto —dijo en voz alta.

—¿Sabés algo de mi barco o de sus tripulantes vos?

—No, nunca lo escuché. —La mujer sabía que su silencio era su mayor virtud, había muchas cosas de las que no podía contar.

—Nos atraparon, juzgaron y encerraron. A mí me interrogaron al cansancio y al no obtener mucha información decidieron mandarme a Cuba con otros. —El guatemalteco se esforzaba por recordar—. La cuestión es que enfermé y no me pudieron llevar con los demás. Pasaron cosas muy malas que aún no me atrevo a confesar y comencé a hacerme el loco, pasé días sin comer para morirme, hice cosas que nunca imaginé poder realizar y, de momento, logré llegar aquí, ahora pretendo regresar a mi casa.

—¿Cómo?

—Por ahora solo necesito un teléfono.

—Te ayudaré —concluyó su compañera.

Los nuevos conocidos acababan de confesarse y, como en una película vieja de hospitales, la vida les daría una sorpresa inesperada. Esa misma noche, Simón, que había escuchado toda la conversación de sus internos, decidió hacer una obra de caridad, él no quería estar ahí tampoco y en el fondo buscaba ser despedido.

Ya pasaba la media noche cuando entró al cuarto de María, la despertó solo con los primeros pasos al entrar, su mirada habló por él, ella que ya comprendía todo, se puso de pie y lo siguió. Fueron hasta la habitación del guatemalteco y, de la misma forma, este se vio siguiéndolos por los oscuros pasillos.

Nadie notó lo que sucedía, sin forzar nada, sin guardias en las puertas, sin dinero ni ropa de cambio los dos locos salieron a la calle, Simón les aconsejó dividirse cada quien por su lado.

La despedida fue breve y sin lágrimas; por la derecha y a paso lento se fue María y por la izquierda, corriendo la carrera de la vida, el guatemalteco que hizo a María recordar a un tal Fabio y a un extrañado Daniel. Un loco guatemalteco le hizo contar su historia y extrañar su pueblo, Corinto. Simón solamente reía mientras los veía huir.

# V
# ANTES DE PARTIR
# 1983— 1984

**Aquella primera visita del papa**

Polémica. El papa llegó por primera vez a Nicaragua en marzo de 1983 como parte de una gira que lo llevó a otros países de la región. La cita fue polémica

«… Mientras Nicaragua se preparaba para la visita del papa, ocurrió una tragedia. Diecisiete jóvenes reservistas de la Juventud Sandinista, integrantes del Batallón 30—62, fueron asesinados por la contra en San José de las Mulas, Matagalpa. Los cuerpos fueron llevados hasta la Plaza 19 de Julio, un día antes de la llegada del pontífice y ahí fueron velados y llorados. En las fotografías de la época se divisa una multitud de personas junto a una hilera de ataúdes, una imagen que pronto se convertiría en usual, pero que entonces representó un gran golpe, uno de los primeros de la contra y considerado el más fuerte hasta esa fecha…».

«**Bienvenido a la Nicaragua libre gracias a Dios y a la Revolución**», decía la manta colgada en el aeropuerto la mañana del cuatro de marzo».

Elnuevodiario.com, Nicaragua
Por Matilde Córdoba
Actualizado el 24/04/2014

***

Desde diciembre de 1983, Fabio sabía que el nuevo año lo recibía con muchos desplazamientos más, el tráiler que él conducía era propiedad de su hermano, el que vivía en Guatemala. Esa Navidad, Doris la disfrutó en casa con su esposo, Fabio, además, se reunió con sus padres, hermanos y sobrinos, sabía que, al volver a Guatemala, tendría que decirle adiós para siempre a Rosa, la mujer que fue tan buena con él y le hacía sentir a gusto en ese hermoso país de influencia maya y herencia española. Fabio había decidido dejar su relación extramatrimonial con ella, hablar con su estimado hermano y dejar ese trabajo, sabía que debía dedicarse más a su esposa y familia en Costa Rica. Esas decisiones ya estaban tomadas antes de partir.

—Ya no soy un carajillo, Dani, ya es hora de que me componga —le decía Fabio días antes de su último viaje a su hermano por teléfono, como asomándole la decisión de dejar los viajes en tráiler.

En diciembre de ese año, en su acogedora casa de Cañas, Fabio se preparaba para otro de sus viajes, el último por decisión propia. Realmente disfrutaba su trabajo, era un camionero bien resignado a su labor, pero ya estaba firmemente decidido a cambiar de vida y de trabajo. El fin de semana antes de partir a Guatemala en tráiler, decidió ir al río San Isidro y pasar una tarde en familia, quiso comenzar su despedida en ese río que con sus refrescantes aguas y abundancia de árboles de jocote lo reunió tantas veces con sus hermanos y sobrinos, fue un día especial, como todos los que pasaba en Cañas, pueblo caluroso por clima y por el cariño de su gente, conocido como la ciudad de la amistad.

La despedida siempre era muy esperada, pero poco conversada, era una rutina normal tras sus prolongadas salidas de trabajo, la vida de un camionero nunca había sido fácil, en especial para sus familias. Fabio deseaba ir a visitar a su hermana Cecilia al agraciado y cercano pueblo de Arenal y así lo hizo, de paso se despidió del lago que tantas veces lo inspiró, junto al volcán Arenal, visitó a su hermana y sobrinos y les prometió pronto volver. Esa quizás sería la última vez que lo vieran en Arenal y en Costa Rica. Fabio comenzaba su despedida final.

Fabio iniciaba un encuentro con él mismo. «El día de mi partida ha llegado, la despedida siempre es difícil, pero esta vez lo es mucho más y probablemente sea por mi decisión de no seguir viajando», se decía Fabio en sus pensamientos, practicaba sus palabras de despedida.

—Papá, ven, te tengo una sorpresa.

«Miro a mi hija y se me derrite el corazón, es tan tierna y crece tan rápido, es la niña más bella del mundo, una macha preciosa, su cabello ondulado y esos ojos claros, se parece tanto a mí». Fabio hablaba con la mirada.

—Ya voy, mi amor, también debo despedirme de mamá. —Fabio sintió una profunda tristeza, diferente, más bien desgarradora.

Sus pensamientos resonaban en su cabeza. «Creo que soy un hombre dichoso, tengo una esposa que me ama, fiel y hermosa, es la mejor madre que pude escoger para mi hija, a pesar de muchas etapas de confusión, de mis períodos de ausencia ella siempre está aquí, esperándome. Cada vez que regreso, la encuentro más hermosa y junto a mi hija bella, la niña de mis ojos, nunca podría dejar o abandonar tanta bendición, tanto amor, debo hacer bien las cosas porque ellas no merecen sufrir por mis malas decisiones».

—¡Fabio Araya, ven aquí!

—Mi bebé, si no entiendo por «papá», me llama por mi nombre, ahora sí voy a despedirme de ella… —Así, por las buenas, sí.

—Papá, te tengo una sorpresa que no te imaginas, cierra los ojos.

—Lo que me pidás, amor.

Con mis ojos cerrados puedo sentir su olor, olor a mi bebé, a veces deseo quedarme aquí, no irme, buscar otro trabajo, no abandonarlas tanto tiempo, pero no he podido, debo hacerlo, por lo menos esta última vez. Debo arreglar pendientes en Guatemala y ayudar a mi hermano, además, necesito el dinero de este viaje, solo voy a traer un cargamento de frijoles, un viaje corto es lo que me separa de un nuevo comenzar, estoy decidido a cambiar mi vida. —Un padre enamorado miraba a su hija con fuerte deseo de no separarse de ella.

—Mira, papá, te hice una pulsera de navegante.

—Increíble, amor, es hermosa y, ¿cómo me la pongo?

—Papá, es para asustar a los tiburones y a los fantasmas.

—¿En serio, preciosa? No las conocía, esas pulseras deben ser mágicas.

—Si viajas en barco, te protege de los tiburones y, si viajas en tu camión, de los fantasmas; es fácil, papá, solo debes creer —le decía emocionada su hija con brillo especial en sus ojos—. Con ella nunca morirás.

Zeidy tomó el pequeño y delgado cordón rojo, hizo algunos nudos y lo amarró fuertemente en la muñeca derecha de su padre. Vio a su papá a los ojos antes de abrazarlo y soltar el llanto. Solo tenía seis años, comenzaba a vivir.

—Prometo cuidarla, no quitármela y traerte una pulsera espantafantasmas de mi viaje, bebé —Fabio trató de consolarla.

—No soy una bebé —soltó la niña entre sollozos.

—Sí, mi amor, sos mi bebé, siempre lo serás. —Su abrazo fue sincero, derramó mucho amor. Fabio se sintió amado, valoró su vida y lo que tenía.

—Papá, ¿me llevas? —Fabio negó con la mirada—. ¡Por favor!

—No, amor, pero prometo volver pronto con un regalo para ti.

—No, papito, por favor, no te vayas.

—Volveré pronto, lo prometo.

Esa era la noche más esperada de Fabio y la más temida, la despedida, en unas horas, de madrugada, sabía que dejaría gran parte de su corazón esperando su regreso, pero debía ir a Guatemala, donde otro pedacito de su corazón le aguardaba. Tampoco quería romperlo, pero era necesario. Regresaría pronto, ese era su plan, eso anhelaba su corazón; cada despedida era igual de dolorosa, pero esta era distinta, su instinto se lo avisaba, su corazón casi no lo resistía.

En la mecedora del corredor estaba Doris calculando cada movimiento, cada gesto, cada palabra de despedida de su esposo, Fabio la miró y la amó con su mirada.

—Amor, ¿qué te pasa?

—Nada —le respondió Doris, su mujer, la que escogió como esposa y la mejor madre que pudo darle a Zeidy. Él la había sacado de su casa, la pidió a sus padres, se comprometió con ellos y con ella misma el día de su boda por la iglesia, nunca olvidaría ese gran y maravilloso día.

Fabio sabía que sería un hombre muy extrañado, que dejaba en casa a dos bellas mujeres que pensarían en él cada mañana al despertar y cada noche al acostarse. Además, estaba su hija Kathy, ella era su hija mayor, la tuvo siendo muy joven, pero también la amaba y, aunque no vivía con ella, la tenía en sus pensamientos en cada viaje y le rogaba a Dios protección para su vida.

Doris seguía sentada en la vieja mecedora, triste, viendo al vacío, pensando cómo convencer a su esposo de desistir de su próxima travesía, como dando crédito a su sexto sentido de esposa y madre. Ella no quería que él se fuera. No esta vez, tenía un mal presentimiento.

—Amor, sabés que te conozco.

Una pequeña dosis del silencio de Doris ponía un poco nervioso a Fabio.

—Doris, mírame cuando hablamos. ¿Estás llorando? ¿Por qué llorás? sabés que volveré pronto, como siempre.

—No comprendés nada —soltó Doris con un nudo en la garganta.

—Mi amor, Doris, miráme, yo te amo y cada vez que viajo te extraño con locura, no creás que lo disfruto, la vida de un camionero es solitaria, siempre se está cansado y lejos del lugar que uno ama.

Doris lloraba como sospechando que en Guatemala le esperaba otra mujer o quizás presintiendo que esa realmente era su última despedida, que no volvería pronto o, a lo mejor, nunca se encontrarían.

—Ya no quiero que trabajes en eso, ya no quiero estar sola, estoy cansada, de verdad quisiera una vida, un matrimonio normal.

—¿Ya no querés estar conmigo?

—Contigo sí, pero presente, acá en casa, necesito saber que llegará la noche y estarás aquí, cada noche sin excepción, estoy cansada de sentirme sola y de ver la mirada triste de mi niña cada vez que pregunta por ti, no puedo más.

Doris secó sus lágrimas y miró fijamente a su esposo, sus lágrimas volvían a emerger y corrían por sus mejillas, su mirada suplicaba la compañía de su amado, más que eso le suplica seguridad.

—Pero ¿cómo hago yo?, no puedo dejar mi trabajo botado, es lo único que puedo hacer, no fui a la escuela, con costos y por gusto aprendí a leer, no tengo otra profesión. ¿Quién me daría trabajo? ¿De qué manera viviríamos? Es el último viaje que haré, por lo menos a Guatemala, y he decidido volver en barco para llegar más rápido.

—Llévanos contigo o no vayas.

—¿Cómo? ¿Que las lleve? Jamás. Doris, cómo se te ocurre, yo no voy de vacaciones, vos sabés lo peligroso que sería, no puedo exponerlas, conocés lo que pasa fuera de Costa Rica, cada país es diferente, moriría si les pasara algo malo por mi culpa. Definitivamente, no y eso es indiscutible, la vida de camionero no es como pensás, las carreteras siempre congestionadas, horarios muy justos, controles continuos con oficiales corruptos; en las fronteras violan mujeres, desaparecen personas, se pasan semanas e incluso meses en pista, comiendo y durmiendo en espacios reducidos de menos de tres metros cuadrados durante el viaje y ni preguntés por servicios sanitarios, solo un loco llevaría a su familia y ni que decir cuando te subes a un barco.

—No quiero que te vengas en barco, es peligroso.

—No, amor, no es peligroso, será más rápido y podré pescar, volveré más rápido y aprovecharemos el tiempo juntos, mi tiempo ahora será tu tiempo, escúchame y créeme, yo te amo, las amo.

Doris no escuchaba lo que su marido le decía, oía, pero no escuchaba, no quería dejarlo ir, pero no había manera de evitarlo. Fabio desvió su mirada a la salita de juegos de su hija en el interior de la casa, no quería perderse de momentos con su niña, no quería que sufriera y tener un pleito con su madre no ayudaría, debía solucionar su vida.

—Miráme Fabio, decime qué pasa, ¿por qué no nos querés llevar? ¿Es que tenés otra familia? ¿Sos como Damián, tu amigo, con una mujer distinta en cada puerto? Hablá, hombre, sé sincero conmigo, contáme la verdad, ponte los pantalones y aceptá porque no me podés llevar con vos a Guatemala. —Doris rompió a llorar.

—Con vos no se puede hablar, ya te expliqué. ¿Querés discutir?

Doris limpió una a una sus lágrimas, se levantó lentamente, sin mirar a Fabio, ignorando sus palabras. Él solamente escuchó el golpecito del cierre de la puerta de su recámara.

—Papi, papito te estoy esperando. —Fabio desvió su mirada sobre su macha preciosa, ella le haría bajar la cólera y el calor de la inútil discusión con su esposa en un pedazo invaluable de tiempo.

—Amor, ahorita hablamos —le respondió con ternura Fabio a su hija mientras iba directo a su habitación a hacer lo que debía, despedirse de su esposa con mil caricias, besos y te amos, darle seguridad y crear esperanza en ella, no era momento de contarle lo de Rosa y pedirle perdón, eso lo haría al volver.

—Doris, te amo y quiero hacer las cosas diferentes, no quiero verte sufrir, ¿lo entiendes?

—Sí, amor, yo lo sé, aunque me desespere y sabés que te amo aún más y aquí te esperaré el tiempo que sea necesario, solo asegúrate de volver.

Este momento sería el más recordado por Fabio en sus días de encierro en Nicaragua, esa última noche de amor en libertad, ese último beso y sus ojos casi cerrándose del sueño deseando poder seguir abiertos solo para no dejar de observar a su amada. Esa noche, Fabio durmió poco, pero fue inmensamente feliz, se sintió amado.

El momento más postergado llegó, Fabio partió de Cañas rumbo a Guatemala, se despidió de su madre, padre, hermanos, de sus dos amadas hermanas Cecilia y Ana,y por supuesto de Doris y de sus hijas, su intención sincera era regresar muy pronto, con fuerzas renovadas y nuevos proyectos de vida.

Fabio llegó por tierra o como él decía, «volando rueda» a Guatemala, su país hermano, donde no solo tenía una fuente de trabajo, sino un hermano, amigos y una buena mujer que aún lo esperaba incondicionalmente, esta vez sería distinto, esta era la verdadera despedida, era su último viaje.

Pasó por las fronteras de Nicaragua y Honduras sin ningún altercado o contratiempo. Ya en Guatemala tenía dos cosas por hacer: visitar a su hermano para finiquitar los detalles de la mercadería que debía transportar a Costa Rica y lo más temido por él, hablar con Rosa.

Así que, al mal paso darle prisa, Fabio dejó las cosas dentro del tráiler, en el mismo parqueo del puerto de llegada y se dispuso a buscar un teléfono público, sacó su vieja libreta telefónica y con el nombre *De la Rosa* tenía guardado su número. La llamada fue corta, ella lo estaba esperando.

Se dirigió a Ciudad de Guatemala y durmió allí en casa de su hermano, el siguiente día debía viajar más de cien kilómetros hasta Jutiapa donde se encontraría con ella, este no sería un encuentro usual, debía terminar su relación y despedirse para siempre. No había marcha atrás.

—Hermano, prometo volver pronto y ponerme al día con los detalles del viaje.

—No me parece que te perdás así. —Su hermano no lo entendía.

—Siempre he sido responsable, solo dame chance de arreglar mis cosas.

—Andá, hermano, regresá rápido que aún tenemos mucho de qué hablar, debo darte algunas cosas para que lleves a nuestra madre, la extraño mucho.

—Sí, prometo volver en el tiempo indicado. —Fabio era un hombre de palabra.

De camino, observó grandes sembradíos de arroz y eso le recordó su tierra y su familia; debía hacerlo, no podía solamente desaparecer debía ser hombre para terminar esa relación y para agradecer el cariño recibido, debía poner la cara.

Con una pizca de nostalgia llegó al mismo barrio, en el mismo pueblo, todo era igual, nada cambiaba allí, lentamente se aproximó a la casa de un amarillo un poco más claro por el sol, tomó las llaves del mismo macetero de siempre, las gerberas de colores que sembraron juntos estaban marchitas, secas como la misma calle, metió la llave en la cerradura y lo pensó un poco antes de girarla. Una vez dentro su mirada recorrió la casa, se sintió extraño y vio una foto de Rosa en la mesita de la sala, nunca la había visto, la tomó en sus manos justo en el momento en que ella apareció.

—Amor, tardaste mucho, te esperaba desde temprano.

—Hola, Rosa. ¿Cómo estás?

—No muy bien, he estado enferma.

—¿Enferma? ¿Qué tenés?

—Es una larga historia, vení sentáte, que hice almuerzo, cociné para vos.

Fabio se condujo con timidez, despacio caminó hasta la pequeña pero muy acogedora cocina. Esta vez algo había cambiado no hubo besos ni abrazos, ella sirvió mesa para los dos rápidamente comprendiendo que algo extraño sucedía, estaban solos, él se sentó en silencio.

—¿Qué querías decirme? —masculló ella, el nudo en la garganta se notó en su voz cortada.

—Seré directo, Rosa, no voy a volver a Guatemala.

Rosa se tambaleó y logró agarrarse del fregadero, él se levantó y la llevó hasta una de las sillas del viejo comedor. Sus miradas se cruzaron por unos segundos.

—Es muy difícil para mí, pero sabés que no dejaré nunca a mi esposa y ninguna de las dos merece sufrir por mí, así que he decidido venir a verte para despedirme para siempre de ti, este es el último viaje que haré y tenía que verte a los ojos y darte las gracias por todo.

Los dos lloraron en un fuerte abrazo, ella comprendió lo que pasaba, ya muchas veces había pensado en ese día que quería pensar lejano, pero que muy pronto había llegado. Secaron sus lágrimas y Rosa miró sus ojos claros, era tan guapo y tan cariñoso, su esposa era muy afortunada, ella también lo había sido por conocerlo y, a su manera, ser feliz a su lado, aunque por periodos muy cortos, compartiendo su cariño y hasta sintiendo celos inútiles, pero de la manera más placentera posible.

—Se enfriará la comida, come, por favor. —Rosa se compuso—. No te preocupes por mí.

Comieron en silencio y con pequeñas sonrisas comenzaron a darse las gracias. Ella sabía que debía decírselo, pero no sabía cómo, no quería comprometerlo, así que optó por pedirle como último favor que antes de partir de Guatemala le hiciera una última llamada.

—Lo prometo, esperá mi llamada el jueves. —Claro que la esperaría.

Esa noche, Fabio durmió en casa de Rosa, pero esta vez fue su amigo y no su amante, la decisión era irrevocable o eso prefirió pensar ella y no presionarlo, en el fondo, Rosa estaba un poco cansada de estar tan sola y de esperar lo que nunca ocurriría, sentía paz para rehacer su vida con tranquilidad sin esperar siempre a un hombre que no le pertenecía, que amaba, pero que no viviría nunca a su lado, lo dejaba en libertad y de la misma forma recibía la suya.

Esa mañana despertó muy temprano. A diferencia de las últimas mañanas, Fabio se sintió distinto, sereno y motivado. Vio a Rosa desde la ventana, dulce y delicadamente bella. Supo que ella sería más feliz sin él. Volvieron a despedirse, hubo lágrimas y abrazos, le pidió a Rosa que se cuidara mucho, le agradeció nuevamente el tiempo juntos y la abrazó fuertemente; al fin y al cabo, sería su último abrazo.

Tomó camino con el corazón en la mano, comprendiendo que sus errores hacían sufrir a los demás. Nunca pensó en las consecuencias de sus actos, llegó a querer mucho a esa bella chapina, pero no era él quien podía hacerla feliz y decidió dejarla libre. La libertad definitivamente era el mejor regalo que podía ofrecerle.

Ya en Ciudad de Guatemala y preparándose para partir hacia el puerto, confirmó su decisión de volver a su casa  en barco, era la manera más rápida de regresar a casa y fue en Puerto Quetzal donde se embarcó en el Diana D, allí dejaba su vieja vida, con el corazón lleno de gozo y satisfacción, todo había salido bien y muy pronto estaría en su hogar, recordó la llamada, prometió llamar a Rosa y no le fallaría en su último deseo.

# VI
# EL REGRESO
# 1992

«SÁBADO 10-03-84. México, Argentina, Costa Rica y Honduras sin rastro del barco desaparecido hace mes y medio. Las autoridades costarricenses de seguridad han confirmado que el barco mexicano Diana D con 25 tripulantes a bordo, ha desaparecido definitivamente. Según funcionarios del Ministerio de Seguridad y de la Dirección de Inteligencia y Seguridad, las *pérdidas por esa desaparición* —causada por un percance marítimo no aclarado —superan los dos millones de dólares. Las versiones que apuntaban a su posible captura por autoridades sandinistas han sido descartadas tras una intensa búsqueda en la que participaron unidades de Costa Rica, Panamá, México, Nicaragua y Guatemala».

*ABC 27*, **Madrid, España**
**http://hemeroteca.abc.es**
**Tomado el 5 de mayo, 2019**

\*\*\*

El barco Diana D había partido del puerto guatemalteco Quetzal, cargaba alimentos y productos químicos que debía desembarcar cuatro días después en el puerto costarricense de Caldera en Puntarenas, a ochenta kilómetros de la tan anhelada casa de Fabio. El navío nunca llegó a Costa Rica, ni mucho menos Fabio a su hogar. Se quedó de camino y ya hacían varios años que intentaba sobrevivir en distintas cárceles en Nicaragua.

Fabio fue separado de sus compañeros, primeramente, lo tuvieron encerrado en la isla de Corinto, ese fue un encierro provisional, tiempo después fue llevado a La Loma y así lo trasladaban cada cierto periodo de tiempo de cárcel en cárcel; de mal en peor; de preso a esclavo. Por breves lapsos de tiempo se olvidaba de vivir y solo moría en las sombras, en su intento desesperado de despertar de ese horrible sueño. En otras ocasiones, soñaba con escapar y volver a ver a su familia y nunca le faltó la esperanza de encontrar a su joven amigo Daniel o enterarse de que había podido escapar y avisar a su familia en Costa Rica de que él aún vivía.

Desamparado y condenado, Fabio centraba la mayor parte de sus días en maquinar las mil formas de escapar y de cómo sus hermanos lo buscaban por toda Nicaragua. Los tiempos habían cambiado, había más control en las cárceles y menos maltratos, aunque comprendía que en esos escondites subterráneos donde a diario los escondían para evitar supervisión y control era prácticamente imposible llegar, resistir y salir con vida.

A Fabio Araya lo escondían con falsos nombres, lo trasladaban como un simple esclavo, siempre solo y advertido de no hablar con nadie. En algunos periodos de tiempo vivía en cárceles, como cualquier otro preso, con nombre, expediente y cargos alterados, todo por obra del ahora muy metido en política Jerónimo, para Fabio un simple narcotraficante que lo utilizaba a él como ficha fantasma, eso era el tico; una persona que no existía y podían mover por donde quisieran, completamente invisible, detrás del telón.

El tico ahí era solo un número más, un enemigo, un extranjero, uno de los tantos capturados de guerra, su vida allí no valía nada para nadie excepto por el valor que él se tuviera, el cual en su caso a veces subía, pero no tanto como bajaba, las depresiones eran cada vez más prolongadas. Fabio no era ya un ser humano normal, su forma de pensar, de reaccionar y de vivir reflejaba los más siniestros traumas vividos en esos últimos años y escasamente superados.

En uno de los numerosos cambios de prisión a los que muchos dentro estaban acostumbrados, Fabio volvió a encontrarse cara a cara al sargento Jerónimo solamente que ahora era un reconocido político, este reconoció al tico de inmediato, al peón en el ajedrez de sus negocios, a su chele preferido, al que cargaba armas desde Guatemala, pero juraba que solamente eran frijoles, el que se autoproclamaba inocente y que, en ocasiones, trasladaba a escondidas para sus fechorías de traslado de mercancías y personas de manera ilegal.

Jerónimo, quien ya como reconocido político hacía inspecciones rutinarias en las cárceles, quien inmediatamente después de ver a Fabio y por el impulso que empujaba el sorprendente parecido físico que tenía el tico con su propio y despreciado padre, decidió devolverlo a Corinto y asegurarse de ser él quien acabara con la vida de aquel chele que tanto detestaba.

Su antiguo enemigo lo reconoció fácilmente, aquel parecido enorme al desalmado que tuvo que llamar padre, al que muchas veces vio violar a su madre y hermana, al desgraciado que dichosamente los abandonó por ser simpatizante liberal y parte de la Guardia Nacional de Somoza, un vendido que ahora los rumores contaban que seguía su misma corriente sandinista, un hombre como tantos, insaciable de poder, de quién heredó su frío corazón y el gusto por los negocios ilegales. Jerónimo y su padre bailaban con el viento hacia donde mejor les pagaran sin importar a cuantos hombres tuvieran que asesinar para conseguir su objetivo.

Así, Jerónimo, cada vez que golpeaba a ese chele, se desquitaba de su propio padre y sentía un regocijo enorme por hacerle al tico lo que su progenitor a él, Fabio para el sargento no era más que el vivo retrato de su padre quien, de paso, siempre sería un simple cerdo somocista y ahora un contra.

El sargento decidió llevarse con él a Fabio de vuelta a la isla, a la costa, ahí donde tenía él su campo militar muy cerca del Puerto Sandino, antes llamado Puerto Somoza, movido por un deseo extraño de venganza y unas ganas entorpecedoras de desquite con el chele que aún vivía; quiso llevarlo con él para darle fin a su vida.

Ahora debía ser más cauteloso con el reo, pues los tiempos eran otros, no podría darle mucho trabajo forzado y exponerlo a conocer pueblerinos, los corinteños eran buenas personas y no faltaría quien quisiera ayudarle.

El sargento convertido en todo un político tenía muchas influencias, llevaba y traía reos como vacas al matadero, no debía llenar mucha documentación, mucha formalidad, solo agarraba a los desdichados y los trasladaba. Así trasladó Jerónimo a Fabio aquella segunda vez hacia Corinto y Paso Caballos, tenían puestos militares con vigilancia muy estricta, pero lo quería cerca de él, era su nueva fuente de diversión.

—Buenas tardes, chele, mirá lo que traje. —La mujer que avanzaba encorvada hacia la mesita de madera miró a Fabio con ternura y un poco de lástima—. ¿Qué es lo que tiene el Jerónimo contra ti? ¿Qué le has hecho? No quiere ni que comás, otra vez he tenido que emborracharlo —le decía la gentil cocinera a Fabio mientras colocaba un plato en la mesa sucia del recinto donde encerraban al privado de libertad.

María, la cocinera, hacía los días de Fabio más amenos en su nuevo encierro, no tan nuevo porque Corinto había sido el primero de sus lugares de aislamiento en 1984 y varios años después con la desgracia de haberse topado nuevamente con Jerónimo, quién ya no era el valiente y temido sargento; estaba muchas batallas más desgatado y amargado, pero igualmente confesó estar completamente decidido a torturarlo y no dejarlo morir sin dolor.

En Corinto, Fabio era encerrado en aparentes casas, los reos allí condenados eran más esclavos que presos, algunos eran vendidos y llevados por las montañas hacia otros países —eso rumoreaban los otros presos—, las casas se conectaban entre ellas, no eran las más aseguradas, pero ellos eran bien encadenados dentro.

Esos reos solamente aparecían y desaparecían de prisiones sin mucha documentación, Jerónimo ya era un político reconocido y nadie le cuestionaba. El narcotráfico dejaba muchas ganancias, las necesarias para financiar ciertas operaciones y las islas eran fundamentales en la carga y descarga de paquetes de cocaína, Fabio ya había tenido que trabajar muchas veces en campos de almacenaje e incluso producción del producto que tantas divisas generaba.

El tico había compartido mil conversaciones con María, una nicaragüense contratada solamente para cocinar y limpiar desastres de los militares, pero al parecer el único ser humano en el equipo, oriunda de Corinto y con un corazón inmenso a pesar de tanto dolor sufrido y las múltiples heridas de guerra. Ella llegó a representar una verdadera amiga para él, así como lo fue en el manicomio con el guatemalteco loco, su gentileza le soplaba al oído un ligero aire de esperanza, la ilusión de creer que en el mundo aún quedaban buenas personas, su cariño y complicidad permanecía intacto al pasar de los años, allí también compartieron la amistad del desaparecido Miguel y de Daniel, el niño del Diana D.

—Chele escuchá, jodido, debés comer, escuché que te van a trasladar a La Granja, aquí no están contentos contigo y los azotes diarios que te da el Jerónimo no gustan a nadie, esto no es una cárcel, ya no te pueden tener aquí. Fabio, miráme, debés ayudarme, sabés que aún busco a mi hijo, él es bueno y lo que me hizo fue por mi bien. Se me fue como guerrillero, pero por cosas que ni él entendía. Él mismo me visitó en el hospital cuando convalecía con el cuerpo y alma quemados. Yo sospecho que está por allá, vos podés llevarle mi carta, esta carta, yo sé que él te ayudará a escapar. —María, apresurada, sacó un sucio papel de su delantal.

Fabio miraba ese sucio y amarillento papel en manos de María y pensaba que la mujer aún estaba demente, pero como pocos en la vida de María, él conocía su historia y su dolor y solo guardó silencio.

María había perdido a su hijo en la revolución, un cachorro de Sandino se hizo llamar, en un momento de confusión Jaime se marchó con la guerrilla para buscar a su padre quien creían era preso político desde 1979, María no buscaba a su esposo, «ese ya estaría muerto —confesaba ella—, ese no supo con quién simpatizar», pero su hijo Jaime, ese sí que vivía aún, ella lo sintió en su estado de locura, de demencia en aquel hospital, él la visitó porque la amaba, una madre eso lo sabe, Jaime era valiente, arrecho para los golpes, nunca aprendió a leer bien ni a escribir bonito pero sí a matar a sangre fría, era seguro que le estaría yendo bien y sería un alto funcionario del Ejercito Nacional de Nicaragua, eso creía ella.

María no acababa de mostrar la carta ni Fabio de comer cuando el golpe de una fuerte patada en la puerta despertó sus sentidos, era seguro que el borracho había despertado. Jerónimo, aún bajo los efectos del alcohol, no se hizo esperar, tomó a María fuertemente del brazo y ella decidida, por fin, con la frente en alto y sosteniendo la mirada le escupió la cara al ahora gran político. Por un momento, este fue cegado por el escupitajo de María, quien disfrutó de aquella escena y tuvo cinco segundos para depositar el viejo papel en la bolsa de la camisa rota que llevaba el asustado reo.

El primer golpe de Jerónimo la tumbó en el suelo y la sangre no se hizo esperar, María soportó a duras penas el estallido de una bomba y siete años después un segundo estallido casero, el del impulso violento de un simple borracho pendejo al cual ella era sumisa, le hacía sospechar el final de sus días.

El político estaba furioso y se centró en aquella mujer. Después de un rato de golpes, María recobró un poco de conciencia, miró a Fabio, paralizado de miedo en una esquina esperando el momento de su ración de golpes, abrió bien los ojos, se aseguró de que él la mirara y le susurró, casi rogándole que leyera sus labios:

—Vete.

Fabio quitó su mirada de la desgarradora escena, ya el soldado comenzaba a quitar la ropa a la cocinera, no sería la primera vez que la violaba después de una golpiza, ni la primera que él presenciara una violación.

La noche había caído y estaba muy oscuro, la puerta estaba abierta y Jerónimo muy ocupado; por un minuto Fabio pensó en ayudar a María, pero era imposible, morirían los dos, él estaba tan acostumbrado a estar encerrado que aun teniendo la puerta abierta y sabiendo que ningún soldado lo vigilaba, no encontraba la fuerza necesaria para huir, no podía ni imaginarlo, si María no se lo hubiera indicado, él no lo estuviera pensando.

Lo pensó un poco y comenzó a moverse lentamente, María lo vio y comenzó a gritar, ella sabía que el regio militar disfrutaba del dolor ajeno. Fabio con profunda tristeza le dijo «gracias» como un susurro.

El asustado tico revisó que la carta estuviera aún en su poder y se deslizó hasta la puerta, fuera no se escuchaba nada más que los gritos de la cocinera, no había nadie y Fabio comenzó a correr. Corrió sin importar si lo escuchaban, sin pensar en nada más que en libertad, corrió aceleradamente hasta más no poder, corrió hasta salir del caserío, del lugar de tantas noches de encierro, corrió hasta tocar el agua, llegó a la orilla de la playa, se hincó frente al mar mirando la luna, era hermosa, era un sueño hecho realidad.

Hincado en la orilla sobre la fría arena, bajo la luz de una luna esplendida que dibujaba hondas en el mar, Fabio respiró libertad. Observó la calma a su alrededor y se puso a llorar, quería gritar, pero no debía, se desahogó llorando acostado en la arena, allí lloró hasta el cansancio.

Al recomponerse y caer en la realidad, no sabía qué hacer, debía olvidarse de la pobre María y pensar inteligentemente, no podía regresar por ella, ni ella quería que él regresara.

Se encontraba en Corinto, eso sí lo sabía, desde su encierro escuchaba el mar cada día y, por supuesto, sentía el inmenso calor del sol de esas playas. Según le contaba María, cada vez que podían conversar un rato, los habitantes del pueblo de Corinto aún recordaban un barco que estuvo por muchos años encallado, Fabio y María habían llegado a una conclusión: que en ese puerto escondieron el desaparecido Diana D, así que Fabio pensó en buscarlo.

Don Jaime Martínez, el padre de María le había contado a su familia hacía bastantes años que en ese barco mexicano, durante algunas labores de descargue en el puerto y por un descuido de los marineros surgió un gran incendio de proporciones incalculables, tuvieron que sacarlo remolcado del puerto para evitar una desgracia mayor y, al quedar a la deriva, las corrientes marinas lo empujaron hasta las costas de Paso Caballos y allí quedó varado hasta que lo fueron desmantelando. Según decía la cocinera algunos otros ciudadanos no tan metidos en política contaban que la guerrilla lo había traído cargado de prisioneros y armas y poco después fue vendido como chatarra, antes de que le prendieran fuego, como para borrar evidencias. Esos recuerdos no traían más que dolor a su amiga, puesto que su traicionero esposo y su amado padre habían sido capturados como presos políticos, de seguro estaban muertos y Fabio sabía que si no solucionaba rápido su escape también estaría muy pronto bajo tierra.

Muy cerca de esta playa fue capturado el tico por los sandinistas y en ese encierro pasó mejores días que en las otras cárceles. En esa playa y tocando el mar libremente, una vez más recordó a su amada esposa, no quería olvidarla y ahora veía una posibilidad de volver a verla. Fabio se sentó un momento en la orilla, tomó una bella concha de mar en tonos grisáceos se la echó a la bolsa rota de la camisa en donde sintió el papel que portaba las últimas letras de doña María Martínez, su amiga, secó sus lágrimas y se preguntó qué sería de ella y no pudo evitar traer un último pensamiento de su familia a su mente saturada de incertidumbre, recordó nuevamente a Doris su adorada esposa y deseó volver a su lado.

# VII
# A CORINTO
# 1992

**A mis hermanos con amor.**

«Así, te voy recordando
y en el corazón sintiendo
cuanto yo te estoy queriendo,
y más queriendo amando.
Si yo he de vivir soñando,
—soñar es como revivir—
soñando quiero seguir
eternamente, y soñar
que estoy usando tu mar
de almohada para dormir».

**Extracto del poema titulado *A Corinto***
**Autor: Rubén Darío**

\*\*\*

Doris González y Fabio Araya tenían siete años de casados
cuando él se perdió, los desaparecidos en Costa Rica eran sie-

te, todos tripulantes del Diana D, un barco de noventa y un metros, desaparecido como por arte de magia; tragado por el mar, era increíble para muchos políticos que, si el navío estuviese capturado en Nicaragua, lo hubiesen podido esconder.

Hacía ya ocho años del momento en que se dio el último contacto con la embarcación, el Diana D se encontraba en ese momento entre El Salvador y Nicaragua. Ahora, años después de la desaparición del navío, los familiares de Fabio y de los otros tripulantes no cesaban aún de solicitar a los Gobiernos de Costa Rica y Nicaragua que les dijeran qué pasó con los ocupantes de ese barco, que lo investigaran, que se preocuparan, pero nadie se ocupó realmente en 1984 y nadie lo haría en 1992.

Fabio vivía una fracción de libertad en el mismo puerto donde había sido capturado la primera vez. Además de algunos familiares nadie lo buscaba, solo lo daban por muerto, era más fácil dictar un naufragio que acusar de un secuestro internacional.

Realmente, en ese momento Fabio se daba cuenta de que, a pesar de todo, amaba Corinto, quizás por los cuidados de María o por los días de soledad, realmente en esa playa y en ese pedacito de libertad amó Corinto, amó su comida que a menudo le recordaba el «gallopinto» de su madre, doña Mira, por la cual rezaba cada noche; existieron también allí muchos nicas quienes como María y Miguel a su manera le ayudaron o salvaron la vida, no todos los nicaragüenses eran malos o estaban carcomidos por la guerra. Fabio sabía que podría encontrar gente buena en Corinto y eso le dio esperanza.

Estuvo un rato sentado mirando la luna, pero recordó que debía esconderse, escapar y planear cómo regresar a su país. Según leyó en uno de los periódicos que le llevaba la cocinera a su encierro, en octubre de 1984 la CIA había dirigido un ataque contra puerto Corinto, el cual fue realizado por mercenarios latinoamericanos en lanchas rápidas que operaban clandestinamente desde un barco situado a unas doce millas de la costa Nicaragua. Quizás por ese motivo nadie buscó el barco en esa isla. Esto se había dado en enero del mismo año en que ellos fueron capturados y marcó el inicio de la intervención directa de la CIA en Nicaragua, esto había hecho pensar muchas veces a Fabio en los esfuerzos de búsqueda de su familia y del Gobierno de Costa Rica y lo hacía guardar esperanza incluso de alguna ayuda internacional que pudiera rescatarlo de su calvario, debía buscar la manera de comunicarse con su familia.

Fabio se levantó con timidez y tuvo otra idea que pronto descartó, la idea de tirarse al mar y nadar sin rumbo, no quería morir ahogado ni comido por tiburones, buscaría ayuda. Caminó por la orilla un rato, sospechaba que Jerónimo lo buscaría incansablemente, logró adentrarse en la vegetación, hacia la montaña pensaba él, encontró un árbol bastante grande y tupido y decidió subir a él, era un gran almendro. El tico no pensó poder esconderse mucho de día entre las rocas a la orilla del mar ni entre las matas de plátano que abundaban al alcance de su vista en esa oscuridad.

Subió al almendro, a la rama más tupida de hojas verdes y amarillas, se acomodó lo mejor que pudo y se dio cuenta de que lo observaban, un pájaro hermoso era alumbrado por la luna, compartía refugio con un ave de colores verde, rojo, azul y más variaciones, era hermoso y dio calma al fugitivo, sin duda alguna era un guardabarranco.

Ese fue su escondite por lo que quedaba de la noche, revisó la carta de María, pero estaba muy oscuro, se tocó el delgado cordón rojo que le había regalado su tan anhelada hija antes de despedirse para siempre de él y comenzó a imaginar cómo sería la vida de sus hijas. Ya sería una jovencita, de seguro era hermosa, probablemente aun lo esperaría o quizás ya lo había llorado y aceptado su muerte, miró la luna y rogó a Dios por sus hijos, sintió un enorme dolor en el corazón, le dolía pensar en ellos, no podía aún aceptar no verlos nunca más.

Amanecía y aún estaba todo en silencio, se escuchaban solamente las ranas y los grillos, Fabio miraba hacia la orilla buscando el Diana D o el famoso barco quemado de Corinto, aun sabiendo que no lo encontraría. Se sentía libre para respirar aire puro, mirar el paisaje y sentir el abrazo sincero del viento que también se sentía libre y con su mirada fija en el reflejo de la luna en el mar no podía entender cómo los sandinistas desaparecieron su barco, cómo los desaparecieron a ellos.

El barco Diana D era un carguero que podía trasladar furgones pues abría las compuertas de la proa. Transportaba treinta y un contenedores, veinticinco de los cuales contenían frijoles para el Consejo Nacional de la Producción de Costa Rica, Fabio recordaba bien que venían veinticinco personas: siete costarricenses, once guatemaltecos, siete mexicanos y un peruano, cuando recordaba a los tripulantes evitaba pensar en el más joven, en su amigo Daniel, con algunos otros ya se había topado en alguna cárcel de paso o en algún pasadizo subterráneo.

Salió el sol y Fabio se vio prófugo, pensó en María, se preguntó si aún estaría viva y cuáles serían para ella las consecuencias por dejarlo escapar, alejó los malos presentimientos de su mente y se tranquilizó otra vez.

En un momento de calma, escuchó unos pasos, calmó sus latidos y agudizó el oído, alguien se acercaba, eran varias voces las que hablaban:

—¿Eso querés decirle a nuestro papá, jodida? No te creerá y yo no te defenderé, la situación no está para eso, sabés que debes abortar, Julia.

La muchacha con mirada muy triste se detuvo justo delante del árbol que sostenía al ahora fugitivo.

—¿Qué hacés, jodida?

—No iré, me largaré en un barco y tendré a mi hijo.

—¿Vos sos tonta, Julia? ¡Apúrate!

—No iré. —La muchacha se sentó en el suelo.

Fabio solamente miraba, en silencio, alrededor había mucha vegetación, pero se notaba el camino de paso por el sitio, debían ser habitantes del pueblo. El ave que aún acompañaba al fugitivo a lo alto del árbol de almendro también observaba calladamente la singular escena.

El muchacho que acompañaba a la agraciada señorita solo se marchó en silencio y la dejó atrás, ella se sentó en la raíz de aquel frondoso árbol, cruzó las piernas, de un jalón se reventó un cordón rojo que llevaba en el cuello, puso sus manos en su abatido rostro y lloró sin apuro. Fabio necesitaba buscar otro refugio, necesitaba escapar y necesitaba que esa joven se marchara de una vez.

Pensó en muchas posibilidades y decidió pedir ayuda, así que no lo meditó más y sin aviso alguno se tiró del árbol cayendo al lado de la muchacha, quien además de un brinco enorme se puso a gritar, Fabio puso un dedo en su boca indicándole que hiciera silencio, se hincó frente a ella y le suplicó un poco de ayuda.

Julia tenía diecisiete años y aún confiaba en los hombres, se sentó al lado de uno que le inspiró confianza y le suplicaba su colaboración, lo escuchó y sintió compasión.

Pronto, ella y su nuevo amigo estaban ideando un plan de escape, ella también quería escapar de Corinto y ahora tenía un cómplice para ayudarle en sus locuras. Su nuevo destino seria la ciudad de León, la ciudad donde yacían los restos del niño poeta, del príncipe platónico de Julia, Rubén Darío, quien fue considerado como el «poeta-niño» ya que comenzó a escribir a una temprana edad, uno de los poetas de mayor repercusión en la poesía hispánica, que, desde niño, dio gran gloria a un país pequeño y humilde, pero de gran intelectualidad.

Sin mucho esperar y para no arriesgarse a ser atrapados, Julia convenció a Fabio de ir a su casa, ella le ayudaría a meterse en el rancho de atrás sin que su padre o hermano se enteraran, Fabio se sintió agradecido.

Caminaron unos novecientos metros hasta su casa, siempre cuidando pasar desapercibidos, eran casi las cinco de la mañana y la mayoría de la gente dormía o apenas se levantaba. El hermano de Julia se la había traído de un bar donde aún esperaba a su nuevo novio, ella sospechaba ya estar embarazada de él, pero aún no se lo había dicho, el futuro padre había llegado hace unos meses a Corinto de nuevo y ella creía que era casado, «además, es muy violento y siempre está borracho», le contaba Julia de camino a su nuevo amigo, también le hizo saber entre la historia que en el bar en el que ella esperaba a su amado había un teléfono público, el cual funcionaba con monedas.

En algún momento del camino, Fabio tuvo la intención de dar vuelta atrás y correr en busca de ese teléfono, pero no recordaba ningún número, no tenía monedas y, definitivamente, no tardaría mucho en ser capturado otra vez.

Llegaron por la parte de atrás de la pequeña propiedad del padre de Julia, ella entró primero, sabía que su padre la esperaba con una buena paliza, ella ya no le temía, pero protegería a Fabio.

Abrió el rancho, se cercioró de que nadie los viera, hizo señas con sus manos a su huésped provisional que esperaba agachado en el monte, para que corriera y rápidamente se metieron en un rancho viejo de paja propiedad de su padre, ahí planearían su huida.

Fabio tuvo que contarle a Julia resumidamente su historia, un camionero que decidió regresar a casa en barco porque era el medio más rápido, un gran error, el peor de su vida, subirse a ese barco pensando que llegaría un poco antes a su hogar y además él le contó que lo motivó la pesca, el tico amaba pescar en esos viajes y pescaba como todo un profesional de alta mar, uno experimentado, eso creía.

—Bueno, pues sí, estamos en Corinto como a dos horas de Managua. Corinto no posee uniones a tierra, por todos sus lados es inundado por el Océano Pacífico y está unido a tierra firme por dos puentes que comunican con Paso Caballos y el estero claro está, por ahí saldremos, debo buscarte ropa y te daré comida, debés cortarte el pelo también, yo te ayudaré —Julia le hablaba y Fabio no sabía si de verdad vivía esa gran alegría o era solo otro de sus muchos sueños de huida. La animada jovencita se terminaba de amarrar el cordón rojo que llevaba en el cuello y ella misma se había reventado en un ataque de impotencia, se lo intentaba acomodar con ternura mientras continuaba su entretenida conversación con su nuevo amigo tico.

—Yo leo mucho —continuaba la bella Julia—, aun estando embarazada quiero salir de aquí y estudiar, mi papá no me deja, pero yo nunca he sido obediente. Ella sonreía siempre, aunque sentía mucha lástima por ese hombre con el que conversaba.

»Las islas que rodean Corinto son de una belleza incomparable —continuaba la chica caminando de un lado a otro—, ya las verás, dicen que son más lindas que las de tu pueblo, mi padre una vez estuvo por allá por Costa Rica. Aquí, en la isla vecina llamada Cardón está ubicado el faro que guía el ingreso de los barcos al puerto y donde se inspiró Rubén Darío. —Julia suspiró al pensar en el poeta.

—¿Sabés, bonita? Corinto ha sido mi casa, si así se puede llamar y creéme que conozco su belleza. —Fabio se cortaba el pelo con ayuda de un espejo viejo que le había traído su amiga.

—Sí, y por lo que me has contado, quizás ya estuviste por allí por esas playas, has estado en muchas cárceles, acá es normal, los cambian de lugar para despistar búsquedas y como la mayoría son subterráneas, se vuelven  invisibles. —Fabio solo escuchaba y ataba sus recuerdos, recordó sus muchos encierros clandestinos después de los famosos acuerdos de paz, la constante vigilancia de organismos internacionales lo llevaron a conocer islas, lagos, montañas y hasta volcanes, cada escondite más deplorable que el anterior.

—En la catedral de León, donde está la tumba de mi amado poeta, ahí también hay pasadizos subterráneos, hay quienes le llaman el infierno, dicen que conducen a la cárcel XXI y a otras prisiones, más estúpidas cárceles y sitios de tortura. —La chica tocaba sus cabellos y se ponía de puntillas seguramente pensando en su afán por aprender, a pesar de su notable difícil situación económica era muy culta y muy hermosa. El collar rojo le lucía espectacularmente, su cuello terminaba con una bella concha gris envuelta en hilos dorados unidos al cordón rojo que la joven se había quitado debajo de aquel almendro y con el guardabarranco como testigo.

—Seguro que ya estuve en León y en ese lugar que llamas El Cardón. — Fabio no dejaba de prestar atención.

—El Cardón no solo fue lugar de inspiración, sino también el sitio en donde se enviaba a los disidentes durante las guerras entre liberales y conservadores, en otras palabras a los que traicionaban o abandonaban su corriente política, los traidores y opositores —continuaba Julia, quien, definitivamente le recordaba a su hermana Cecilia por hablantina, bella,  generosa y amante de la lectura—. Antes de eso, se enviaba al lugar a los enfermos de lepra para que no transmitieran la enfermedad, y según las leyendas, los piratas que ingresaban al Puerto de El Realejo allí guardaban sus tesoros. ¿Te lo imaginás? —Fabio solo pensaba en la huida, su libertad era su más preciado tesoro, no necesitaba nada más.

—Sí —contestó por cortesía.

—En enero, cuando llegaste acá, a Corinto, tu primera vez, probablemente, estábamos celebrando la vida del apóstol Santo Tomás, no imaginás vos la de eventos religiosos que se hacen todos los eneros, Santo Tomás es quien guarda nuestro templo, voy a pedirle por vos y tu familia. —La muchacha no paraba de hablar y caminar por el sitio, no se quedaba quieta.

—Gracias por todo, Julia, sos un ángel de Dios en mi camino.

—Gracias a vos.

—¿Puedo preguntarte algo, Julia?

—Te ayudo porque también quiero salir de aquí.

—¿Qué decís? —respondió desconcertado el tico.

—¿Eso me querías preguntar? ¿Por qué decidí ayudarte?

—En realidad, no, aún no te lo iba a preguntar, nuevamente debo darte las gracias, eres solo una niña y ya tenés muchos problemas en tu vida, no quisiera ser uno más en tu lista —dijo un poco apenado el chele.

—Entonces, ¿qué me querías preguntar? —se interesó la joven.

—¿Por qué te quitaste bruscamente y con desprecio ese collar que llevás puesto y momentos más tarde lo tocas con ternura y amor?

—Sos observador, esos bellos ojos azules tuyos no dejan nada sin ver — respondió la niña sonriendo—, me lo regaló mi madre, bueno, era de ella y me hace recordarla, algunas veces la odio por abandonarme y, en ocasiones, la extraño y la perdono, ella misma lo hizo con una concha que mi padre recogió de la playa y que le regaló cuando la cortejaba, era su símbolo de compromiso y amor, por eso la dejó en la mesita de noche, al lado de la vieja lámpara de canfín cuando se marchó. —La joven hizo una pausa y Fabio no supo qué decir—. Me contaste tu triste historia y ahora ya te conté la mía chele.

—Siento mucho el abandono de tu madre Julia.

—No lo sientas, eso me hizo más fuerte, cuando tengo una piedra en el camino, ¿sabés qué hago? —preguntó Julia.

—No.

—Pues me subo en ella y veo para abajo sonriente por lo logrado y así hago con cada piedra, ni la más grande me detiene, solo me hace saltar cada vez más alto y llegar más arriba. Eso haré con mi embarazó también, será una bendición para mí.

La joven se desplazó hacia la puerta, realmente era hermosa, así imaginaba Fabio a sus hijas, jóvenes, bellas, valientes y gentiles, no la imaginaba huyendo con él, pero era su mejor plan, ella volteó hacia él cambiando de tema con una simple mirada y le dijo:

—¿Sabés, Fabio? En marzo de 1908, durante el verano, en esta isla, nuestro máximo poeta Rubén Darío escribió entre sus bellos poemas, el poema *A Margarita Debayle*, tal vez vos podés regresar aquí un día y escribir tu historia o un poema para tu propia Margarita. —Ella se agachó con gracia y sin perder sus aires refinados hasta poder salir por el diminuto hueco que funcionaba como puerta de la pequeña choza y le dijo—: Espérame aquí. —Mientras caminaba hacia el rancho donde vivía con su padre y hermano, Fabio la miró detalladamente entre la paja seca de aquel escondite. Ella caminaba con soltura mientras declamaba el poema de su Rubén Darío, el niño poeta. El fugitivo que, sin perder detalle, la observaba atentamente alcanzó escuchar:

«La princesita está bella,
pues ya tiene el prendedor
en que lucen, con la estrella,
verso, perla, pluma y flor.
Margarita, está linda la mar,
y el viento
lleva esencia sutil de azahar:
tu aliento.
Ya que lejos de mí vas a estar,
guarda, niña, un gentil pensamiento
al que un día te quiso contar
un cuento».

De esta forma tan propia de la joven declamadora, saltando de felicidad y pensando en el poeta Rubén Darío, Julia se adentró en su vivienda y Fabio se resignó a esperar sentado y en silencio.

Al rato de estar ahí, el tico pudo observar por los huecos a la gente pasar, el calor no se hacía esperar y él no podía dejar de pensar en su amiga María, qué habría pasado con ella y dónde lo estaría buscando Jerónimo.

Parecía ser ya mediodía cuando escuchó a Julia discutir con su papá, la vio salir de su casita a alimentar a los cerdos, también entró al gallinero y dio de comer a gallos, pollos y gallinas, recogió los huevos y, justo antes de que su padre saliera de la casa, Julia sacó agua de un viejo pozo. La jovial muchacha echaba vistazos fugaces al rancho donde sabía que aguardaba impaciente su amigo el fugitivo.

Veinte minutos después, Fabio se encontraba cómodamente comiendo un par de huevos fritos, arroz, frijoles y tomándose un vaso de jugo de coyoliyo, se sentía bastante repuesto, recuperaba fuerzas y afinaban su plan.

Julia tuvo la gentileza de preguntar a su padre qué sabía del dichoso barco quemado, pero su padre le dijo que estaba seguro de que el barco en cuestión lo que traía era petróleo y que sí conoció uno encallado por los Paredones en esos años, uno que sí traía armas, pero ese solamente había desaparecido.

Fabio la escuchaba contarle lo investigado, ataba cabos de sus ideas sueltas y se preguntaba si sería buena idea andar preguntando detalles de barcos, capturas o armamentos.

—Perfecto, creo que todo saldrá muy bien, llegaremos a León, vos mismo te harás pasar por mi padre, yo misma consigo los papeles, buscaremos trabajo y haremos una vida normal, eso mientras pensamos cómo regresarás a Costa Rica. No podemos intentar contactar a tu familia, eso nos pondría en peligro por tu situación de fugitivo.

Fabio escuchaba el plan de la joven y deseaba llegar a León, pero no para buscar trabajo, sino ayuda, huir de ciudad en ciudad, solicitar piedad a algún camionero y lograr llegar a su tierra, a su hogar.

—Mi historia es difícil de creer, Julia, lo sé, pero cada palabra es cierta, yo sé que mi familia aún me espera, ahora que soy libre vuelvo a creer que los volveré a ver, no puedo cometer más errores —Fabio hacía largas pausas mientras pensaba—. Tengo que saber qué voy a decir cuando llegue el momento de pedir ayuda, niña bonita, vos ni podrías imaginar lo que yo he vivido desde el día que me subí a ese barco, hace ya tantos años. —Julia lo miraba con pesar en su corazón—. Con miles costos sé aún cómo me llamo, Fabio Araya, pero ni idea de bajo qué cargos falsos me meten y sacan de prisiones, hay cosas que me han obligado y enseñado a hacer que no puedo contarte, sos solamente una niña que comienza a vivir. —Julia no entendía mucho de lo que oía.

—¡Contáme!

—Un día después de zarpar, de salir de Guatemala, la embarcación reportó problemas en los motores. Se informó que otras lanchas salieron en nuestro auxilio, pero ya el 21 de enero de 1984, cuando nos buscaron, obviamente no encontraron ni el rastro. —Fabio miraba el suelo—. Yo mismo escuché cómo obligaron al capitán a reportar problemas en los motores, claro, para que pareciera todo un accidente, nos desgraciaron la vida por unas toneladas de frijoles, por dinero, por corrupción, por política, por ambición, por la guerra.

Julia recordaba la abundancia de frijoles que hubo por aquellos años, su padre tuvo que bajar el precio en el que vendía ese producto que cultivaba, la abundancia de frijoles en los años en que Julia era solo una niña hizo las cosas más difíciles para su padre y provocó que su madre los abandonara, la joven no dudó ni un minuto lo que Fabio le contaba.

—El barco quedó en Paso Caballos, eso creo, o en alguna isla cercana, aquí mismo comenzó mi desgracia, aquí mismo, pero por primera vez nos capturaron los sandinistas. —Cada vez que Fabio decía la palabra sandinistas, Julia cambiaba de actitud, era miedo, algo le ponía nerviosa, pero Fabio lo pasó por alto.

Esa segunda noche en libertad era decisiva, escaparían de madrugada, por tierra, un joven amigo de Julia les ayudaría, según decía la joven este siempre estuvo enamorado de ella y haría lo que fuese que ella le pidiera, los escondería en su carreta y jalados por un caballo llegarían hasta León, pasarían desapercibidos.

El joven había prometido a Julia llevarla a la tumba de su príncipe poeta Rubén Darío, Julia amaba la poesía y sabía muchos poemas de él, los cuales declamaba hasta dormida y para rematar era fiel admiradora como su príncipe del rey de la literatura Miguel de Cervantes.

Al caer la noche, en su espera de huida, el único malestar de Fabio era la cantidad enorme de mosquitos que masacraban su cuerpo, pero eso no era nada para él comparado con las noches en El Chipote.

Después de un rato de dormir con el solo sonido de los grillos, Fabio escuchó un gran estruendo, se hizo suspendido, no podía ver mucho, en la casa de Julia se escuchaban gritos y golpes, pero no alcanzaba a escuchar, vio algunas antorchas, también había luces de focos, pensó en escapar, pero lo único que recordaba era cómo estar quieto, atento y esperando lo peor, sus pies no se movían estaba paralizado, tenía miedo, miedo de perder su nuevo estado de libertad. Vio una silueta acercarse, de un golpe y por uno de los huecos la joven entró a la choza, estaba muy golpeada, lloraba sin consuelo.

—¿Qué pasa? Julia, háblame. ¿Qué ha pasado? —Fabio no podía creerlo.

Julia, quien era desde hacía un tiempo la amante de don Jerónimo Domínguez, logró soltar un suave «perdóname» y fue en ese instante y en el que levantó su mirada a las llamas que ya entraban a la choza en que comprendió que todo ese episodio de esperanza se esfumaba de su vida para siempre. Fabio logró sacar a Julia de la choza en llamas, no sin recibir múltiples quemaduras, las cuales ardían un poco más con cada patada, esta vez Jerónimo se ensañó con sus genitales, las patadas fueron dirigidas a dejarlo sin ganas de siquiera volver a ver a su novia, no solamente se le había logrado escapar, lo burló y se escondió en casa de su joven amante quien, además, pensaba huir con él, esta vez Fabio no se salvaría, no viviría para contar su hazaña a nadie.

# VIII
# LOS GOBIERNOS
# 2001

**Reabren pesquisas sobre el Diana D**

«Aunque han pasado más de 17 años y hay pocos indicios sobre qué fue lo que pasó, el Defensor de los Habitantes de Costa Rica, José Manuel Echandi, solicitó al Procurador de Derechos Humanos de Nicaragua, Benjamín Pérez Fonseca, reabrir las investigaciones para determinar el destino de 25 ciudadanos costarricenses que desaparecieron el 24 de enero de 1984 cuando viajaban a bordo del barco mercante de bandera mexicana Diana D».

## 17 AÑOS DESAPARECIDA

«El 24 de enero de 1984, la embarcación mexicana Diana D desapareció frente a las costas de Montelimar, cerca de Puerto Sandino. Salió de México transportando 500 toneladas de frijoles almacenadas en 22 furgones de placas costarricenses, con conductores de igual nacionalidad. El destino era Costa Rica, pero nunca llegó.

Según dijeron en su informe, la Fuerza Aérea Sandinista (FAS) de entonces, auxiliada por un avión de la Fuerza Aérea de México, colaboró en la búsqueda, al igual que el resto de países centroamericanos. El Gobierno de Guatemala, incluso, solicitó apoyo al Comando Sur de los Estados Unidos en Panamá. La búsqueda fue infructuosa».

*Webmaster La Prensa*
**Actualizado el 26/08/2001**
**Benjamín Pérez Fonseca, Procurador de Derechos Humanos.**
**Ary Neil Pantoja aryneil.pantoja@laprensa.com.ni**

***

Esa mañana fue triste, el cielo no aclaró y el aire era frío. Doris había acompañado a su hija en la oración de ruego por su padre, antes de encaminarse a la capital. Ese día tendrían otra reunión con las autoridades del Gobierno. El viaje hasta San José le permitiría poner en orden nuevamente sus ideas, buscar pistas o cualquier detalle pasado por alto que les ayudara a convencer a nuevos y asustados políticos condescendientes del misterio que les envolvía desde 1984, de la tristeza tan profunda y alargada que vivían día tras día.

—Desde el momento en que Fabio se perdió, el dolor y el sufrimiento no me dieron chance de sentir paz nunca más, porque es terrible ver salir a una persona de la casa y no verla otra vez de nuevo, recordar sus promesas, sus ideales, su amor por la familia. Es terrible que uno no sepa si esa persona está viva o muerta porque no la veló ni la enterró, aunque hubiera sido en pedazos. Mi hija no puede llevar flores a ningún cementerio el día del padre y yo no quise rehacer mi vida, yo decidí esperarlo, lo sigo esperando como el primer día —declaraba Doris cada vez que le preguntaban si sabía algo de su esposo y cómo iba su vida sin él.

Doña Cecilia Araya, hermana de Fabio, llamada por sus hermanos Chila, vivió el dolor de enterrar a sus padres, quienes murieron sin ver a su hijo regresar. Toda la familia había escuchado rumores de un barco en Puerto Corinto y dos de los hermanos mayores de Fabio, no dudaron en ir a investigar por su cuenta a Nicaragua, de eso ya hacían algunos años. Lo buscaron en cada puerto; hablaron con muchas personas, pero a Fabio se lo había tragado el mar y los políticos temían de la política, ninguno arriesgaría su puesto o su vida por obtener respuestas de un barco perdido.

A Ceci le quedaba la satisfacción de que su padre estaba en un cementerio, podría llevarle flores, sabía que descansaba, pero su hermano, ese no estaba en ningún cementerio, ni vivo ni muerto, solamente continuaba desaparecido y eso era peor porque conocía de las cárceles clandestinas, subterráneas, escondidas del mundo y entendía de las torturas que recibían allí los desdichados como su hermano.

—Los políticos se compran, Cecilia, todos tienen un precio, como somos pobres y humildes nunca sabremos de Fabio, nunca nos lo devolverán — retumbaban en su mente las palabras de su hermana menor Ana, quien aún extrañaba mucho a Fabio, el cual ya era abuelo. Kathy y Zeidy ya eran madres y esos nietos no conocieron a su abuelito más que por unas cuantas fotos viejas y recortes de periódicos.

Las familias de todos los tripulantes elevaron el caso ante la Comisión Interamericana de Derechos Humanos (CIDH), cuya sede está en Washington, los esfuerzos de cada familia para buscar respuestas no había sido en vano, si no fuera por ellos el Diana D ya estuviera enterrado y olvidado, cada cierto tiempo algún periodista se interesaba y revivían los sueños y pesadillas de la familia Araya.

—Lo único que queremos es que los Gobiernos de Costa Rica y Nicaragua nos digan qué pasó con los ocupantes de ese barco —declaraba doña Catalina, guatemalteca y madre del joven Daniel, un niño de tan solo quince años que embarcó en Guatemala para comenzar a trabajar como marinero.

—Mi esposo era camionero y se había venido en ese barco porque era más rápido que venirse por tierra y además podría pescar. Por eso se vino en ese bendito barco —dijo Doris González, la esposa de Fabio Araya a la prensa después de que nuevamente ordenaran reabrir el caso.

—Un día después de zarpar, la embarcación reportó problemas en los motores, eso lo sabemos y que se informó que otras lanchas salieron a buscarlos, pero ya dos días después cuando se buscó, no se encontró rastro. ¿Por qué no buscaron el mismo día del reporte? ¿Dónde buscaron? ¿Cómo desaparece un barco tan grande? ¿Será que a alguien le interese respondernos? —demandaba indignada doña Cecilia en aquella reunión de reapertura del caso, ella sentía en su corazón que su hermano seguía vivo.

—Fue hasta el día después que se nos reportó la desaparición. Nos decían que estaba en Puerto Corinto, tapado con manteados y que los sandinistas los habían agarrado —contaba Cecilia.

—¿Por qué no fueron ahí? ¿Por qué protegen a esa gente? —Doña Ceci pensaba que los Gobiernos encubrían a personas involucradas o simplemente tenían miedo de destapar la verdad.

En ese momento había dos verdades: la primera, que Fabio seguía con vida, como lo dictaba el corazón de su hermana Cecilia, él seguía luchando en su cautiverio y la segunda, si existieron intentos de búsqueda y rescate de algún Gobierno, fueron infructuosos y no se lograría ningún avance en esta reapertura de caso.

La reunión del Gobierno con las familias se daba nuevamente y después de muchos años de incertidumbre en San José, Costa Rica, las familias se reunieron primeramente con el ministro de Seguridad y Doris le preguntó, con lágrimas en sus ojos, por qué no hacían nada, por qué no iban a buscar a su marido, por qué cerraban una y otra vez el caso sin realmente decidirse a aclarar dudas y cabos sueltos en el mismo.

El ministro en aquella ocasión solo respondió que estaban investigando nuevamente en conjunto a los Gobiernos involucrados, que necesitaban tiempo efectivo de investigación, pero no definió cuánto tiempo nuevamente necesitarían. Doris y su cuñada Cecilia estaban convencidas de que ese tiempo que él refería se convertiría en los años necesarios para abandonar Gobierno y, como los demás, tirar la pelota a otro cada vez menos afectado, menos identificado.

En esta misma reunión con los Gobiernos, y después de mucha charla sin sentido, Doris se levantó de la mesa, dio un golpe con su puño en la cubierta llamando la atención de los presentes, miró al señor ministro fijamente a los ojos y le dijo:

—En aquel entonces yo creía en los Gobiernos, pero hoy la política es lo más sucio y cochino. En ese tiempo pudieron habernos ayudado, pero no lo hicieron y mucho menos lo harán ahora, Costa Rica, Guatemala y Nicaragua son países hermanos, los Gobiernos deberían trabajar por y para el pueblo utilizando la bandera del país y no la de un simple partido político.

—Ella tomó la mano de su hija y salió del recinto llorando.

La aún esposa del desaparecido Fabio Araya sabía que tanta burocracia era una nueva pantomima del Gobierno, tras tantos años y diversas pesquisas realizadas nadie había encontrado vestigios ni del barco ni de los tripulantes, solamente le secundaban algunas versiones en Nicaragua de expresidiarios que aseguraban haber compartido prisión, trabajo forzado y torturas junto a algunos de los desaparecidos en cuestión. Doris conocía los informes, cada uno más escueto que el siguiente y todos alegaban trabas para conseguir la información.

—Es muy difícil que aparezcan. Yo hablo mucho con mi sobrina. Han sido momentos tan difíciles en los que nos sentamos a llorar, y ella me dice: «Tía, yo no creo que papá esté vivo. Son tantos años» —concluyó Cecilia Araya en la infructuosa reunión con las autoridades de Gobierno costarricense, quienes dejaban ver una vez más entre palabra y palabra que las primeras trabas en esta investigación serían puestas por ellos mismos, quienes se casaron con la cómoda idea del naufragio, la más fácil de explicar y aceptar.

La familia Araya, junto con las otras seis, peleaban año tras año por respuestas en organismos internacionales. No pedían dinero solo que les dijeran la verdad de lo que pasó, ninguna de ellas aceptaba la teoría del naufragio, tampoco encontraron ayuda real y desinteresada; cada puerta tocada fue cerrada en sus caras, con excusas absurdas y falta de interés.

Aquella silenciosa y desalentadora tarde, Cecilia salió de su desafortunado e inútil encuentro con los Gobiernos con el sinsabor de una conversación llena de dudas, que despedían un fuerte olor a mentiras y despreocupación, no sabía si el Ministro de Seguridad, el Defensor de los Habitantes o el Embajador de Nicaragua podrían ayudarles o si quiera ordenarían una investigación real.

Ella sabía que de esa reunión no obtendrían frutos, por lo menos no los esperados por su familia y mientras caminaba encerrada en su desesperación de hermana atisbó a escasos trescientos metros de la embajada de Nicaragua en Costa Rica una pequeña iglesia, sintió desesperación por entrar en ella y apresuró el paso, debía poner sus cargas sobre otros hombros, necesitaba hablar con el ser supremo en el que ella confiaba su vida y la de su hermano, precisaba un encuentro con Dios para aclarar su mente y seguir su camino, su vida y su misión.

El templo estaba lleno de agradable aroma a rosas, los primeros vientos de diciembre anunciaban la navidad, pero el aire era triste pues desde ese rincón Cecilia estaba segura que no obtendrían ayuda alguna, que todo era mover político y hacer pensar a la gente que también les preocupaba, pero era ilógico pensar que iban a preocuparse u ocuparse del asunto.

Cecilia se adentró en la iglesia, buscó un lugar adelante frente al altar, se hincó y pidió a Dios fuerzas, no las que ella ocupaba sino las que su hermano necesitaba en Nicaragua, rogó por personas que le ayudaran y como siempre oró porque la verdad saliera a la luz pública. Decidió permanecer un rato más en esa cálida iglesia antes de continuar su camino hasta la parada de autobuses, le esperaba un largo camino a casa y la decepción embargaba su alma.

—Odio el modo en que hablan de «los náufragos», dan por un hecho que se ahogaron y no los van a buscar, sean sinceros al menos —Cecilia recordó sus propias palabras en la reunión, así como la gran respuesta recibida:

—En absoluto —le contestó don Fernando, el encargado de prensa de la embajada de Nicaragua en Costa Rica—. No sabe usted de qué habla, mi querida Cecilia, parece que olvidan nuestros esfuerzos desde la embajada, saben que hemos enviado flotillas a Nicaragua, hemos buscado con enorme interés, pero deben comprender y pensar con cabeza fría, razonar y aceptar.

Cecilia tuvo esas palabras en mente un rato y decidió razonar, pero no aceptar.

El caso del Diana D seguiría siendo un enigma, las versiones sobre lo ocurrido eran más que contradictorias. Los Gobiernos de Nicaragua, México, Guatemala y Costa Rica cerraron el caso una y otra vez, simplemente fue más fácil declarar el naufragio, quizás temían investigar o descubrir la verdad que ellos mismos sospechaban, aunque la negaran. Aun conociendo los rumores de que el barco había sido secuestrado por el Gobierno sandinista y que los pasajeros habrían sido detenidos, juzgados y condenados a torturas en cárceles clandestinas de Nicaragua, solo decidieron ignorar y continuar con sus temas de mayor interés popular.

Con el pasar de los años se revelaron distintas versiones de historias alrededor de la desaparición del Diana D, incluso testigos con nombre y apellidos que estuvieron encarcelados en los años ochenta y conocieron a estos tripulantes desaparecidos rindieron declaraciones a la prensa, pero ni los esfuerzos de los familiares ni de los Gobiernos de los que hablaba el tal don Fernando en la embajada, lograban dar con la pista de alguno de los viajeros del barco, la ilusión de Cecilia y los demás miembros de la familia Araya de ver a su hermano, hijo, padre, esposo o tío con vida y de vuelta en casa decaía.

Para doña Cecilia y sus once hermanos era un hecho que ni los familiares ni los investigadores, entre ellos periodistas muy comprometidos de distintos medios y que conocieron esta historia de dolor desde sus inicios, creían en la versión del naufragio. Así se podía entre leer en varias columnas de opinión publicadas en el transcurso de todos estos años en el diario *Excélsior* de México, en *La Prensa* de Guatemala y en *La Nación* de Costa Rica.

Doña Ceci salió de la iglesia y continuó su regreso a Guanacaste con uno de sus recuerdos más tristes en su mente, dos meses después de la desaparición de su hermano fue convocada por el Ministerio de Seguridad para explicarles los resultados de las investigaciones, los que tantos años más tarde se repetían, según los Gobiernos, había un noventa y cinco por ciento de posibilidades de que el barco hubiera sufrido un accidente fatal.

El Gobierno de Costa Rica se basó entonces en reportes desde Guatemala en los que se leía que la Marina dio consejo al capitán de no hacer ese último viaje por las pésimas condiciones en que se encontraba el barco, doña Ceci leyó ese informe, que también decía que el barco tuvo que volverse en dos ocasiones al puerto de Quetzal por problemas en uno de los motores, pero esa no era una posibilidad para ella, no la creería. La empresa propietaria del barco afirmó que el buque no se pudo haber hundido ya que contaba con un equipo muy moderno de navegación, llevaban varios radios, contaban con compartimientos de aire que impedían su rápida inmersión y un equipo electrónico que enviaba automáticamente señales de SOS en caso de estar yéndose a pique.

Todo esto que los Gobiernos no veían y su corazonada le hacían tener la certeza de que su hermano vivía, lo que no sabía era si ella también moriría sin encontrar respuestas.

Caminando por la Avenida Central de San José, la ciudad capitalina, doña Cecilia se detuvo en un pequeño restaurante solo para comprarse un café y de paso pegarse otra amarga sesión de doloroso llanto recordando a su amado hermano.

Esos políticos y sus palabras no la dejarían tener un buen regreso a casa y es que ella no podía aceptar sus conjeturas, ellos le pidieron razonar pero ellos mismos no razonaban, los reportes meteorológicos de esos días no indicaban ninguna alteración del clima en la región centroamericana y el razonamiento más persistente lo constituyó el hecho de que no apareciera ni rastro ni restos, humanos o materiales, que pudieran atribuirse al *Diana D* aun conociendo de la voluminosa carga que portaba y la cantidad de seres humanos a bordo.

—¿Necesita algo, señora? ¿La puedo ayudar? —le preguntó con voz asustada la mesera de aquel solitario restaurante.

—No, gracias —dijo doña Ceci secándose las lágrimas.

—Aquí tiene su café, estamos para servirle —dijo la atenta mesera de acento claramente nicaragüense y se retiró.

El silencio inundó el lugar. Doña Cecilia ojeó el periódico que estaba convenientemente puesto en su mesa, sobre el largo mantel rojo, invitándola a quedarse un poco más en el lugar, pensó en su hermano, en la cortés mesera nicaragüense, en la vida política de Nicaragua y las anécdotas de su vecina doña Meya, más nicaragüense que el pájaro guardabarranco, meditó sobre la política de su país, sobre límites y fronteras, reflexionó sobre ideales autocomplacientes y divisiones ilógicas entre seres de la misma raza y descendencia.

Ella era consciente, por lo mucho que leía, de la diferencia en el desarrollo de Costa Rica con respecto a sus hermanos países centroamericanos, perfectamente conseguido por la paz que había caracterizado a los ticos y que había venido acompañada de una progresión democrática de sus Gobiernos liberacionistas y socialcristianos y el respeto a la institucionalidad durante tantos años. Lo contrario a la historia convulsa de dictaduras, revoluciones, contrarrevoluciones, golpes de estado e intervenciones militares extranjeras vividas en Nicaragua, El Salvador, Honduras y Guatemala. Doña Ceci ya había visitado una vez a su hermano en Guatemala y anhelaba visitar Nicaragua, amaba a sus vecinos centroamericanos y rogaba por la paz de sus pueblos.

En 1987 el expresidente de Costa Rica, don Óscar Arias Sánchez recibió el Premio Nobel de la Paz por participar en los procesos de paz en los conflictos armados de América Central, en especial por su oposición al apoyo estadounidense en el conflicto nicaragüense de los contras. Arias, como defensor del desarrollo humano, la democracia y la desmilitarización recorrió el mundo difundiendo un mensaje de paz, compartiendo con otros líderes y con otros pueblos las lecciones del Proceso de Pacificación de Centroamérica y aplicándolas al debate sobre la actualidad internacional, esto llenaba de orgullo a los ticos.

Era inevitable, a la luz de ese café, pensar en los esfuerzos pacíficos y cívicos necesarios para vivir en democracia, la necesaria en Nicaragua para aclarar tantos dilemas y resolver tantas vidas, Cecilia pensaba en la necesidad de que los cuatro países vieran natural que todavía se produjera durante un tiempo la migración de un sector de sus pueblos a otras latitudes. Los guatemaltecos, salvadoreños y hondureños lo hacían al igual que los mexicanos principalmente a los Estados Unidos, mientras que los nicas preferían a la vecina Costa Rica, como doña Meya y la gentil mesera, como muchos otros amigos extranjeros que se acercan a un país amigo buscando un mejor futuro, un trabajo digno y una situación económica y política estable.

El país hermano del sur de Nicaragua, el país de Cecilia y Fabio Araya vivió una guerra civil en 1948 cuando un señor llamado Otilio Ulate presuntamente ganó unas elecciones presidenciales que disputaba contra el candidato Rafael Calderón Guardia, las que fueron desconocidas por el Congreso, porque parte del material electoral resultó destruido en un incendio y cuyo origen nunca fue establecido.

Una vez finalizada la Guerra Civil de 1948, se conformó una Junta de Gobierno, presidida por don José Figueres Ferrer, quien gobernó dieciocho meses ese pedazo de tierra llamado Costa Rica.

Entre las reformas que estableció la Junta de Gobierno puede citarse la abolición del ejército. Este hecho histórico simboliza la voluntad política de crear una sociedad civilista sin militares, sin ejércitos y desde entonces Costa Rica ha vivido en paz y democracia, como dice su himno nacional: «Vivan siempre el trabajo y la paz».

Era imposible después del encuentro con los ministros y políticos a cargo de la apertura del caso no pensar seriamente en política y ahora en los migrantes nicas en Costa Rica, quienes para Cecilia no eran una carga en su país, sino, al contrario, llenaban una necesidad. Costa Rica no contaba de momento con mano de obra suficiente para laborar en importantes áreas de su economía, especialmente en el sector agropecuario. Esta mano de obra se obtuvo por algún tiempo con muy buenos resultados de migrantes que llegaban de Nicaragua y Panamá. Sin ellos, la economía costarricense sufriría.

Doña Ceci por su parte no desestimaba la idea de que su hermano hubiera perdido la memoria y trabajara en Nicaragua como un extranjero más en tierra hermana, cada vez que encontraba un vecino nicaragüense le contaba su historia esperando calar hondo y por qué no, obtener respuestas, detalles o pistas para encontrar a su anhelado Fabio.

Al calor de una segunda taza de café la abuela Ceci, quien ya tenía muchos nietos, recordó una vez más tantos esfuerzos realizados, los viajes a Nicaragua de sus hermanos, las reuniones con Gobiernos, las oraciones e incluso la fundación Asociación Unión y Fuerza Diana D, esfuerzo de varios pero en especial de una hermana en busca de respuestas, recordó a otra de las familias ticas afectadas, pobres, ni ella podía siquiera imaginar su dolor, un padre camionero con su hijo, qué calvario más grande vivirían, perdieron a dos seres amados en un solo golpe de mala suerte, recordó que la hermana de este tripulante permaneció varios meses en Nicaragua investigando, qué gran tormento, desesperación e impotencia podrían sentir aquellos desdichados familiares.

En una de las reuniones, doña Gloriana dijo: «Estuve en Nicaragua seis meses y les puedo asegurar que los sandinistas capturaron a nuestros padres, hijos, esposos y hermanos, fueron encarcelados y sentenciados como culpables siendo inocentes», ella hablaba con firmeza y conocimiento de causa. Doña Gloriana también estuvo en 1995 en Estados Unidos y presentó el caso ante las Naciones Unidas. También se acercó a Amnistía internacional y la OEA, la esperanza era lograr el interés de alguien que quisiera hacer algo.

A nadie en Gobierno le interesó lo suficiente, no vieron que en los rastreos hechos en mar, cielo y tierra no existieran indicios, manchas de aceite, estañones, trozos de madera, chalecos salvavidas o cualquier otra señal del barco, por lo contrario, existían fuertes testigos con la versión de la captura que todos pasaban por alto.

En alguna de las infructuosas reuniones doña Ceci escuchó con atención a doña Gloriana angustiada en busca de sus familiares, contar a la prensa que ella misma escuchó en Nicaragua y conservó la grabación de un despacho urgente en una desaparecida radio, enviado por un periodista nicaragüense, que decía:

«El barco Diana D se encuentra detenido en la bahía del Puerto Morazán, incomunicado, están en una pequeña cárcel situada cerca de la laguna de Jirma y a orillas de una base militar que el ejército sandinista tiene en dicho balneario y que es manejada exclusivamente por asesores cubanos».

—El Gobierno de Nicaragua siempre negó todo, cuando Yayo, uno de mis hermanos, estuvo viviendo en Nicaragua, supo que en León había gente que aseguraba haber visto los contenedores del Diana D cuando los llevaban rumbo a Managua. Un señor de apellido Ochoa le contó que él mismo compró uno como chatarra en 1985 —le terminaba de contar doña Cecilia a Jacinta, la mesera que ya estaba a punto de llorar con tan triste historia.

»Yayo también conversó con muchos presos, que en los años ochenta compartieron celdas con los distintos tripulantes del Diana D, don Alfonso, un conocido, le mostró sus muchas heridas y describió las historias de su encierro junto a varios tripulantes del Diana D, incluido el capitán, que muchos dan por muerto, pero está más vivo que nosotros, eso lo contaba don Alfonso en Chinandega, él mismo le contó a Yayo que en la cárcel Modelo de Tipitapa tuvo dos compañeros que venían del Diana D, él cree que eran guatemaltecos, eso no lo recuerda con detalles, pero sí supo que los detuvieron en altamar y los secuestraron, encerrado con ellos se dio cuenta que uno era pastor evangélico —doña Cecilia cortaba cada vez más su historia para secar sus lágrimas o tomar un poco de agua, esta vez hizo una pausa por un cliente que entraba al local, la mesera secó sus lágrimas y corrió a atenderle, Cecilia siguió inmersa en sus pensamientos.

Había mucho para razonar antes de aceptar un simple naufragio. Los Gobiernos salían y entraban al poder de la misma forma que los presos de las distintas cárceles asignadas, cada vez más maltratados y más resignados.

—Una cosa es que yo te cuente el dolor de mi familia y otra muy distinta es vivirlo en carne propia —continuaba Cecilia un poco presa, bastante resignada y muy maltratada.

**Fabio Araya Vargas, Tripulante desaparecido del Diana D.**

# IX
# EL DIARIO DEL CAPITAN
# 1992

**Aseguran que Diana D fue interceptado por sandinistas**
**San José /AFP**

«El barco costarricense Diana D, que con sus 25 pasajeros y tripulantes desapareció frente a las costas de Nicaragua en 1984, fue objeto de un ataque por parte de una patrulla del ejército sandinista, aseguró ayer domingo un testigo del incidente... Un salvadoreño, de 37 años, declaró al diario *La Nación* que el navío fue atacado por una patrulla nicaragüense a la altura del Golfo de Fonseca y sus pasajeros detenidos y juzgados por tribunales militares por los delitos de sabotaje, atentado y posesión de armas.

Asegura que él se embarcó como polizonte en el Puerto de Quetzal de Guatemala, de donde el Diana D zarpó el 17 de enero de 1984 con una carga de frijoles destinadas al Puerto Caldera, en el Pacífico costarricense.

Además, afirmó que todos los detenidos fueron distribuidos en diferentes prisiones de Nicaragua y que, en su caso, fue recluido en la cárcel La Granja, en el departamento de Granada.

Hace un año, asegura, enfermó y fue llevado a un hospital de donde logró fugarse. Durante 11 meses se escondió en las montañas fronterizas con Costa Rica y en enero logró entrar al país».

**EPASA, Editora Panamá América, S.A.**
**Tomado de: http://portal.critica.com.pa**

\*\*\*

Los tripulantes del Diana D seguían desaparecidos, las familias desesperadas e impotentes, el Gobierno y las autoridades militares de Nicaragua negaban tener en su poder el barco o los pasajeros, pero los familiares de los costarricenses que viajaban en el Diana D insistían en que el ejército sandinista era responsable de su desaparición.

Según algunos periódicos en Costa Rica, un salvadoreño, tripulante del Diana D rindió también su testimonio ante la Comisión de Derechos Humanos de Centroamérica y envió una declaración jurada a Amnistía Internacional, la noticia traía alivio a las familias, esperanza, mucha angustia y un gran sentimiento de impotencia. La familia Araya vivió un gran momento de esperanza y la abuela Ceci comenzó a llamar a todos y enterarles de la buena nueva, un sobreviviente.

Por su parte, la Asociación Unión y Fuerza del Diana D, integrada por parientes de los desaparecidos, continuaba pidiendo ayuda al ministro de Seguridad Pública de Costa Rica, para continuar la incesante búsqueda que había mantenido durante tantos años.

Fabio estaba vivo y su familia lo sabía, él continuaba en Corinto, pero su lucha aún no terminaba, no lo dejarían escapar con vida muy fácilmente, se encontraba en otro barco, esta vez trasladado hacia una prisión conocida por sus mazmorras, las cámaras del pánico y las muertes atroces. Una de las cárceles de tortura más inhumanas que existían, por suerte, Jerónimo, gracias a sus múltiples compromisos en tráfico de influencias, personas, armas y droga se quedó en Corinto disfrutando de la compañía de su desdichada novia Julia, a la cual torturaría igual que a un simple prisionero, ella estaba embarazada, ahora era su mujer, su pertenencia y pagaría con creces su desafío y traición, ella siempre supo que el torturador de Fabio y quien lo buscaba era su novio, quiso rescatarlo y escapar con él, intento infructuoso, frustrado por el padre de Julia.

Después de la paliza de despedida que le brindó don Jerónimo, el ahora alto jerarca político al chele, este se encontraba inconsciente y ya amarrado en un pequeño bote. Las órdenes eran trasladarlo al Chipote nuevamente.

El valiente e implacable Jerónimo, por su nueva posición y para guardar ciertas apariencias y un poco más de secretos, no pudo acabar con la vida del tico, como tampoco lo había podido hacer hacía muchos años con la de su abusador padre. Su progenitor lo desgració en odio. No pudo matar a Fabio, pero ciertamente se cercioró de hacerle sufrir, lo saturó de golpes, le escupió mil veces en la cara y cuando procedía a orinar encima de sus quemaduras, algo en él lo detuvo, un mareo, un recuerdo de su padre, de su madre llorando ahora reflejada en Julia, seguramente era el alcohol en su sangre o incluso la intervención divina, sin explicación alguna solo se detuvo, se alejó y dio órdenes estrictas de sacarlo de la isla, no lo quería cerca.

Hacía unas cuantas horas Fabio se creía libre y ahora estaba lleno de quemaduras, golpes y más desilusionado que nunca. Despertó poco a poco, pero el dolor no le dejaba reaccionar, pudo recomponerse un instante después de que lo tiraran en el suelo del barco que, al parecer, lo trasladaría hasta otro puerto, alguien lo arrastró con fuerza sin consideración a sus quemaduras ya más que visibles, escuchó abrir una puerta, sintió otro golpe contra el suelo y perdió todo conocimiento. Mientras tanto, en la embarcación había mucho movimiento.

Despertó pensando en la pobre María más que en la desafortunada Julia, cada vez que él se acercaba a alguien, su vida se complicaba aún más, a pesar del dolor de sus quemaduras cerró los ojos y le pidió a Dios por María y por Julia. «Líbralas de Jerónimo», rezó.

Fabio se tumbó al suelo, se resignó a no volver a ver a su anhelada familia, se aferró a su grato recuerdo y se dejó morir, otra vez.

Cuando logró abrir los ojos pudo divisar dos siluetas, eran dos hombres, estaban sentados mirándole y al verle abrir los ojos se apresuraron a compartirle agua, mientras bebía con prisa y nerviosismo Fabio pudo reconocer a uno de ellos, era el pastor.

Don Félix era un pastor cristiano-evangélico que viajaba en el Diana D con su hijo de veinte años, un muchacho muy bien hecho y fuerte, hacía casi una década que no les veía, los dos desaparecidos estaban más delgados y muy demacrados, no era tarea fácil reconocerse.

No dijeron mucho, prácticamente nada, al verse los dos tripulantes del Diana D se pusieron a llorar, se abrazaron y comenzaron a intercambiar sus historias de terror. Para Fabio sus mejores días fueron en Corinto y para Félix contrariamente en El Chipote. La alegría de encontrar con vida a uno más de sus compañeros tripulantes les daba esperanza, los devolvía a la realidad, pero con un poco más de expectativas, reavivaba sus ganas de vivir y por qué no, de volver a ver al joven Daniel, nunca se perdonó no poder cumplir con la promesa de cuidarlo en el trayecto del barco, lo vio sufrir, sufrió con él y lo perdió en el camino.

—Yo estaba en La Granja —contaba Félix— y ahora me devuelven al Chipote, ahí soy muy conocido, me gané a varios guardias, todo por la gracia que Dios me ha dado.

—A mí nunca me han llevado a La Granja —contestó Fabio—. ¿Cómo es? —investigó un poco.

—Mala como todas, este moreno viene conmigo de allá, se portó mal y lo enviaron al Chipote. —Sus miradas se volvieron al joven que les acompañaba.

—¿Cómo te llamás? —El joven levantó su mirada asustada del suelo, pero no contestó, más bien su mirada era desafiante hacia el nuevo y misterioso acompañante—. A mí no debés tenerme miedo —murmuró el chele, buscando complicidad con el moreno.

—No habla este cabrón, le cortaron la lengua y eso le ha ahorrado muchos problemas y algunas palizas —dijo con conmiseración en sus palabras el pastor.

El joven delgado casi esquelético solamente miraba y escuchaba a los dos reos que lo acompañaban y compartían años de historias en distintos cautiverios, se alegró de no poder unirse a la conversación.

El tiempo pasaba apresurado en ese rato de breve tertulia y mientras escuchaba con detenimiento a Félix, Fabio se dio cuenta de que él era el único que estaba amarrado.

—No te gustaría conocer La Granja, no es un sitio mejor, es igual que todas, yo solo fui porque mi hijo enfermó en El Chipote, a mi lado y después de su muerte, por seguridad, debían moverme por un tiempo. —Fabio sintió tranquilidad en las palabras del resignado padre y, a la vez, dolor por su pérdida.

—De verdad, lo siento mucho, cuando lo conocí tenía como veinte años, yo no puedo imaginarme aquí un solo día con un ser amado, eso sí sería una verdadera tortura. —Félix se quedaba ido viendo al vacío por fracciones de segundo.

—Cuando estés en tu celda —continuaba Félix—, pide que te lleven a la celda del pastor, ese soy yo, fui muy afortunado por ver morir a mi hijo, nunca nos separaron y nos portamos muy bien, éramos privilegiados a causa de Dios. Vos ves a esos militares tan fuertes y no imaginás lo que han vivido —Fabio asentía con la cabeza mientras se levantaba aún con los brazos amarrados y caminaba hasta una pequeña ventana que le dejaba ver el famoso barco quemado.

—Aquel pedazo de chatarra que una vez fue barco y que mirás con curiosidad, ese estoy seguro de que es el Diana D. —El pastor se levantó y se situó justo al lado de Fabio—. Jaime me contó que él estaba ya muchacho y trabajando en esto, hablaba con su abuelo en la playa cuando comenzó el incidente, su abuelo el señor Martínez, solo venía una vez al mes y no quería separarse de él, quiso ir a ayudar, pero no pudo dejar a su nieto solo, él no sabe de dónde salió el navío, solamente lo vio quemarse.

—¿Estás seguro? —Fabio sentía impotencia y mucha nostalgia observando aquel paisaje inigualable. El cielo azul lleno de nubes blancas, el mar imponentemente hermoso y el barco antiguo que daba el toque más interesante a la playa llena de bañistas.

—Con el pasar del tiempo existen mil versiones, algunos dicen que fue un accidente, otros que intencional, lo cierto es que el barco quedó en Paso Caballos y se fue deteriorando, imagínate vos cuánto fuego debió llevar para no dejar rastro de nosotros. —Un nudo se atravesó en la garganta de Fabio, pero ya no tenía fuerzas para llorar, no podía creer lo que veían sus ojos.

Miles de preguntas vinieron a su mente en diez segundos: ¿Cómo nadie sospechó? ¿Por qué nadie los buscó ahí? ¿Cómo los hicieron desaparecer? ¿Por qué tanto daño? ¿Por qué ellos?

No soltó ni uno de sus interrogantes porque nadie tenía respuesta para esas preguntas.

—¿Me creés Fabio? Ese es nuestro barco —aseguró Félix.

La cara del tico demostraba incredulidad, pensaba en tantas posibilidades, no podía creer que todo ese tiempo su barco estuviera ahí y nunca los hubieran encontrado a ellos.

—Sí, es cierto —reclamó el sargento.

Jaime escuchaba la conversación justo detrás de la puerta y al sentirse identificado solo soltó esas palabras y entró al recinto. Fabio sintió miedo y se acurrucó a la orilla de la ventana, aún ardían sus heridas.

—Calmáte chele, aún no te toca —Jaime sonrió mientras volvía su mirada al barco un poco más pequeño por la lejanía—. Yo mismo lo vi cuando fue remolcado al mar, nunca vi llamaradas tan grandes, ahí también ha muerto mucha gente que va a pescar, a fisgonear o a buscar chatarra para llevársela. La alcaldía no le presta atención, pero aquí es todo un museo para nosotros.

Félix que era muy atrevido, puso su mano en el hombro del sargento y solapadamente le invitó: «Cuéntanos más», ciertamente el pastor inspiraba confianza.

—Mis amigos cruzaban nadando la bocana para ir a ese barco a pescar, pero yo ni loco porque ahí juraban que rondaban tiburones. —Fabio quiso saber si aún llevaba la pulsera de su hija que ya solo era un viejo y delgado hilo rojo, pero estaba muy bien atado.

»Y hasta un pulpo enorme —continuó el encargado de transportar a Fabio al Chipote—. Aunque sí sacábamos jaibas, las más grandes de Paso Caballos, yo las vendía con los compinches en el centro, mi papá a veces sacaba pargos, realmente ahí se disfrutaba, hasta disfrutábamos unos pleitos cual pelea de gallos, ahí si se hacía hombre uno. —Jaime sentía pesar de irse de nuevo de su pueblo y esta vez para siempre.

—Bueno, desde aquí pude observar gente disfrutando en la playa y con esa vista hermosa al barco quemado, ¿será que alguien se pregunte de dónde salió? —soltó de forma natural Fabio.

—¿Y a ti quién te dio permiso de hablar, chele? ¿Querés perder la lengua como el moreno? —Fabio solo negó con la cabeza.

Jaime miró al pastor y continuó:

—Yo tuve un tío que cayó de ahí, se murió y no hubo a quién meter las culpas, nadie era dueño.

— Recordás mucho —le contestó sorprendido el pastor.

—¿Sabés qué recuerdo?

—¿Qué?

—Recuerdo ver pasar en los rieles del tren una especie de carretas con las cosas quemadas y algunos cuerpos calcinados, yo era un muchacho, un carajillo que ya iba y venía en mis andanzas, pero me acuerdo bien del día que quemaron ese barco.

—¿Y no te dio miedo?

—Mi miedo siempre era cuando subía la marea porque para poder salir había que esperar a que bajara.

—Y ahora, ¿a qué le tenés miedo?

—Sos muy imprudente, Félix, metete en tus asuntos —el sargento cambió de semblante y se dirigió a Fabio— y, bueno, venía a soltar a este prisionero.

Jaime dio vuelta al chele cuidando no tocar sus ampollas y lo desató.

—Aquí dejo agua, ayúdenle a lavar sus heridas y coman. —Jaime solo se fue dejando la puerta abierta. Parecía no importarle que salieran o intentaran escapar.

Félix, que parecía leer los pensamientos de Fabio, soltó:

—Voy a irme nadando hasta mi casa.

—¿De qué hablás?

A lo lejos se escucharon dos voces discutiendo, pero Félix ignoró el ruido y respondió:

—Yo no he sufrido mucho y mi familia me espera; vi morir a mi hijo, nunca nos separaron, a pesar de ser culpables nos trataron bien.

Fabio lo miraba con un poco de incredulidad, ¿estaba loco ya o de verdad se creería él mismo sus palabras? Quizás un tiempo en el manicomio en el que estuvo su amiga María le ayudaría a poner los pies en la tierra y dejar de sentirse culpable por algo que no hizo.

—Echarte al mar es un suicidio, morirías en horas, Félix. —Fabio miró al moreno esperando algún gesto de ayuda, pero este no reaccionaba.

—Lamento lo que has vivido, pero yo, yo he sido feliz cumpliendo mi misión en este mundo —el pastor estaba decidido.

—Estás loco.

—El pobre Jaime ese sí que ha sufrido —continuó el pastor.

—Por decisión propia —soltó Fabio.

—Esa pobre alma que algunos llamamos sargento ha pasado por muchas pruebas, deseando cada día regresar a su casa soñando con ver a su madre, le tomó muchos años volver aquí y cuando lo logró solo deseó estar muerto. —El pastor bajó un poco la voz y caminó hasta estar más cerca de sus compañeros.

—Cuando llegamos a Corinto hace dos noches, en los encierros provisionales, Jaime vivió el momento más desgarrador de su vida, su tristeza es profunda, halló a su madre muerta, degollada, su sangre formaba un gran charco en una de las casas usadas como campamentos, él pensaba ir a buscarla a casa, nunca pensó encontrarla allí. —Fabio se sintió mareado.

—¿Sabés a cuantas personas degolló Jaime?

—No —logró soltar Fabio, comprendiendo la desgracia.

—Ni el mismo sabe, pero ver a su madre ahí tirada superó todo. —El pastor se levantó en busca de un poco de agua para continuar—. La violaron salvajemente, la golpearon al cansancio y se escaparon. Ella era una simple cocinera que ayudaba a militares y prisioneros, Dios la tenga en su santa gloria a doña María.

Fabio tenía a su lado un vaso con agua que cayó al suelo solo un poco antes que él, tuvieron que levantarlo y tardaron varios minutos en recomponerlo, otra vez estaba llorando. María murió en manos del borracho aquella noche y todo por ayudarle a él, cuán grande era ahora su sufrimiento y su odio para el despiadado Jerónimo, el asesino de María, la madre de Jaime, la cocinera, amiga de Miguel y Daniel, superó un atentado terrorista, un manicomio, mil violaciones, heridas mortales, ella soportó todo excepto al infeliz de Jerónimo.

Después de llorar un rato, Fabio sacó el papel amarillento que le dio su amiga María como sabiendo que se encontraría pronto con Jaime y se lo dio al pastor, no sin antes contarle la verdad de lo sucedido con su amiga. Cada nueva parte de la historia era más difícil de creer, cómo sus vidas se entrelazaron, el daño de Jerónimo a la madre de su compañero y a la pobre Julia, los momentos de libertad gracias a la ayuda de su amiga, quién no moriría en vano si él lograba hacer llegar esa carta a su hijo.

Ni en el mejor de sus sueños fantaseó doña María que esa misma noche regresaría su esperado hijo, aquel que vio partir a la guerra, aquel que esperó cada noche, el mismo que la visitó en el hospital después de sobrevivir a una bomba, ese mismo que no vio llegar.

Fabio no pudo más que entregar dicho papel a su amigo y juntos leyeron la carta antes de decidir la forma de contarle la verdad a Jaime.

Corinto, 24 de marzo de 1992

«Jaime, mi Jaimito…

Estoy segura de que estás vivo, yo misma te vi cuando deliraba en el hospital, fuiste parte de mi cordura y también de mi demencia. Te escribo esta carta con mucha tristeza en el corazón, pero tenés que saber que aún TE AMO y te espero y aunque muera sin verte regresar, mi amor por ti no morirá.

Soy una vieja enferma y probablemente no recordás mucho de mí pero yo recuerdo todo de vos, mi cipotillo, no te acordás la noche en que me acosté en la playa con mucho dolor, con miedo y alegría mientras veía la enorme luna de Corinto, sabía que pronto te traería al mundo y una y otra vez te decía "ya quiero conocerte", no recordás la forma en que me viste apenas pudiste abrir los ojillos, cuando te dije "hola, chigüín de mi corazón", me has dado fuerza muchas veces cuando he llorado, vos me hiciste más fuerte. Pero esta guerra de lucha política nos separó. Ya no sos mi niño, ahora sos un regio militar, nos fregamos la vida, yo no pude evitarlo.

Te extrañé cada día después de tu partida, pero comprendí que eras vos quien decidía como vivir su propia vida, quiero pedirte que perdonés a esos hijos de puta que te han hecho daño y que pidás perdón como los valientes, ya dejá, pues, de buscar a tu padre y, por favor, ayudá a este chele desafortunado a escapar, merece ser feliz y estar con sus hijos, él aún puede regresar a su hogar donde lo esperan con amor, ayúdalo hijo, así como él me ayudó a mí y por favor vuelve a casa, déjate ya de ideologías ajenas, construye las tuyas y apodérate de ellas, no sigás los pasos de otros más bien, creá tu camino y buscá tu verdadera libertad, la cual espero vivás a mi lado.

**Tu madre,**

**María».**

Comenzaba a caer el sol y el barco en que iban ya no divisaba tierra cuando un chiflón de viento les anunció la proximidad de los pasos de Jaime.

—Vos, chele, quitáte la ropa y vení. —Jaime estaba borracho.

—Él no irá contigo, hoy yo recibiré su castigo —dijo suave, pero firme don Félix.

—Me estoy cansando de que te creás Jesucristo de Nazaret, ¿querés golpes? Pues vení vos.

Sin dar tiempo de más, el sargento tomó por su brazo a Félix y se lo llevó casi arrastrado, Fabio estaba tranquilo, pues confiaba en su compañero quien, de paso, llevaba la carta de su querida amiga María.

—Moreno, ven, ayúdame.

El ahora mudo movió la cabeza manifestando su desaprobación, no quería revisar las cosas de su amigo.

Félix tenía en su poder una caja con sus pertenencias, pero esa caja Fabio la conocía estaba en el Diana D y no comprendía porque dejaban que el pastor la conservara en su poder.

—Sos tonto vos y hasta te creés invisible, no me fio de hombres como vos moreno, idiota, ya estoy cansado. —El moreno solo lo observaba con desaprobación, los insultos no lo inmutaban.

Fabio no esperó ayuda y con sus pocas fuerzas, el ardor de las quemaduras y el dolor producto a la paliza recibida comenzó a intentar abrir la caja en el suelo, era de una madera muy liviana y para haber pasado tantos años en cárceles se conservaba muy bien, algo era muy sospechoso en ella.

En la cubierta se escucharon gritos, no eran gritos de torturas, sino pleitos, los guardias y soldados se peleaban entre ellos, las borracheras les despertaban su sentido errado de hombría.

Fabio se apresuró y abrió el conocido artefacto, olía mal y tenía muchas pertenencias del pastor. La misteriosa caja contenía piedras, conchas, lápices, trozos de periódicos viejos, trapos sucios, papel y hasta un pequeño libro del Nuevo Testamento, todo esto encima de un poco de ropa vieja. Más abajo logró divisar un libro azul opacado por el tiempo, lo tocó y supo que era de cuero, cuando lo sacó sus ojos maravillados no podían creer tal descubrimiento, ese libro azul aún estaba en buen estado, sus páginas estaban manchadas y amarillentas, algunas habían sido arrancadas, pero perfectamente se leía en su portada *Diario del capitán* y en una pluma aún medio dorada decía DIANA D.

El asombro fue más que evidente en su rostro, miró al moreno, quien inmediatamente desaprobó moviendo la cabeza de un lado al otro, comprendió que debía tomar decisiones apresuradamente, allí el tiempo valía vida.

Evidentemente, en la cubierta del barco pasaba algo, un simple esclavo no podía intervenir en ningún problema, eso podría costarle la vida. Fabio sabía que lo que pasara a su alrededor no era su problema, no quería fisgonear ni enterarse, no pensó en ese momento en el pastor que aún no regresaba, más bien deseaba más tiempo sin él para hurgar en sus cosas.

Y antes de que los gritos y golpes fuera empeoraran, buscó respuestas en las últimas páginas escritas por el capitán y leyó:

# Diario del capitán

**Viernes, 20 de enero de 1984**

«Hemos reportado problemas en los motores, aún no sé qué pasará con el resto de la tripulación, están revisando el barco, me matarán aquí mismo, han encontrado un gran cargamento de armas en mi barco, todos fuimos engañados, hay mucha gente inocente aquí, algunos lograron esconderse, pero están revisando minuciosamente, hemos firmado nuestra acta de defunción.

**El capitán».**

Con esta última palabra, Fabio comenzó a llorar de nuevo y gritó, gritó muy fuerte, sus gritos eran de dolor, todo este tiempo pensando que era inocente, que transportaba frijoles solamente, el pastor lo sabía, por eso agradecía que aun siendo culpables no los hubieran matado como a otros, su desgracia aumentó, nuevamente se sentía engañado y esclavo, pero ahora con una pizca de culpa.

—Moreno, éramos culpables; moreno, miráme, no valgo nada por culpa de la puta guerra, yo que nunca he matado a nadie estoy encerrado y los asesinos están ahí afuera libres como si nada —sus gritos eran más que gemidos de dolor y se revolcó en el suelo hasta caer en cuentas de lo que pasaba afuera, de la trifulca que se había armado después de la lectura que hizo el sargento de la carta de su madre, Fabio pensó en el paradero del pastor.

Jaime ya había conocido la verdad por puño y letra de su madre, ya había sacado sus propias conclusiones, no fueron presos quienes violaron y mataron a su madre, fueron sus compinches, fue Jerónimo. Estaba decidido a matarlos a todos y a dejar libre al chele como lo quiso su madre, María ayudaba a los militares con la esperanza de volver a ver a su hijo, su culpa lo estaba comenzando a matar.

Cuando Fabio y el moreno decidieron salir la escena era peor de lo imaginado, la mayoría estaban muertos. Félix estaba en el borde y parecía que quería saltar al agua, volvió a ver a sus compañeros de encierro y sonrió, Fabio no tuvo tiempo de gritarle que no lo hiciera o de intentar detenerlo, el pastor se tiró al mar rumbo a su hogar, ese era su deseo. Cuando Fabio se percató, el moreno corría también hacia el borde y en un abrir y cerrar de ojos se tiró detrás de su amigo, todo era un mal sueño, otro de ellos, pero en lugar de otro mal sueño se trataba de otra mala realidad.

Dos segundos observando el intento de huida de sus dos nuevos compañeros y dos segundos más tardó en voltear al otro lado del navío, en donde Jaime como en secuencia de tiempo terminaba de degollar al teniente José, gran amigo de Jerónimo.

Fabio veía todo como en una película a cámara lenta. Caminó despacio y con precaución por el barco viendo su hazaña, Jaime los había matado a todos, era un cobarde que huyó de casa, que mató a mucha gente inocente, un cobarde que no pudo salvar a su madre ni se quedó a su lado aun viéndola grave en el hospital, la encerró en un manicomio, no la pudo salvar de los maltratos de sus jefes ni de Jerónimo su asesino y sintiéndose un poco más acobardado de la cuenta tomó su arma de fuego y se disparó, un tiro limpio en la cabeza y la escena no podía ser más atroz.

Fabio hizo lo que sabía hacer de maravilla, se encerró en el pequeño compartimento en donde hacían pocas horas se encontraba amarrado, se acurrucó en el suelo y se puso a llorar.

# X
# EN ALTA MAR
# 1992

«A mí me hubiera gustado morirme por mi cuenta, pero si mi destino era ese yo tenía que asumirlo».

*Noticia de un secuestro*
**Gabriel García Márquez, autor colombiano**

«Hombres muy hombres se volvían mujeres; inocentes en criminales; tontos en avispados; inteligentes en locos; locos en cabos de vara; criminales de negro corazón en hombres de respeto frente a los que había que bajar la voz por estar investidos de autoridad».

*La isla de los hombres solos*
**José León Sánchez, autor costarricense**

\*\*\*

El día del siniestro en el barco, era el día tan esperado y tan temido de su muerte o al menos eso creyó el chele quien ahora carecía de captor alguno, un día había pasado desde la tragedia vivida en ese sucio barco. Acostado en el mismo maloliente aposento Fabio recordó por un momento vivencias de su juventud, cuando él se consideraba un hombre violento, que no le aflojaba a los pleitos, se sabía defender y no le aceptaba ni una mala mirada a nadie. Arregló muchos problemas a golpes, se creyó impulsivo y hasta agresivo, pero no lo era en realidad, eso era solo parte de un proceso de madurez. Solamente pasaba por un proceso normal de chiquillo inmaduro, la verdadera violencia la conoció en las cárceles y el ensañamiento brutal más grande en ese sucio barco.

Fabio comenzó a recordar vivencias, hizo un recuento de su vida y de cada personaje incluido en ella. Jerónimo retumbaba en su cabeza, la guerra, la política, los cambios, el destino y la búsqueda de su libertad.

Militarmente Nicaragua había cambiado después del triunfo electoral de Violeta Barrios de Chamorro en 1990 y quizás esto fuera beneficioso para Fabio, ya no había regímenes de torturas y si bien sucedían cosas terribles todas eran fuera de los marcos legales y visibles. Hacían escasos dos años se encontraban conformados los equipos negociadores del Gobierno entrante y el saliente, los que acordaron el «Protocolo de Procedimiento de la Transferencia del Poder Ejecutivo de la República de Nicaragua», allí se pusieron sobre la mesa las condiciones básicas para el traspaso presidencial, entre otros: la desmovilización de las fuerzas de la Resistencia nicaragüense, la subordinación de las fuerzas de defensa y orden público al poder civil, su redimensionamiento, carácter profesional, apartidista y apolítico, el respeto a su integridad y profesionalismo, rangos, escalafones y mandos, de ahí venían tantos cambios como el de Jerónimo o el extraño y desafortunado retorno de Jaime.

Como parte de los procesos de paz las elecciones de 1990 fueron supervisadas y transparentes, el Frente jamás creyó perder y menos contra el partido «la uno» de la oposición nicaragüense que, después de años de estar fragmentada, se une y pone como candidata a doña Violeta, exesposa de Pedro Chamorro. Con la finalización de la desmovilización y el establecimiento de una relativa situación de paz, se inició el perfeccionamiento de la estructura orgánica del Ejército Popular Sandinista, inequívocamente vinculada al popular y supervisado proceso de disminución de efectivos militares.

Respondiendo a los cambios y basándose en la implementación de tres planes de licenciamiento, se pasó así, de un Ejército de aproximadamente doscientos mil efectivos a un ejército de escasos quince mil efectivos; ya en este año y ajeno a todas las decisiones del país que lo albergaba, Fabio se encontraba solo y desconcertado en alta mar.

El proceso entre el día de las elecciones y el traspaso de esas elecciones históricas en Nicaragua fue desordenado, la conocida «piñata». Los sandinistas comenzaron a moverse apresurada y desesperadamente, habían perdido, y por ello se dieron gran cantidad de cuestionadas apropiaciones y traspasos de propiedades que fueron de los somocistas y en los ochenta ya eran parte del estado.

Fabio pensaba en todos estos cambios de los que hablaba María, de los que hablaban todos en los últimos dos años, la aparente metamorfosis de Nicaragua se hablaba en silencio, con miradas y gestos, con pocas vocalizaciones.

Sin más compañía en ese gran barco que fungía como prisión para él ahora, el tico trataba de ignorar el sol picante, la luz que le cegaba como cuando pasaba meses encerrado en la oscuridad de una diminuta celda negra y los sacaban a la luz del sol unos cuantos minutos al día. Algunos de sus amigos decían haber quedado ciegos o enfermos de la vista después de aquellas temidas exposiciones.

En su nuevo refugio el sol le quemaba la piel, la sangre y hasta los pensamientos, sentía kilos de sal en su boca, estaba exhausto, pero con mucha turbación. Fabio había pasado momentos tan fuertes y amargos, la muerte de su amiga cocinera; su intento de huida con Julia; los azotes de Jerónimo; la sangre derramada en ese navío; el hijo perdido de María; encontrar al pastor; verlo partir nadando hacia el horizonte y lo más extraño y revelador: *El Diario del capitán*.

Dos cosas eran seguras, la primera que todos allí estaban muertos y la segunda que él no sabía navegar un barco de esas dimensiones, no sabría cómo usar el equipo de navegación ni como dirigirse a algún rumbo específico, se sentía como un verdadero polizonte mirando a la nada. Cualquier otra persona ya habría muerto por las condiciones o por el pánico de lo vivido, pero él no. Él sabía que podía contra todo eso, él entendía que debía redefinir sus ideas, su motivación y sus fuerzas, era un buen momento para enfocarlas, buscar iniciativas o alguna buena idea guardada... su familia... esa era la clave.

Según la posición del sol era ya casi medio día, quizás estuviera a unos ochenta kilómetros de la orilla, por un momento quiso regresar y pedirle a Jerónimo que lo terminara de matar. Fabio quería ignorar el dolor en todo su cuerpo cansado, quemado y maltratado, su figura torturada y achicharrada lo desalentaba un poco más y su inconsciente y corazón solo pretendían buscar la manera de regresar a su casa, encerrarse en su cuarto, abrazar una almohada y aferrarse a que esto solo había sido un mal sueño. El chele anhelaba despertar y descubrir que su vida era normal y no era él el elegido para pasar por estas luchas nunca imaginadas.

Su hermana Cecilia o Chila como por cariño él le decía, aseguraba que algunas personas elegidas por el mismo Dios nacían para ser mártires y que ella era una de ellas, en ese momento Fabio se cuestionó la posibilidad de ser un mártir como decía su hermana «por destino» y de ser así si tendría alguna probabilidad de encontrar su libertad y volver a ser feliz algún fragmento de lo que le restara de vida.

Pasó así su primer mañana en aquel barco, acurrucado en una esquina, sin comer, sin querer si quiera voltear hacia los cadáveres, sabía que si lo encontraban lo culparían de esos crímenes, conocía el castigo por tal atrocidad, tampoco lo merecía y tampoco le importaría a nadie su posible inocencia hace más de siete años perdida. Así pasó el día entero, pensando en mil posibilidades, recordando para vivir, buscando vestigios de buenas cosas a que aferrarse para continuar, cerrando los ojos y minimizando dolores.

La tarde estuvo nublada, el aire frío y el agua calma, cayó la noche y con ella una emotiva llovizna que daba la impresión de castigo del cielo, pero en realidad limpiaba la mente del chele que ya necesitaba despertar de sus pensamientos, inmediatamente buscó un refugio que le protegiera más de la vista de los cuerpos inertes que lo acompañaban, que de la lluvia que recién comenzaba y decidió esperar en silencio como si no quisiera que los cadáveres lo escucharan sollozar o siquiera respirar.

Esa madrugada hubo una desmesurada tormenta y la lluvia lavó un poco la sangre y los malos olores, Fabio no sintió temor ante las fuertes lluvias y movimientos desmedidos del viejo y vacío barco, él era aún un hombre valiente que no le temía más que a los hombres armados y sedientos de poder como Jerónimo.

Así pasó la noche, buscando seguridad; sintiéndose fuerte; buscando oportunidades; acomodando ideas; esbozando planes y aumentando sus ganas de sobrevivir, ni un barco ni la fuerza de un maremoto lo mataría, de eso estaba seguro. Rogó por su familia, pues la tormenta le recordaba la reciente noticia de un terremoto en Costa Rica, lo que leyó en periódicos porqué él en Nicaragua no lo sintió, pensó nuevamente en sus hijos, rezó por ellos, por todos.

Como profecía pensada en él, Fabio vivió en carne propia como después de la tormenta siempre llegaba la calma, pensó en Julia y en su hermana Chila, quienes amaban leer, ellas eran fieles lectoras de Miguel de Cervantes y él recordó en ese momento la manera en que Julia describía el amanecer de una forma tan poética y romántica como el mismo Cervantes en su libro *El Quijote*, hablando de la blanca, rosada y fresca aurora y ahora paradójicamente gracias al error de Julia, él estaba en carne propia observando algo más que una aurora, el amanecer de una oportunidad, quizás la única que le quedaba.

El sol estaba levantando todo de nuevo. Las olas habían arrojado mucha agua en el barco y hasta amenazaron con hundirlo, en algún momento lleno de cansancio, hambre y sueño quiso que la tormenta destruyera el barco y con el navío destruyera tantos malos recuerdos y muchos años de sufrimiento. Fabio pudo levantarse al ritmo del gran astro de luz, debía buscar una sombra, debía permitir a sus músculos recuperarse, al menos lo suficiente para continuar con vida.

Un estallido muy fuerte sonó de repente, una aparente explosión. Fabio, que apenas se levantaba a buscar protección, fue sorprendido por un puñado de apresuradas ratas que salieron de pronto desesperadas de una de las cajas, parecía una caja típica de madera de fabricación local para pescado, no termoaislada, reforzada en las esquinas con chapas metálicas y orificios de drenaje en las esquinas, los roedores eran inmensos.

Fabio se preguntó cómo no las había escuchado y cómo esos seres sobrevivieron a la tormenta, el estruendo hecho cuando las ratas se liberaron de su cautiverio fue tan grande que él, con dificultad, había podido mantenerse en pie, sus sentidos estaban muy sensibles. Vio las ratas venir, cubrió su cara con sus brazos, rezó y pidió, una vez más, al ser todopoderoso del cielo que todo esto se acabara. Nunca imaginó que esos simples roedores dejaban a su paso otro gran desconsuelo de daños incalculables a su integridad y que nunca podría olvidar.

Poco después pudo levantarse, las ratas ya no se escuchaban, pero estaban por todo el barco, solo buscaban libertad. Fabio podía comprender con exactitud lo que era estar loco, frenético, desesperado y tirarse a morir contra todo por un poco de libertad, se sintió bien por interpretar el instinto de esos animales. En un momento de identificación deseó ser una rata para pasar desapercibido y anheló abandonar su suerte, la de un ser humano perseguido por seres inhumanos.

Hubo un instante de calma en el barco y Fabio, después de mucho tiempo, sonrió, poco después y ya bajo una pequeña sombra del mástil medio destruido por el pleito, la matanza y la tormenta, miró al cielo con los ojos entreabiertos más por dolor que por no haber dormido y por dos largos minutos recordó a su madre, Mira, ¿qué sería de ella? Fabio solo deseaba que ya hubiera dejado de esperarlo y continuara su vida tranquila.

Pensando en su madre escuchó una rata pasar y recordó la caja, la más grande y de la cual salieron las enormes ratas. Aún estaba medio abierta, los roedores destruyeron gran parte de la tapa y decidido, pero a paso lento Fabio se acercó. Como en una leve premonición desde el primer paso sintió miedo, mucho miedo, más y más petrificante. Un olor pestilente le avisaba de que su suerte no mejoraba, cerró los ojos y soltó la primera lágrima, aún sin imaginar siquiera que al abrir los ojos y acercarse un poco más encontraría el cuerpo sin vida y mordido por las ratas de su amigo Daniel, del indefenso e inocente Daniel.

El masacrado tico no lo pudo soportar, primero cayó al suelo, casi inconsciente, rodó por el piso del barco, quiso gritar, pero no pudo, con su mirada buscó a alguien con quien compartir su pena, pero estaba solo, libre, pero solo. Una vez más quiso morir, una vez más quiso perderse en sus pensamientos, una vez más lloró hasta cansarse, hasta secarse, hasta aceptar que aun estando libre no lo era. Fabio seguía atado a preguntas, resentimientos e incertidumbres, a dolores inimaginables e intangibles.

Su tristeza ahora era más grande, pero estaba vivo y es que comprendió que no se puede morir de tristeza, de eso nadie se muere, solo se sufre y se siente que muere, agoniza en dolor, pero no al punto de morir realmente y descansar, era mucho pedir para un simple hombre convertido en mártir.

Lloró a su amigo, sus recuerdos, sus anhelos, lloró como su única familia allí y lo veló toda su segunda noche perdido en alta mar.

La mañana siguiente comenzó a tirar lo que quedaba de los cadáveres al mar y limpió un lugar especial para tirar por la borda el cuerpo sin vida, hinchado, crecido y ya casi irreconocible de su joven amigo de quizás ya unos treinta años, Daniel. Lo tiró al océano junto con un gran pedazo de su propio corazón y perdió un poco de esperanza al verlo hundirse rápidamente en esas frías aguas que rodeaban la quilla de aquel barco.

Y de esta manera, luego de una emotiva vela y un deplorable funeral Fabio descansó un poco. Tomó la decisión de seguir viviendo, pensó nuevamente en su familia, recordó el tiempo que vivió en la capital de su país y las cartas que escribía a sus hermanas; las cartas a su novia antes de casarse; las promesas escritas y expresiones de amor; pensó en escribir, eso quizás no lo liberaría físicamente, pero sí su alma y tantas palabras guardadas que frente a frente nunca diría a su familia.

En un arrebato de motivación Fabio tomó objetos de las pertenencias de Félix, hizo dos pulseras de tiras delgadas de trapo para sus hijas, les amarró unas pequeñas conchas oscuras que guardaba el pastor y que prefirió pensar que pertenecían a la playa de Corinto, recordó a Julia y su bello collar rojo, pensó en la pulsera roja que le hizo su hija Zeidy antes de despedirla para siempre, recordó la noche antes de partir y lloró mientras terminaba sus pulseras y las metía en una desgastada botella plástica, tomó un diminuto pedazo gastado de lápiz y un papel lleno de citas bíblicas con el reverso en blanco y escribió con el corazón:

«Mi nombre es Fabio, Fabio Araya Vargas, tripulante del Diana D, nunca supe que esa vez, que ese día sería el último que saldría de mi casa, que daría el último beso a mi esposa. Si hubiera sabido que era la última noche, no las habría dejado dormir, tenía que aprovechar cada segundo de esa noche, de nuestras últimas horas juntos, no debí creer que mi familia sabía cuánto la amaba, debí habérselo dicho a todos: a mis hermosas sobrinas, a mis hermanos, que estoy seguro me buscaron incansablemente, a mis padres, que espero aún vivan, a mis hermanas Chila y Macha, las extraño, hermanas.

Zeidy, probablemente no te volveré a ver, pero te amaré por siempre, eres la niña mis ojos, el mejor regalo que nunca tuve, debí hacerte caso y quedarme contigo, he luchado y he soportado todo con la esperanza de verte otra vez, pero creo que no lo haré, creo que moriré y quiero que sepas que el amor que siento por ti es tan inmortal como yo mismo y seguirá creciendo aun después de muerto, un amor que compartes con tus otros dos hermanos, sí... Kathy y un hermanito o hermanita que tenés en Guatemala y yo no pude conocer, los amo a los tres y pensaré en ustedes hasta el día de mi muerte.

Soy Fabio Araya y lloro por mis padres, por el deseo de volver a verlos y estar con mis hermanos, cuánto los extraño, sé que me buscaron y lo agradezco, pero aquí uno entra y difícilmente sale. Solo me arrepiento del tiempo perdido, de los momentos no vividos y las palabras que me faltaron para decirles en persona y mirándolos a los ojos, cuánto los amo.

Doris, aquí con esta carta te envío la pulsera que le prometí a nuestra hija y una para Kathy, ya no me esperés *más,* contále mucho a Zeidy de mí, para que me recuerde con cariño, no dejés que me olvide. Mis momentos más felices fueron en los que desconecté de la realidad y pensé en ustedes. No duden de mi inocencia, nunca he hecho nada para merecer el castigo de este encierro, solo Dios sabe por qué estuve en ese barco el día que nos capturaron, armas en mano.

Zeidy, a*ú*n ando la pulsera que me regalaste, no vi tiburones, no reales, mis tiburones, mis fantasmas fueron hombres de carne y hueso, completamente inhumanos, no confiés en los hombres, mi amor, solo en Dios, él nunca, ni en el peor de los momentos nos abandona, a mí me ha cuidado muchas veces y no me ha dejado morir.

Con amor,

**FABIO».**

Con profunda tristeza derramada en cada lágrima, Fabio puso las pulseras y la carta en la botella, la tapó fuertemente con un corcho y la tiró al mar, sin perderla de vista durante varias horas y ahí se quedó quieto hasta el atardecer. Observó un crepúsculo de colores tan fuertes que le recordaron el fuego de aquella choza donde vivió una pequeña burbuja de esperanza, pudo ver nuevamente en aquel firmamento esas llamas que lo quemaron y volvieron a encerrar.

El barco en el que se encontraba era de unos veinte pies, tan largo como dos camionetas y tan ancho como una sola. Sin luces, Fabio sabía que era invisible en ese largo mar. El barco quedaba más desapercibido de noche que de día, así que esa noche durmió en paz.

La mañana siguiente comenzó el inventario, además de las ratas encontró unos cuarenta galones de gasolina, dos potes con sardinas para cebo, alrededor de doscientos ganchos, un arpón, dos cuchillos, dos cubos para embalar, un radio muy mojado, un manojo de llaves, algunas sábanas también mojadas y malolientes y, además, el desafortunado fugitivo encontró un libro.

Fabio tuvo unas largas y muy amenas horas, en las que acomodó algunas cosas en el barco, se acostó encima de las sábanas, no importaba que estuvieran húmedas, ya no recordaba lo bien que se sentía acostarse sobre una suave colcha. No olvidaba que debía sacar agua del barco, pero no tenía fuerzas y aún guardaba ajustado con el cinto y bajo su ropa el diario del capitán, su bitácora y temía, pero ansiaba leer sus delicadas páginas.

Decidió comer algo de las latas que logró recuperar y descansar mientras su cuerpo intentaba sanar sus heridas.

Oscureció nuevamente y Fabio no quiso dar crédito al presentimiento de que esa podía ser su última noche en libertad, era obvio que lo estaban buscando, era probable que lo encontrarían, pero no podía rendirse o dejar de tener fe.

La noche fue perfecta, pudo ordenar ideas; ordenar recuerdos. Recordó su niñez y la finca en la que creció, pensó en sus hermanos y sobrinos, anhelaba tanto volverlos a ver, no quería volver al mar, pero sí al agua de los ríos de su amada tierra.

**«Diario del capitán**

**Jueves 15 de enero de 1984**

Ya todo está listo, pronto zarparemos rumbo a Costa Rica. Estoy seguro de que las condiciones del barco son las indicadas para zarpar. A escasos meses de mi jubilación me siento satisfecho de lo vivido y de lo aprendido, me iré con gran nostalgia en el corazón, más por el mal presentimiento que llevo que por mi partida hacia un nuevo destino.

Como buen mexicano, amo mi patria y añoro volver después de cada largo viaje, hace ya cuarenta años que trabajo en esto y me estoy volviendo un poco melancólico, el Diana D es un buen barco, una nave muy segura para tripular por el mar de país en país, pero ciertamente veo movimientos extraños y temo averiguar lo que no me compete.

**El capitán».**

Fabio se sentía cada vez más interesado en este diario, después de tantos años terminaba de armar el rompecabezas de su captura. Se levantó y fue a la cocina o lo que quedaba de ella a buscar algo más de comer para luego tirarse en las sábanas del suelo a esperar su destino.

Cuando venía del comedor hacia la cubierta creyó divisar una luz a lo lejos, pero creyó que era una estrella fugaz, cerró los ojos y pidió un deseo a la estrella, pidió regresar a su hogar, sin percatarse de que esa luz no era una estrella ni cumpliría ninguno de sus deseos.

De regreso a las suaves y frías sábanas del suelo, abrió el diario y esta vez fue un poco más adelante, después de algunas hojas en blanco, encontró una letra distinta y la firma de Rómulo, el hijo del pastor.

**Loma de Tiscapa**
**Cárcel El Chipote**
**Enero, 1988**

«Muchas veces me he preguntado: ¿por qué yo? ¿Por qué el Diana D? y sé que nos juzgaron por supuestas armas que venían ilegales entre el cargamento, todos vimos como en Guatemala hubo un altercado por unos tráileres que querían meter al final, a mí me late que ahí estuvo el error de este capitán, no revisó a profundidad ese contenido y sabiendo la situación que presentaba Nicaragua.

Nos juzgaron y apresaron a todos por igual y mi padre ha sido tan paciente, es un ejemplo para mí, a veces, mi voluntad se quiebra y un día hasta pensé en quitarme la vida, si a esto se le puede llamar vida.

Alguien desde Guatemala tuvo que avisar a los sandinistas de estas armas para la contra, recuerdo que, en ese puerto, del cual nos sacaron vi casas, familias, gente que observaba nuestro secuestro, también observé islas muy cerca, a nosotros nos trasladaron en la carretada de un camión, todos apretados, dicen que algunos como el capitán quedaron en la isla con un comandante o sargento que tenía los dientes forrados en lata, yo lo recuerdo y nunca olvidaré sus risas.

¿Por qué nadie nos ayudó? Obviamente aquí domina el miedo, pánico que paraliza personas y calla almas, mi papá ha sabido ganarse la confianza, pero aquí no se puede confiar en nadie. Preferiría me hubieran mandado a Cuba con los otros y no me dejarán con mi padre y así ahorrarle el sufrimiento diario de ver a su hijo preso y no poder ayudarle.

**ROMÚLO**».

**Estelí**
**Cárcel Puertas de la Esperanza**
**Febrero, 1989**

«Hoy me escapé por poco de la muerte, pude ver a dos soldados torturar hasta la muerte a un joven en El Chipote, por

153

eso me trajeron acá, era mi compañero de celda, nos llevaron sin decirnos nada a la antesala de la muerte. Había un pequeño pasadizo oscuro como con tres pequeños recintos con portón a cada lado y al final uno muy pequeño como de menos de un metro cuadrado, allí esperamos la muerte. Primero agarraron a mi compañero y pude ver como lo torturaban, le tiraron agua fría y le pusieron electricidad, lo colgaron de sus pies y, lo peor de todo, después de golpes y tortura, de llantos, gritos y súplicas, tomaron un botón bastante grande amarrado a una cuerda, le hicieron tragárselo y lo dejaron ahí colgado unos minutos. Yo lo miré todo, tomaron aire para continuar y cortaron el mecate que lo sostenía dejándolo caer de golpe al suelo, lo pusieron boca arriba y comenzaron a jalar el cable, ahí, en ese momento, perdí el conocimiento y cuando desperté estaba al lado de mi padre y me traían para acá. Solo estoy de paso aquí, no debo llamar la atención ni hablar con nadie, aquí todos los presos hablan de un nuevo proyecto, de una fábrica de puros en prisión dizque por un salario, yo no creo nada y, si fuera cierto, igual no es para mí, yo pronto volveré al Chipote con mi papá.

**ROMÚLO».**

**Loma de Tiscapa**
**Cárcel El Chipote**
**Abril, 1990**

«Dicen que en Costa Rica el presidente ahora es un Calderón y en Guatemala un tal Vinicio Cerezo, aquí en Nicaragua Violeta Chamorro, yo espero que mi madre esté muy bien y haya podido rehacer su vida, que no espere ya respuestas políticas de nuestro paradero y que esté resignada a nuestra pérdida, yo ya estoy de nuevo aquí con mi padre, pero no me gusta su amistad con tanto militar sandinista y lo agradecido que él se siente. Debemos ser precavidos y no llamar tanto la atención por acá.

**ROMÚLO**».

Fabio leía y leía sin pensar en el tiempo que pasaba leyendo, de día o de noche, siempre estaba cansado y se echó a dormir con el libro abierto en sus manos, la lámpara de canfín ya se quedaba sin llama.

Amaneció y tuvo que ponerse a pescar, gastó los cebos sin ningún resultado, así que el tan buscado tico ideó una estrategia audaz para capturar peces y poder comer. Ya habían pasado varios días desde su afortunado naufragio, días enteros en aquel barco y, la verdad, disfrutaba de su libertad y de su soledad.

Se arrodilló junto a una baranda del barco y metió sus brazos en el agua hasta el cuello. Con el pecho fuertemente presionado al borde del barco, mantuvo sus manos firmes y rezó. Cuando un pez pasó nadando entre sus manos, lo atrapó cerrándolas y clavando sus uñas en las ásperas escamas. Muchos escaparon, pero pronto Fabio dominó la estrategia y agarró fácilmente dos peces. Con el cuchillo de pesca los limpió y cortó la carne en tiras, luego las puso al sol, debía secar esa carne que su estómago tanto anhelaba y que le daría las fuerzas que necesitaba para lo que le deparara su futuro en alta mar.

No aguantó las ganas y comenzó a morder la carne cruda, no quería recordarlo, pero por necesidad ya había tenido que comerse una de las ratas del barco, de las mismas que mordieron el cuerpo de su amigo Daniel.

En pocos días, Fabio comenzó a beber su orina, hacía tiempo que había aprendido los peligros de beber agua de mar. A pesar de su deseo de líquido, se resistió a tragar siquiera una taza de la infinita agua salada que le rodeaba y en varios días ni una gota de lluvia y ningún indicio de barcos pesqueros, lanchas salvavidas o cualquier tipo de ayuda.

Una o dos semanas habían pasado, aquel día el hambre le hacía desvariar, tener pesadillas aun estando despierto. Recordó a María, a Daniel y a su familia, comenzó a comerse las uñas, escuchó como gotas de agua, quizás era una mala broma de su inconsciente, pero eran cada vez más fuertes, abrió los ojos y descubrió que comenzaba a llover, abrió la boca a la lluvia que caía, se quitó la ropa y se duchó con agua dulce, recolectó todo lo que pudo.

**Loma de Tiscapa**
**Cárcel El Chipote**
**Diciembre, 1990**

«A veces imagino mi regreso a casa, como será mi madre, espero que aún nos extrañe como nosotros a ella, hoy pude conversar con dos del Diana D, un camionero que viajaba también con su hijo y el capitán, están vivos aún y fui yo quien los reconocí, por lo menos al capitán, creo que tenemos suerte de no haber caído en la XXI o el Fortín, he escuchado que eran las peores cárceles para presos de guerra. El capitán me contó que una noche en alguno de sus encierros lo pusieron a ayudar a un compañero de trabajos forzados a cavar la fosa donde lo tirarían muerto y dejarían enterrado, cavar mi propia fosa, eso no lo puedo imaginar aún.

**ROMÚLO».**

**Loma de Tiscapa**
**Cárcel El Chipote**
**Abril, 1991**

«Salimos de Guatemala un 19 de enero de 1984 ya son siete años de prisión, quisiera me hubieran dado una cantidad de años a cumplir en pena y no sufrir esta muerte lenta, la guerra acabó y lo que quedó fue una Nicaragua destruida, con cientos de miles de desempleados, un Estado totalmente quebrado y débil; y un frente sandinista con cada vez menos poder, ¿por qué aún nadie nos ayuda?

Somos gente de carne y hueso, inocentes, seres humanos que no merecemos esto, hace un mes fui colgado desnudo de los pies junto a diez reos más, a algunos los bajaron y los sumergieron en una pila de agua hasta ahogarlos, a otros nos electrocutaron y golpearon un poco y a los más suertudos solo les dispararon. Solo quiero irme de aquí, regresar a mi casa y olvidarme de todo eso.

Necesito liberar a mi padre de este tormento que él cree que vive por misión más que por mala suerte. Pronto intentaré escapar, voy a enfermar y tendrán que sacarme de aquí o matarme.

**ROMÚLO».**

**Loma de Tipitapa**
**Cárcel Modelo**
**Noviembre, 1991**

«Ahora me encuentro en la Modelo, aquí por poco y me encuentran el lápiz y papel, anoche los guardias introdujeron a dos personas en la celda de enfrente, creo que son mujeres, lloraron toda la noche, yo me dormí ya amaneciendo y ahora no las veo. Aquí pasan cosas muy extrañas, Alfonso, mi compañero de celda acá es muy amable, él vive en Chinandega y cumple una pena corta aquí. Esta vez estoy con mi padre, nos trasladaron juntos, yo necesitaba atención médica, verdaderamente estoy un poco enfermo.

No estaré mucho aquí, me metieron bajo el nombre de Edmundo García, mi cargo: matar a dos presos en la otra cárcel. Otra mentira, solo nos continúan escondiendo, no sé por qué, a veces quisiera que me hubieran mandado a Cuba, como los demás, después de los primeros interrogatorios, con tanta supervisión solo nos podían mantener con nombres y cargos falsos aquí, ayudaron a mi padre porque le tomaron cariño y simplemente rehusaron matarlo.

Algunos con menos suerte desde hace tiempo en lugar de presos políticos son esclavos maltratados y trabajadores informales e invisibles en los campamentos clandestinos de la costa, ciertamente prefiero estar aquí y en estas condiciones que arriesgando mi vida con narcotraficantes, pero de eso no se puede hablar aquí dentro. Quisiera pasar mis últimos días al lado de mi padre.

**ROMÚLO**».

Fabio terminó de leer el *Diario del capitán*, lo escrito por el propio dirigente del Diana D y lo nuevo escrito por Rómulo, sintió paz interior y miró el interminable océano, hacía ya varias noches que creía ver una que otra luz como de foco que se acercaba, pero estas desaparecían y ni rastros de tierra firme, de momento así estaba muy bien y sus heridas estaban mucho mejor, Fabio se durmió tranquilamente.

Un motor… es el ruido de un motor, «me rescatarán, soy afortunado». Fabio se suspendió bruscamente, ya amanecía, levantó su mirada y lo primero que vio fue el resplandor del sol en los dientes de Jerónimo, esto no podía ser realidad.

# XI
# LAS MAZMORRAS
# 1992 – 1993

**Corinto quedó aislado por rocas**

«Momentos de horror y angustia vivieron cientos de corinteños después que una gigantesca ola marinera inundó esta ciudad puerto del Pacífico nicaragüense, al anochecer de ayer.

La violencia de las aguas causó algunos daños en las bodegas del puerto, pero no se registraron daños personales en vecinos de esta localidad.

El pueblo que vive horas de angustia amaneció desvelado y los primeros auxilios se los dieron a una familia de campesinos llegados de la isla Monte Ralo, a unas dos leguas del puerto, mar adentro.

Por otra parte, autoridades militares de la Marina informaron de que dos pescadores que salieron a pescar en un pequeño cayuco en las proximidades de Puerto Sandino han desaparecido».

Fuente: www.laprensa.com.ni/2017/09/01/
nacionales/2288739-maremoto-nicaragua-1992
Crónica que publicó *Diario La Prensa*, Nicaragua

\*\*\*

Golpes, humillaciones y hacinamiento, eso no asustaba a Fabio. Perder su atisbo de libertad, sí. Una vez a bordo, los acompañantes de Jerónimo fueron a buscar una caja con dinero que había en el barco, una caja de metal que el tico pasó por alto. Enseguida los ahora tripulantes hicieron un recorrido por camarotes buscando cosas útiles o de valor para llevar con ellos. Jerónimo dio un par de patadas al chele, lo amarró y lo sentó al sol, comenzó a caminar por todo el barco como hilvanando su hipótesis, la historia que contaría, su sonrisa fue constante durante su caminata por el barco, sin embargo, parecía ignorar al tico.

—Dejen eso y pongan a andar esta nave. —Jerónimo estaba más tranquilo de lo normal y menos agresivo. Seguía sin preguntar por los tripulantes, por Jaime o el pastor, parecía no interesarle la realidad de los hechos.

—Jefecito, venga, vea —eran las pertenencias del pastor.

—Tírelas al mar.

—A la orden —respondió pensando un poco la orden recibida.

—Pero mire, mi jefe —dijo el subalterno mostrando muchos papeles con las letras de Félix y Rómulo.

—No miro nada, ¿tenés una orden? —El confundido hombre asintió con la cabeza sin mirar a su jefe—. Pues cumplíla y sin replicar, hijueputa.

—Sí, señor. —Fabio lo vio proceder preguntándose si ese nuevo tripulante tan obediente también extrañaría su libertad, si estaría ahí por convicción propia, familiar o de necesidad.

Todo estaba dicho y el resignado seguidor de Jerónimo obedeció. Fabio con sus ojos aún celestes como el cielo vio desaparecer las últimas pruebas de la existencia del desaparecido Diana D.

Nadie preguntó qué había pasado en aquel lugar o cómo el chele sobrevivió solo, nadie dijo nada sobre cómo lo encontraron, el reo era aún de su pertenencia y ya no importaba su nombre o que delitos tuviera encima. Al llegar a tierra le permitieron bañarse junto a otros privados de libertad, les dieron comida y los prepararon para su partida hacia un nuevo encierro, todo transcurría en completa tranquilidad, sin golpes ni gritos, todos comprendían su situación y posibilidades.

—Hola —masculló uno de los reos, el más fortachón.

—Hola —murmuró Fabio.

—¿Dónde estuviste durante el maremoto? ¿Cómo lo viviste? Nosotros casi morimos y hasta el jefe la vio fea, estábamos en misión secreta y tuvimos que rescatarlo. —Los oídos de Fabio apenas se amoldaban de nuevo a los sonidos de las voces—. Quedó prensado, casi muere, estábamos cerca de la costa en unos laboratorios, allí, donde no hay presencia ni del Estado, la muerte nos pasó cerquita. —El tico lo miraba con un poco de indiferencia.

—No sé de qué hablas —le dijo volteando la mirada.

—¿No sentiste el maremoto, las réplicas, un temblor o algo?

—Estaba en el mar, ¿cuenta una tormenta como terremoto? —contestó el tico refunfuñando, de muy mal humor por verse esclavo otra vez.

—Eh, ¿y a este qué le pasa? —dijo el reo mirando a los demás.

—¿Sabés qué hace un perro después de recibir una buena apaleada? —le respondió Fabio un poco enfurecido.

—Morir —soltó el gran hombre a su lado.

—No.

—¿Pues qué entonces?

—Morder, atacar y, si puede matar, el animal ya no será nunca más el mismo, la desconfianza nunca se alejará de él.

—Pues si no querés que te hablen, dilo, malagradecido.

Así terminó su primera conversación después de unos días de paz en alta mar. Fabio pensó en el desastre natural, en la tormenta, se había librado otra vez, quizás de la muerte misma, las historias de experiencias vividas antes, durante y después del maremoto abundaban en Nicaragua y, por supuesto, entre los reos.

Más de dieciséis mil personas no tuvieron techo bajo el que refugiarse la noche del maremoto porque sus casas, en su mayoría humildes chozas de madera o cemento, habían quedado destruidas.

Los más suertudos pudieron refugiarse en las iglesias, otros acudían al amparo de vecinos con casas menos destruidas y el resto intentaba rescatar algunos enseres o buscar a algún familiar probablemente muerto, entre los escombros o en los improvisados depósitos de cadáveres. Las víctimas fueron en su mayoría adultos mayores y niños.

Esta nueva tragedia natural acercó al país a una situación de caos, un país que se levantaba desde cero, golpeado otra vez. Corinto y las demás comunidades costeras fueron llevadas a zonas de seguridad. Fabio pensó en su amiga Julia y deseó de corazón que estuviera viva.

El pánico se apoderaba de los corinteños mientras Fabio estaba solo en alta mar. Un maremoto de altas dimensiones había dado fin a tantas vidas y él se había librado como por obra divina. Fabio pensó en su familia y rogó a Dios que no hubieran sido también afectados por esta sacudida.

La noche del maremoto, en septiembre de 1992, Jerónimo había sacado a Julia de la isla, por una misión especial de urgencia. Esa fue una noche de terror incluso para el despiadado Jerónimo quien, por un momento, creyó haberlo perdido todo, incluso a sus pocos seres queridos. Fueron afortunados, estaban con vida, él y su adorada Julia.

Esa noche, el efecto del oleaje y sus violentas corrientes no pudo ser resistido ni por los cimientos de las casas ni por los esfuerzos humanos. Los más fuertes lucharon como pudieron agarrándose a cuanto encontraban, pero los más débiles fueron arrastrados inmediatamente por las aguas.

La mayoría de las víctimas mortales, unas por inmersión y otras por choques violentos fueron niños. Doña Violeta Chamorro dejó sus asuntos y un viaje al exterior para encargarse de valorar los daños, ella recomendaba a la población, dado que fueron detectados pequeños temblores posteriores, que se refugiara en zonas altas del interior.

Pasada la emergencia y conducidos con mucha pasividad aparentemente provocada por los hechos previamente ocurridos y la proximidad a la muerte de los exmilitares y políticos, los sumisos presos fueron llevados en el sucio cajón de un pequeño camión ganadero hasta su nueva cárcel, famosa por sus mazmorras, por su oscuridad y por sus secretos.

Las mazmorras fueron usadas por Somoza en sus años de poder y ahora en la teoría no existían, un poco más de clandestinidad para esconder secretos.

Fabio permaneció callado, pero con mirada alerta, no se dejaría mangonear de ningún otro preso, ya no tenía amigos, ni siquiera conocidos y ya ni el rumor de la tenebrosidad de las dichosas mazmorras lo asustaban.

Estas eran auténticas mazmorras o, por lo menos, así las llamaba Fabio. Esas celdas eran para él, el fin de la humanidad, allí sencillamente se dejaba de ser humano. Cuando alguien desaparecía o era llamado a media noche, los demás presos solo aseguraban que se lo llevaban al matadero y es que estas mazmorras subterráneas eran realmente un matadero humano.

Existía una sala de ahorcaderos masivos y ese no era el peor de los aposentos o el más terrible de los castigos. El día que

Fabio llegó allí después de que lo capturaran en alta mar por segunda vez fue obligado a tomar agua con sal, mucha agua con sal y después lo patearon hasta vomitar, estos eran los castigos más benévolos dados a los nuevos. Al consumir exceso de sal en el agua, que, de paso, no parecía potable, el cuerpo aumenta la frecuencia cardíaca y se producen más náuseas y se siente debilidad o incluso delirio. Según aumenta la deshidratación, comienza a fallar el sistema de defensa. Poco a poco, la escasez de agua dulce hace que la sangre no pueda circular correctamente. Esto hace que el cerebro u otros órganos vitales comiencen a no recibir sangre. Eso le pasó a Fabio durante ocho días seguidos, esa fue su bienvenida, esta vez no lo torturaba Jerónimo, él solamente lo trasladó a ese lugar donde sabía que no resistiría y moriría, esa fue su venganza.

Todos debían hacer confesión bajo maltratos, pero ¿qué debía confesar él? Todo se trataba de juegos mentales, de tortura, de hacerlos sentir merecedores de castigo o no sentirse ellos culpables por torturarlos.

De camino, cuando lo trasladaban en aquel oloroso cajón, pensaba qué historias podría inventar para confesar algo, ¿qué querrían escuchar sus nuevos verdugos vestidos de verde oliva? Debía procurar decirles lo que deseaban escuchar para que la tortura y muerte fueran rápidas, quizás debía decir que él mismo mató a Jaime y a José, al mismo Félix y al moreno, pero definitivamente no le creerían, ya no era aquel joven fuerte y valiente, su cuerpo delataba que no era capaz en esas condiciones de pelear, matar o escapar.

Todo lo que vivían era pura pantomima, solo los tendrían ahí mientras despistaban, los llevarían nuevamente como esclavos y continuarían así su ciclo. Comercializaban con su trabajo, todos ganaban por debajo, mucho dinero se jugaba en el transporte ilegal de armas, los territorios del Caribe eran prácticamente vírgenes y Nicaragua estaba pasando por momentos económicos difíciles cosa que muchos aprovechaban para su propio beneficio, creando fondos ilegales.

Esos presos que llevaban y traían a vistas de todos y a sabiendas de nadie, eran piezas claves en algunos negocios importantes de almacenaje y recarga de droga en las costas y montañas.

—Nos encerraron sin hacer muchas preguntas, no nos pidieron documentos o declaraciones y ellos no pueden mostrar compasión alguna porque eso les conllevaría castigos y bajas en sus puestos alcanzados, no esperes clemencia aquí —le decía uno de los más viejos en las mazmorras apodado el Loco, quien defendía a algunos guardias corruptos que hacían la vista gorda con tanta anomalía.

Fabio tenía los ojos vendados y estaba esposado cuando firmó su primera sentencia como preso de guerra, así que, hasta el momento, no sabía qué era lo que decía ese papel y para él esto nunca había sido justicia.

—Nadie, ni el peor de los criminales merece esto, mucho menos nosotros, aquí no hay derecho a defensas, no existen los teléfonos, pierdes los derechos y a veces mueres aun estando vivo, ya lo he vivido —le contestaba Fabio a su vecino.

—Don Jaime Martínez, un político reconocido en su época siempre pensó que sería rescatado y conoció la condena solo minutos antes de su ahorcamiento, de eso ya hace muchos años y, aunque los tiempos cambiaron, aquí vivimos lo mismo —recordaba aquel reo con tristeza en su mirada.

—Engañados con un supuesto traslado a una prisión normal, algunos son recogidos en sus celdas por la tarde y llevados a algún calabozo del sótano, donde reciben brutales palizas durante un par de horas, antes de matarlos —le contaba su vecino de mazmorra Juan, no estaba tan loco, pero hacerse el desquiciado lo mantenía vivo y ya era conocido por todos como Juan el Loco, situación vista como normal con la abundancia de locos después de la guerra.

—No será esta la primera cárcel clandestina, desconocida, borrada del mapa a la que entras, eso es seguro, ni la última.

—Lo sé, siempre he estado escondido y muy poco tiempo en cárceles normales, si así se les puede llamar —replicó Fabio, quien ya comenzaba a tomarle cariño al Loco, allí era muy fácil encariñarse, pasando periodos de tiempo en soledad y en ausencia de familia, sus vecinos se convertían en hermanos de causa.

—En la mazmorra de abajo está prohibido sentarse, todos lo sabemos. Ahí podés gritar, patear, llorar, suplicar y cagarte, que de nada valdría. Ya saben que vamos a morir de todos modos, así que hacen con nosotros lo que ellos quieren —continuaba su discurso el loco.

—Ya yo pasé por donde asustan —soltó Fabio con un indicio de temor en sus adentros.

—¿Sabés cuántas veces me han violado?

Fabio movió su cabeza de un lado a otro señalando que no imaginaba la respuesta a esa pregunta tan incómoda.

—Ya no importa, he perdido la cuenta. Un día se llevaron a Ramoncito que de cariño llamamos Dundo, solo tenía dieciocho años y ya era muy querido por todos. —Fabio recordó al joven Daniel.

»Oíamos gritos y sus voces justo debajo, aquí, en estas mazmorras, todos sabemos que si guardas silencio te pegan menos, nosotros calculamos desde acá que lo violaron unos cinco desalmados, creímos lo matarían, era solo un niño, pero mira que salió fuerte, ese día gritó tanto que quedó tonto, mudo y como Dundo, nunca más escuchamos su voz. —Fabio volvió su mirada detrás de la espalda del loco y observó al hombre de la esquina que no dejaba de mirar el suelo, supo que era Ramón, sintió pena y miedo a la vez.

»Esa vez el Dundo gritaba como si se hubiera vuelto loco, creímos lo desollaban vivo. —Juan miró a Ramón o al Dundo como de cariño le decía; con una mirada llena de cordura y vacía de locura.

»A un tal Manolo una vez lo desollaron vivo, eso nos contaron, yo hace mucho vivo aquí y ya no siento nada, solo me hago el loco. —Fabio no podía creer tanta locura, no la de su amigo, sino la de los desalmados que cometían esos asesinatos y aun después de tantos tratados de paz y cambios políticos, burlaban leyes y mecanismos de vigilancia internacionales, eran demonios disfrazados de seres humanos, eso eran.

»En la antesala de mazmorras a veces y ya de madrugada, a algunos los llevaban vendados a la primera cámara donde solamente los ejecutaban, esos prójimos creemos que eran a los que más buscaban las familias, cuanto más te busquen, más te esconderán. —Fabio sintió aún más pavor y sus pupilas se dilataron un poco más de lo normal, su corazón latía cada vez más apresurado.

»Los más débiles se desmayaban cuando sentían los nudos de sus vendajes y mordazas, pero igual los ejecutaban. —Juan el Loco soltó una carcajada.

—¿Y cómo es que los ahorcan?

—En la mazmorra de los ahorcamientos los ponen en fila y los amarran bien. Algunas veces hasta les preguntan, cómo se sienten o si tienen algún último deseo, los dejan rezar y después solo los empujan uno a uno, sientes al del lado retorciéndose y luchando y cuando sientes el frío, es tu turno. —Esta vez, el Loco, en lugar de reír, se puso a llorar. Ellos llamaban a esos lugares mazmorras y a sus captores torturadores, quizás estaban equivocados y esa era una simple cárcel, con guardias normales y quizás ellos ya estaban todos locos.

»A mi amigo Max lo colgaron durante diez minutos y como era tan flaco no se murió, dicen que del colerón lo bajaron y lo degollaron con un machete —continuaba llorando—. Yo puse la oreja en el suelo y lo escuché cuando no se terminaba de ahogar y hasta el machetazo final. —El Loco Juan ya no pudo hablar más y volvió a su esquina en un sepulcral silencio lleno de meditación.

Fabio pensaba de qué forma preferiría él que lo eliminaran, cuál sería la menos dolorosa o la más rápida, era inútil resistirse. Sintió hambre y se le ocurrió preguntar por los turnos de comida a Juan que ya estaba más tranquilo.

—Aquí no hay alimento o agua durante días enteros y medicinas pocas veces han existido, una vez hace como un año hubo un brote de enfermedades, eran los zancudos los que la pasaban, murieron como cuarenta hombres —le respondió un poco enojado su nuevo amigo.

Fabio iniciaba su primer día formal en ese peculiar encierro, y los momentos de pánico no se hicieron esperar. Esa misma tarde, un general entró mazmorra por mazmorra fue escogiendo dos o tres de cada una, con solo una mirada eligió a Fabio, todos los demás elegidos temblaban del miedo mientras eran conducidos por un oscuro y maloliente pasillo.

—En fila india, señores —les decía el guardia mientras los miraba de pies a cabeza, como en un moderno escaneo de carácter corporal, como una máquina de rayos X, pero un poco más precisa—. ¿Sos nuevo? Se te nota —le dijo enseguida a Fabio, el cual asentó agachando la cabeza como de costumbre.

Llegaron al área de duchas, Fabio pensó que no tenía muchos días sin bañarse. Otro militar abrió las duchas, eran como cincuenta reos en total y había unos diez militares, el de voz más ronca ordenó:

—¡Desnúdense! —Todos comenzaron a quitarse la ropa, Fabio y el muchacho que acababa de ser trasladado a esas mazmorras con él, se quedaron atónitos mirando.

—Sí, ustedes los nuevitos también. ¿Qué creyeron? ¿Que se iban a duchar y dejar de oler a mierda? —Fabio sintió que su corazón iba a estallar—. Pues no. —Sus captores soltaron una gran carcajada, todos a la vez.

—Vos, el chiquillo —dijo el de mayor rango señalando al muchacho nuevo, al prisionero que viajó en el mismo camión con Fabio y tenía una piel más que morena de los trabajos forzados que hizo en varias islas. Fabio venía de alta mar y el muchacho de la playa, de la isla.

El general escogió también al preso más grande que encontró, Fabio no lo había notado, hasta el momento que escuchó la orden:

—Vos, mamulón, el grande, ya sabés, es tu turno. —Fabio miró a un joven rubio como él a su lado, le brotaban enormes lágrimas. Al muchacho nuevo le ordenaron colocarse de frente a la puerta, así desnudo, no pudo decir nada, no pudo resistirse, sabía que iba a ser violado. El joven no podía negarse y recibir una paliza hasta la muerte, en esas mazmorras, en esas duchas la gente dejaba de serlo, ya Juan el Loco les había aconsejado que era mejor ser violado de una sola vez, rapidito y cooperando que apaleado y luego violado con algún objeto. Así comenzaba Fabio su primera noche en aquel lugar, siendo testigo de la peor bajeza humana.

Desde ese día, el muchacho nuevo dejó de comer y de vivir hasta que un día solamente murió oficialmente, nunca se supo cómo se llamaba, de qué nacionalidad era o cuál había sido su delito, pero Fabio nunca lo olvidaría. Cómo pasar por alto la desgracia de otro ser humano, el tico cada día se sentía más impotente y muchas veces deseó más una oportunidad de venganza que su propia libertad.

Ninguno de ellos sabía el motivo real de su encierro, les daban de comer muy poco, comida agria y descompuesta en su mayoría, algunas veces y adrede hasta con gusanos. Dormían con las ratas encima y al lado del hueco donde hacían sus necesidades, eran tratados miserablemente en condiciones insalubres.

—Escuchá, Juan, ya a mí nada me sorprende y me resigné a morir aquí.

—Chele, no has visto nada aún.

—Claro que sí y ya no quiero ver más, ya me siento viejo.

—Una vez aquí mismo y como ya habían probado todas las formas de asesinar, mataron a cincuenta de hambre, solo por diversión ¿Eso no te sorprende, tico pendejo?

—Yo he llegado a pensar que soy inmortal o que algún ángel me cuida y me guarda de la muerte —confirmaba Fabio.

—Yo estuve dos veces inconsciente, por eso quedé loco, me sacaron de aquí, me montaron en un carro y me pusieron una bolsa plástica en la cabeza, muy apretada, hasta dejarme sin respiración y casi hasta ahogarme, ese sofoque sí es horrible mi hermano, como llevaba el estómago vacío esa vez vomité mis propias bilis, sufrí taquicardias y hasta me hicieron tomar pastillas a lo loco, si de suerte es que me funcionan los cinco sentidos. —Juan se quedaba pensando su próxima frase—. ¿Ya comprendés mi locura? —continuó.

—Sí. —Fabio intentaba imaginar la situación de Juan.

—Pues resignáte y viví lo que te tocó, no hagás preguntas, nunca mirés a un guardia a los ojos ni lo desafiés —aconsejaba el viejo reo al nuevo.

—¿Y vos? Como buen nica, ¿qué sabés del sandinismo, de la revolución y de nuestras luchas? —le preguntó Fabio, quien ya traía mucho interés en la historia de Nicaragua.

—De eso nada, de eso no se habla en este lugar. —Su actitud cambió y se puso lejano.

—A mí me interesa mucho la política, aunque no lo creás.

—Vos estás jodido.

—Espero volver al Chipote —dijo Fabio para él mismo y cambiando de tema.

—No sé qué te gusta de ese lugar, portezuelas de hierro oxidado por donde te pasan comida tan mala como esta, sin servicios sanitarios decentes, igual que aquí haces tus necesidades prácticamente donde duermes, y tu cama una plancha de concreto, yo prefiero la tierra y dormir con ratas conocidas, aquí casi siempre te dan una botella de agua por día y de vez en cuando hasta se divierten cortándote el pelo.

—Sí, pero allá puedo seguir atando cabos sueltos, investigando y quiero visitar la celda de mi amigo y tripulante capturado del Diana D, don Félix, que en paz descanse —respondió.

—Pues espero que te lleven allá muy pronto, si no te matan antes, como sos inmortal —respondió en tono burlón su consejero.

—Juan, ¿vos por qué estás encerrado? ¿Qué hiciste?

—Yo —Fabio hizo pensar un poco a Juan, quien no acostumbraba hablar de eso—, solo me fui de fiesta y tomé de más, por eso me encerraron y por lo mismo nadie me busca. Cuando llegué, me daba contra las paredes por un cigarro o una gota de alcohol, ahora ya dejé el vicio —los dos reos rieron.

—¿Y tu familia?

—Tuve esposa e hijos, pero los perdí por el vicio y por eso ni se molestaron en reportarme desaparecido. —Juan sintió pena por sí mismo y por su desgracia, ya había pasado mucho tiempo en ese tenebroso lugar.

Escucharon pasos y guardaron silencio, eran los guardias, escuchaban el rechinar de sus botas en el suelo y el sonido del puño de llaves al moverse en sus manos. Realmente era un viejo enemigo, el conocido exsargento Jerónimo y buscaba a un reo en especial, un tico escurridizo que él mismo ordenó llenar de agua con sal para después patear, ese que le recordaba tanto a su odiado padre.

—Fabio Araya, si aún creés llamarte así, levántate y ven conmigo

Fabio miró a Juan el Loco, quien se comenzó a golpear la frente en los barrotes haciéndose el desquiciado una vez más, el tico se levantó y esperó a que su enemigo fiel abriera su celda. No hubo golpes ni insultos, solamente una palabra:

—¡Camina!

Fabio muy obediente lo siguió, como vaca al matadero, sin pensar en la vida o en la muerte, solo continuó y esperó lo peor de lo peor, ya nada lo podía desconcertar y mucho menos su eterno enemigo Jerónimo.

Salieron de esos sótanos y llegaron hasta una serie de oficinas militares. Jerónimo caminaba por doquier sin recibir ningún cuestionamiento, lo llevó hasta unas duchas que obviamente no eran para reos y le indicó que debía tomar un baño. Fabio no pudo evitar soñar con la posibilidad de estar absuelto de su condena, sintió el agradable aroma de un trozo gastado de jabón que dejaron allí para su uso, utilizó el jabón y también champú, esos baños sí tenían puertas y las paredes estaban enchapadas en cerámica celeste como el color del mar en los arrecifes, era imposible no sentirse a gusto en tan delicioso sueño hecho realidad, una ducha normal lo hizo suspirar.

El avejentado chele, aún esperando lo peor y atento a un posible próximo castigo, tomó el baño con paciencia y deleite, disfrutó de aquella que seguramente sería su última ducha, se dispuso a aceptar su muerte y partir hacia una mejor vida, quizás en el cielo se encontraría con sus padres.

—Movéte inútil —un grito sacó a Fabio de sus propios pensamientos. Salió desnudo, se puso unos trapos viejos, pero limpios que le trajo el buen político y continuó su paso detrás del asesino de su amiga María.

Salieron por completo al exterior, esta vez no estaba amarrado y por primera vez en muchos días pudo ver la luz del sol, volteó la mirada hacia la entrada a las mazmorras y se sintió afortunado por vivir ese momento, recién bañado y sintiendo el sol en su piel limpia, el cielo azul y despejado lo saludaba y él se sonrojaba ante tal magnificencia.

Comenzó a caminar por una calle cada vez más transitada por vehículos y personas, todo era distinto, anhelaba tanto su libertad, pero ¿qué tramaba su captor?

Una bella joven morena y de baja estatura caminaba despacio por la otra acera, ella quitó los ojos dos segundos de su teléfono celular y dedicó una mirada de desconfianza a aquellos dos solitarios y sospechosos hombres vestidos de verde militar que caminaban a paso ligero y con semblante defensivo.

—No te creás libre, chele, y caminá rápido —escuchó.

Llegaron hasta una gran acera poco transitada, ahí frente a unas grandes escaleras blancas con tanques de guerra y cañones al frente como decorando la entrada a un museo, lo esperaba un carro verde en un tono muy oscuro, Jerónimo abrió la puerta y ordenó: «¡Entrá!».

Así lo hizo, sin esperar encontrar en su interior a la aún hermosa y un poco más insultada por la vida Julia, estaba dentro con su hija, era una pequeña e indefensa bebé tan hermosa como su madre, pero no se podía negar en parecido que era también hija del tal Jerónimo.

Lo primero que llamó la atención de Fabio fue el mismo collar rojo de Julia, nadie lo luciría mejor que ella y en su muñeca cargaba una pulserita de hilos tan rojos como la sangre que colgaban una pequeña concha de mar, no pudo evitar pensar en sus propias hijas, las extrañó con todas las fuerzas que aún existían en su maltratado corazón.

—Julia, ¿cómo estás? Tenés una beba hermosa.

Un sincero y cálido abrazo no se hizo esperar, las lágrimas tampoco, los dos se habían extrañado, debían pedirse perdón mutuamente y además darse las gracias, un fuerte abrazo solucionaba años de preguntas sin responder.

—Fabio, nunca pude olvidar aquella noche.

—No pienses en eso, Julia, yo sigo vivo.

—Casi morimos el día del maremoto, ese día también pensé en ti y en lo que te hice pasar, creí que habías muerto por mi culpa.

—No fue tu culpa, era mi destino.

—Sos un buen hombre. —Su amiga no dejaba de sollozar.

—En ese barco descubrí cosas, solté otras, despejé dudas y viví hermosos momentos de paz y soledad. No me arrepiento ni te culpo, más bien te agradezco, por ti comencé a buscar libros e informarme y comprendí que existe aún gente muy buena en este mundo, te deseo lo mejor, amiga, y te bendigo, a ti y a tu hermosa hija.

—Jerónimo ha cambiado por mí y por nuestro retoño y lo he convencido de venir a verte, toma te traje comida. —Fabio no pudo contenerse y casi de inmediato arrebató la bolsa de papel y comenzó a comer desesperadamente—. Sabía que tendrías hambre, he intercedido por vos y Jerónimo te sacará de las mazmorras, es todo lo que pude lograr, evitar que te sigan torturando y te maten allí, supongo imaginarás que para eso te trajeron aquí, para matarte, pero él deberá trasladarte a otra cárcel y bajo otro nombre. —Fabio dejó de comer y pensó.

—Gracias, Julia. ¿Puedes pedirle que me lleve de vuelta al Chipote?

—¿Estás loco?

—No tanto aún —dijo Fabio recordando a Juan, quien se puso a llorar cuando lo vio salir detrás de Jerónimo.

—Mi padre ha muerto —esbozó Julia.

—Lo siento mucho, amiga.

—Jerónimo ahora pasa más tiempo en Corinto y ha dejado a su mujer por mí, construimos una familia, es un político reconocido, vivimos bien. —Fabio miró al exsargento, quien esperaba fuera del auto y dudó de su supuesto cambio—. Después del maremoto, mi hermano también desapareció, quedé sola y Jerónimo ha sido mi refugio, le debo la vida y lo amo, soy su mujer, la única, lo conquisté y cambié.

—Julia, uno no cambia a las personas, solo las acepta y las ama como son, cuídate mucho y no creas en los hombres.

—Él se enlistó a los quince años, era un niño que se incorporaba a las filas del sandinismo, a través de una carta se despidió de su madre, yo creo que se integró al Frente para evitar los maltratos de su padre, su hermana menor también se unió al frente y por la misma razón, huir de los maltratos de un desalmado. Primero estuvo en las montañas, luego en León y se enfrentó a la Guardia Nacional, allí fue capturado y torturado casi hasta la muerte, su vida ha sido muy dura, él es leal a Sandino, a Ortega y a quién tenga que serlo. —Julia lo conocía y lo amaba.

Sin aviso alguno y ya cansado de esperar, Jerónimo entró al carro bruscamente y se dirigió a la madre de su inquieta hija:

—Ya es suficiente, he cumplido tu capricho —escupió enfadado.

—Danos un segundo, por favor.

—No.

—Amor, quiero que lo mandes al Chipote, por favor.

# XII
# LAS TRES FLORES Y EL GUARDA-BARRANCO
# 2001

### SOBRE EL MUSEO NAVAL

«El museo naval que visité tiene cosas muy importantes y de gran valor, me llamó particularmente la atención el barco DIANA D a escala, este barco iba hacia Costa Rica y se dice que desapareció con todos sus pasajeros y tripulantes en Nicaragua en 1984, también que fue objeto del ataque de una patrulla del ejército, eso leí.

La última vez que se vio este barco fue el 17 de enero de 1984, el cual llevaba una carga de víveres que eran destinada al Puerto Caldera, pero no se sabe si el barco llegó a su destino, lo que sí se sabe es que nunca regresó a su lugar de origen.

En el museo también hay una brújula pequeña que guiaba a los barcos a su destino, estaba el primer telégrafo con el que los tripulantes de una nave se comunicaban, un anclote, un buque, varios caballitos de mar, conchas, caracoles y estrellas de mar (claro que todo esto es a escala), con gusto lo visitaría otra vez».

**Blog anónimo**
**Veracruz, México**
**12 de julio, 2001**

\*\*\*

Estando ya en El Chipote, por orden de su ahora sospechosamente benefactor; Jerónimo, quien accedió a la petición de su mujer desistiendo de la idea de torturar y matar a ese chele más esclavo que preso y que tantas ganancias ya le había generado en largas estadías de trabajos, casi siempre lugares dominados por astutos narcotraficantes.

En su encierro de dos metros por tres y recordando una de las tantas veces que esperaba en la orilla del cálido mar los paquetes que flotaban hasta ellos para proceder al almacenaje, Fabio se daba cuenta que su esclavitud no terminaría aún, pronto lo volverían a necesitar. Él ya conocía el tejemaneje, las lanchas rápidas cargadas con toneladas de cocaína se movían desde las costas colombianas, encontrando apoyo y refugio en diferentes lugares de Nicaragua, especialmente en las costas. La serie de redes criminales locales a las que también pertenecía Jerónimo, eran las encargadas de satisfacer ese tipo de necesidades, que surgieron de las selvas de las regiones autónomas del Atlántico Norte y Atlántico Sur.

Fabio no quería volver a trabajar en las costas ni en las mansiones de los altos jefes del ilícito negocio. En El Chipote tuvo unos cuantos días de paz, era increíble y balsámico para él, en su celda se sentía muy tranquilo y esa paz se la atribuía a la mejora repentina en su relación con Jerónimo, gracias a las peticiones de su fugaz amiga Julia.

En su celda asignada había una pequeña ventana, un cuadro de cemento con barrotes, ya no estaba en sótanos, podía sentir el aire y uno que otro rayito de sol y además ver o imaginar la luna por las noches. Desde el primer día recibió una agradable visita, aquel mismo pájaro que lo miraba e hizo compañía encaramado en aquel árbol de almendro en Corinto, el de colores hermosos que él sentía parte de su aventura, otro compañero.

Alivio y consuelo encontró en el piso de tierra, lejos del hueco que usaba como servicio sanitario y cerca de donde recostaba su cabeza para dormir. Allí mismo estaban comenzando a florecer tres pequeñas flores, no eran de igual tamaño ni color y de seguro y si pudiera olerlas tampoco su olor sería similar, pero esas flores nuevas le daban otro respiro de esperanza, le recordaban a sus hijos.

Kathy, Zeidy y su bebé guatemalteco, no sabía si fue mujer u hombre, aunque sospechaba que ya era un valiente varón, el género no importaba, pero deseaba que se pareciera a él, al fin y al cabo, los Araya tenían sangre fuerte, alardeaba él.

Apenas vio los primeros tallos salir los cuidó, le recordaban que estaba vivo y los cuidaba como queriendo proteger a sus hijos que tanto anhelaba resguardar y velar. El ave que lo acompañó por aquellos días, el de bellos colores intensos no era más que un Guardabarranco que le hacía compañía y daba nuevamente esperanzas de libertad.

Cada día, Fabio despertaba con presura y dedicaba una tierna mirada a esas tres pequeñas florecillas de monte, no eran las más hermosas del mundo, pero eran suyas y únicas en su mundo. No había viento, ni sol, solamente tierra y humedad, pero vivían al igual que él, aguantarían tormentas y terremotos, le daban paz en medio de su condena.

—Yo sí creo que las flores son respuestas de Dios, regalo de la naturaleza y esperanza de vida.

—¿Dios?

—Sí, el mismo que me tiene con vida. Desde siempre, en este mundo las flores despiertan emociones por su belleza, pero no solo son decorativas, hermano, ellas atraen energías positivas, nuevas, especiales, mi padre las llamaba energías de la vida y definitivamente hacen que nuestro ambiente sea más especial, aun aquí en la cárcel ellas hacen su trabajo y es que debemos buscar incansablemente en este lugar algo bueno, algo especial, los regalos de la vida. —Fabio estaba inspirado.

—Eso suena poético, dejá de leer tanto, compadre —su compañero le contestó, pero él solo continuó.

—Por eso te lo digo, he aprendido mucho más leyendo que viviendo. La esperanza de sostener pétalos de flor en la mano me mantiene esperanzado y en contacto con mi familia y seres queridos, también me da ilusión y ganas de vivir y por supuesto de escapar, de regresar a casita, no olvidés esto —Fabio hablaba con su amigo de celda, el cual llevaba por apodo el Juanete—. Cuando yo estaba chiquitillo vivía en un pueblito llamado Arenal, allá en Costa Rica, podía ver desde el patio el volcán del mismo nombre y teníamos un amplio jardín donde mi mama doña Mira cultivaba rosas y otras flores. Siempre llevo en el corazón el recuerdo de aquel lugar y de mi gente. Mi amado padre se encargaba del cuidado del jardín y del huerto, Dios guarde pasarle por encima a las matas de chayote o de pipián, con un chilillo nos fregaban. ¡Qué rico un buen guiso de pipián! —Fabio extrañó a sus padres, su pueblo, comida y hasta las regañadas de su madre.

—Lo mismo recuerdo en mi país, España —afirmó Juanete—, sin el volcán, pero días enteros en la laguna Fuente de Piedra, acompañado de cigüeñas, cercetas, águilas y garzas.

—Veamos y aprendamos del saber de las flores con su apertura a la vida, a los rayos del sol, al viento, a Dios. Ellas dan su belleza a quién quiera apreciarlo, así como su alegría, porque —se tomó su tiempo para meditar, recordar a sus delicadas hijas y continúo—. ¿Quién no se alegra el día en el regalo de una flor? Y nosotros más aún desde aquí —concluyó Fabio, quien ya no hablaba de las flores, sino de sus hijos.

Cada día en ese tiempo era igual, despertaba, comía, cuidaba sus flores silvestres, leía, dormía, charlaba con otros reclusos y descansaba. Dos veces a la semana tenía trabajos y luego una ducha de agua fría, en esos años los maltratos eran mínimos, quizás porque ya no era tan joven o porque hacía más de diez años que se firmaron los acuerdos de paz en Nicaragua, los cambios se daban a paso lento.

Consiguió libros y periódicos viejos, comenzó a vivir de a poquito, vivió muchas vidas inmerso en los libros, pronto tenía un lápiz escondido bajo la delgada almohada en que reposaba y aprovechaba la luz del sol para leer y escribir, prefería escribir sobre cosas buenas y alentadoras más que de las historias de terror vividas. Comprendió porqué el pastor prefería esa cárcel, entre los centros de tortura conocidos por él, quizás era el mejor y donde estaban los reclusos más cuerdos y ubicados, allí Fabio hizo muchos buenos amigo de los cuales también escribió y a los cuales a su modo intentaba ayudar.

Ese año y después de su aparente reconciliación con Jerónimo, Fabio estaba de humor para trabajar y para vivir sin perder la ilusión de salir de allí. Una tarde lluviosa del mes de octubre disfrutó en el comedor de una taza de café instantáneo, sostenía los terrones de azúcar entre el paladar y la lengua mientras pensaba en sus hijos, no quería llorar más por ellos y recordando a su amiga Julia y su pasión por los poetas decidió comenzar a escribir un poco. Dedicado a sus tres hijos, reflejados en aquellas frágiles florecillas de campo, hermosas a pesar de nacer en medio de tanta mala hiedra, de tanto dolor y en condiciones deplorables, eran tres flores hermosas, luchadoras y valientes.

## A mis tres florecillas

«No he perdido la vida,
   no aún.
No he perdido su rastro,
   jamás.

No tengo a la margarita
   de un tal Rubén,
pero porto tres retoños más valiosos
   que un amor de vaivén.

No permitan que el engaño nocturno
   les haga dudar de mi amor,
ni pierdan la ilusión necia
   de volverme a ver sin temor».

Después de largos ratos de escribir, tachar, borrar y reescribir, esté fue el poema que logró terminar en firme para sus tres amores, se sintió orgulloso de sí mismo y de sus hijos y sintió más fuerte que nunca las ganas de regresar a casa.

Con la luna apareció el guardabarranco otra vez, era la primera vez que se aparecía en la oscuridad, anunciaba nuevos eventos en su vida. Esa noche hubo revuelta en El Chipote y un intento fallido de incendio, la luna no se asomó en las sombras, solo el ave con semblante orgulloso y sacudiendo de vez en cuando las dos raquetas azules de su cola le acompañó, Fabio aguardaba en silencio mirando los colores tornasol que reflejaba el claro de luz en el pájaro.

El 4 de noviembre de 2001 se realizaban en Nicaragua elecciones generales de presidente, diputados nacionales, diputados departamentales y regionales a la Asamblea Nacional y diputados al Parlamento Centroamericano para un periodo de cinco años. Los principales contendientes fueron Daniel Ortega del Frente Sandinista de Liberación Nacional (FSLN), partido de origen izquierdista, el Partido Liberal Constitucional (PLC), de derecha de Arnoldo Alemán, y el Partido Conservador (PC), de derecha oligárquica más tradicional con el candidato Enrique Bolaños. Ese fue el famoso «día E», con la lucha política principal entre Bolaños y Ortega.

Las filas de votantes no se hacían esperar y las revueltas y zafarranchos también. Las cárceles no se escapaban del acontecer político. Ansiedad, expectativas, alegrías y temores de varias fuerzas y dimensiones caracterizaron las vísperas electorales en El Chipote.

En la jornada de los comicios fuera de las cárceles la sorpresa mayor fue la participación masiva y la gran tranquilidad. En el prolongado «día después», que concluiría en enero 2002, las expectativas se mezclaban con las incertidumbres y en El Chipote el fuego ardía, los ánimos subían y bajaban con conversaciones y discusiones de los simpatizantes de los dos bandos, la gente estaba cansada.

El pueblo nicaragüense creyó esta vez que las votaciones serían justas e igualitarias. Las elecciones más caras del mundo —según el ministro de Hacienda: treinta dólares costó cada voto —serían también «las más reñidas de la historia de Nicaragua» hasta el momento.

La pelea estaba entre Enrique Bolaños y Daniel Ortega que atormentaba a encuestadores quienes auguraban tensiones, negociaciones y sospechas fuertes de violencia. Sin duda alguna la rebeldía y arrebato de aquellos compañeros de Fabio que robaban su momentánea y defendida paz, eran manifestaciones de la influencia profunda de una corriente meramente sandinista y revolucionaria. Pero no precisamente todos los sandinistas iban a votar por el Frente, muchos aún creían en los ideales de Sandino, pero no creían ni una sola palabra de su candidato Daniel Ortega.

El triunfo de Enrique Bolaños fue mucho mayor de lo previsto por el mismo candidato Bolaños, quien con un entusiasmo y positivismo en el que pocos lo acompañaban insistía desde septiembre en que le ganaría a Daniel Ortega por una diferencia de hasta ocho puntos. Finalmente le ganó por catorce.

La admirable pasividad en la que transcurrieron las votaciones y los casi nulos incidentes de violencia que se registraron ese día y los que siguieron, no estaban previstos por nadie, sin embargo, Fabio en prisión sabía que debía ser cauteloso al hablar, se sentía en medio de dos barras de futbol en una final decisiva.

En la masiva participación —favorecida por el Consejo Supremo Electoral (con disposiciones de última hora— y en la tolerancia con la que ganadores y perdedores recibieron los resultados estaba lo más positivo de un proceso electoral ilegítimo —por nacer de un nuevo pacto entre alemán y Ortega, que resultó «legitimado» en su último paso por el desborde de los votantes. Estas eran noticias comentadas por todos, en esos días abundaron los periódicos en la cárcel.

A la jornada electoral se llegó tras pasar por un camino de acelerada y constante presión. Las expectativas acumuladas durante todo un año de contienda electoral en los medios y en las comunidades; y el mismo pacto que, de una forma o de otra, moldeó las elecciones con la «trascendencia» de una disputa «a vida o muerte», había caldeado emocionalmente a un gran número de votantes. Ya cerca del «combate final», el FSLN alertaba a diario a sus militantes sobre las posibilidades de un fraude y el PLC hacía lo mismo con su gente.

Los cambios de Gobiernos traían trastornos y Fabio ya temía lo peor. Gran tensión había generado también «el entrenamiento», capacitación al que liberales y sandinistas venían sometiendo a sus activistas, fiscales y abogados para que mantuvieran afiladas sus espadas a la hora de las votaciones, de los conteos y de la transmisión de datos para defender cada voto. Uno de los últimos temores que expresaban los atentos observadores nacionales e internacionales.

Si en el conteo de cada junta las cifras resultaban muy ajustadas —como era previsible— el guion previsto era que impugnaran los unos o los otros. Con una avalancha de impugnaciones se retrasarían los resultados. Y si se retrasaban los resultados, habría violencia.

La particular ventaja con que los liberales le ganaron a los sandinistas canceló un escenario muy riesgoso en donde podían haber prevalecido hechos de violencia y negociaciones por debajo de la mesa.

En las vísperas se había añadido a esta situación ya tensa un dato alarmante: la decisión del Presidente de la República de reunir a su gabinete en la tarde de la jornada electoral para decretar el Estado de Emergencia y suspender garantías constitucionales.

Los reos en El Chipote buscaban hacer revuelta por cualquier decisión, quizás con esperanza de organizar un zafarrancho que les permitiera escapar. Algunos se preocupaban por el estado de emergencia en su país y exigían saber de sus familias, Fabio comenzó a buscar la manera de llegar a la celda del pastor, ese era su fin ahí.

Fue Daniel Ortega quien anunció tal decreto el primero de noviembre, afirmando también que a la par de la emergencia la pretensión del Presidente era anular las elecciones. Alemán declaró que no le temblaría la mano para decretar la emergencia.

La posibilidad de que se hiciera realidad esta medida fue unánime y públicamente criticada por sectores nacionales y por los dos más destacados observadores internacionales presentes en el país, el Secretario General de la OEA, César Gaviria, y el expresidente de Estados Unidos, Jimmy Carter.

Con la incertidumbre causada con tan cuestionado anuncio, Managua amaneció el dos de noviembre con miles de efectivos del Ejército vaciados en las calles, resguardando puntos estratégicos con armas largas, el miedo se respiraba otra vez. Parecía que Ortega odiaba perder.

Muchos llevaban las caras pintadas y algunos vestían los pintorescos uniformes de camuflaje que empleaban para operaciones especiales. No se sabía con seguridad si el objetivo de este despliegue era garantizar seguridad, intimidar o desalentar a los votantes. Los hechos posteriores demostraron que la presencia del Ejército en la capital —en un ordenado operativo conjunto con la Policía— dio seguridad a la mayoría de la población votante y también, probablemente, contribuyó a persuadir y apacentar a los grupos que tenían planes de generar violencia callejera.

Con la noticia de la derrota de Ortega en esas elecciones, dirigentes sandinistas atribuyeron a la presencia militar propósitos intimidantes para restarle votos al FSLN: «Buscaban recordar los años de la guerra», años que aún continuaban viviendo y sufriendo los prisioneros y victimas de tan cruel desquicio humano.

Desde semanas antes de las elecciones se escuchaban diversas hipótesis sobre varios riesgosos escenarios de después de las votaciones. En la cabeza del más comentado de ellos estaba el «conflicto larvado» que decían existía entre Bolaños y Alemán. Por tener dos estilos muy diferentes de gobernar; y por no haber sido Bolaños el candidato de Alemán, sino el que le aseguró un gran capital con dos metas: impedir el temido triunfo de Daniel Ortega, y estancar el avance en la economía de la «argolla mafiosa» como les llamaban algunos críticos internacionales, de la que se había rodeado Alemán, quién había sido presidente de Nicaragua desde 1996, a su lado y como vicepresidente su ahora contrincante Bolaños, quien estaba a punto de sustituirle.

Don Arnoldo Alemán no era más que un político y comerciante, hijo de padres liberales e importantes funcionarios públicos de la época de la dictadura dinástica de los Somoza. En 1996 ante la posibilidad de la llegada al poder una vez más de Ortega y el Frente Sandinista de Liberación Nacional. Ortega, había tildado a Alemán de candidato liberal-somocista y, tras su derrota, cuestionó los resultados, pero el Consejo Supremo Electoral (CSE) los ratificó, Alemán entonces llamó a Ortega víbora. Ahora, en 2001, tenían un pacto y eran aliados.

Después del famoso día E, se sospechaba de que el expresidente Alemán deseaba que Bolaños ganara y así convertirlo en su títere personal, pero pactando con Daniel obtuvo un ultraprotagonismo opositor desde la Asamblea Nacional —a donde Alemán llega por la diputación que en el pacto le regaló el mismo Daniel Ortega— y así se prepararía el camino para reelegirse. Y en ese escenario era previsible un preámbulo de violencia en las calles como una medición de poderes e influencias que culminaría en un acuerdo —pacto en nombre de la gobernabilidad y hasta democracia.

—Para poder ganar las elecciones, Bolaños tenía que vencer con un muy amplio margen de votos. Si la votación se tornaba muy cerrada, el FSLN no se iba a dejar arrebatar la victoria y entonces Alemán podría ordenar a sus magistrados que le reconocieran la victoria al FSLN —eso decía el Juanete en una de sus tardes de tertulia.

—A mí me parece que hubo transparencia —dijo Fabio—, no veo mucho por qué pelear.

—Eso creés vos, que no sos nicaragüense —soltó Juanete—, ni yo tampoco.

—Casi no hubo abstencionismo, entérense y eso nos favoreció a los del Frente puesto que los sandinistas tenemos una cultura política más comprometida y por eso nuestro voto es más consolidado, consciente y disciplinado, más sacrificado —replicó sin pensar uno de los guardias.

—Ese día llovió y eso nos favorecía a nosotros, ya que los liberales no saldrían bajo la lluvia, a un sandinista, en cambio, no lo detiene nada, en esas votaciones hubo fraude como que me llamo Calixto —replicó el segundo guardia.

Los reos dándose cuenta de que eran escuchados prefirieron dejar de hablar por un rato.

En los primeros análisis nacionales e internacionales se habló de un récord centroamericano de no abstención. La participación fue visible para cualquier observador: larguísimas filas de espera. Todo el proceso transcurrió con lentitud por recelos de funcionarios y fiscales de los dos partidos, miles de adultos mayores y jóvenes asoleándose o aguantando lluvia en algunas zonas durante horas, familias enteras desde ancianos a adolescentes, embarazadas, ancianas ayudadas por sus nietos, gente en sillas de ruedas y hasta en camillas hizo disciplinadas filas. Fabio leía sobre todo esto y recordaba su país, que era realmente democrático y el sentimiento indiferente que él mismo tuvo la última vez que votó en su país, valoró ese privilegio y lo extrañó.

En esta ocasión, la convicción de la mayoría de los pobres de Nicaragua fue apostar por la estabilidad y castigar el ideal reeleccionista de quién se consideraba para muchos un riesgo para el país y a quién no apostaban ni credibilidad ni capacidad para resolver los graves problemas de su Nicaragua.

Un dato revelador e interesante para Fabio era que en todas las encuestas que se hacían en Nicaragua el no-sandinismo se leía mucho más extendido y arraigado que el sandinismo. Si una tercera parte de la población era fiel al sandinismo —a sus mitos, ritos, mensajes y personajes—, las otras dos terceras partes no compartían esa lealtad desde hace ya bastante tiempo, lealtad que tampoco reflejaba ahora Jerónimo y por un cúmulo de justificadas razones, que irían desde el pragmatismo económico que por sobrevivencia buscaba el menor nivel de incertidumbre, hasta la decepción causada por los escándalos de todo tipo que manchaban la hoja de vida de los dirigentes del FSLN.

Muchos nicaragüenses se convirtieron en antisandinistas, eso aumentaba las esperanzas del tico, que ya había recuperado fuerzas. Todas las encuestas de estos años venían demostrando también que, aun cuando entre las bases sandinistas Daniel Ortega seguía siendo el dirigente más popular, en el conjunto de la sociedad nicaragüense era a su vez el dirigente político más impopular. Ante esta evidencia, que el FSLN llevara por tercera vez como candidato a Daniel Ortega tenía todas las características de una obstinación suicida y un tanto parecida a la dinastía Somoza.

Según analistas políticos la figura de Ortega polarizaba a la sociedad, unificaba a la derecha, dividía a la izquierda, tenía muchos flancos débiles en lo político y en lo ético y evocaba en sí misma malos recuerdos de tiempos muy difíciles aún no superados por las tantas víctimas de la guerra y por supuesto de sus secuelas.

Parte de la campaña del PLC fue a la ofensiva, orientándose a manipular a la población intimidándola con la posibilidad del retorno a los años ochenta. Pero el grueso de la campaña liberal se dirigió —y con un éxito creciente— a proponer al electorado a una representación tangible de la oligarquía tradicional.

Enrique Bolaños, separándose centímetro a centímetro de Alemán, y presentándose tal como era, sin maquillaje: un patrón de hacienda, de mano firme y voz persuasiva, exitoso en sus negocios y en su familia, un viejo experimentado que ofrecía un trato con la gente: «Da trabajo y exigí trabajo, dando y dando, ayúdate, que yo te ayudaré».

Una imponente imagen masculina y patriarcal, equivalente a la positiva imagen femenina y matriarcal de Violeta Chamorro en 1990. Bolaños, un hombre tradicional y de carisma algo inadecuada calzó con el imaginario político mayoritario de un país de cultura rural y humilde en busca de un buen patrón.

Fabio Araya y su familia nunca fueron activistas políticos en su país, pero ahora eran personas interesadas en ello, una mala decisión podía acabar con un país y hasta con sus vecinos, eso era incuestionable.

La campaña del FSLN fue diseñada a la defensiva. Se vistió al partido con otros colores y se presentó al candidato como lo que jamás había sido ni para sus seguidores ni para sus adversarios. La apuesta fue estéticamente trabajada. Se vendió la idea de que creer en Daniel como segunda oportunidad, era la respuesta, en sí mismo, apostar por un programa político, que siempre apareció tan desdibujado como el horizonte soñado de la tierra prometida, idea central de la campaña sandinista. Apelando al perdón, a Dios y al amor, el FSLN diluyó historia, principios, estilo y propuestas para embarcarse en una campaña seudorreligiosa que trataba de ocultar no solo la problemática historia de los años ochenta en los que de paso fue capturado el Diana D, sino los problemas reales del país del siglo XXI.

Al final, resultó más creíble para los votantes el «yo soy yo» de Bolaños que el «yo cambié» de Ortega. Fabio no creía en ninguno de los dos.

Aunque Bolaños se consideraba un servidor público recto y competente, no era muy carismático y como vicepresidente en el Gobierno de Alemán había quedado debiendo. Algunos a favor y otros tantos en contra, Bolaños fue electo presidente de Nicaragua, precedido por Alemán.

Todo el proceso electoral estuvo marcado también por el miedo. Más exactamente, por los miedos. Miedos provocados por una parte y por la otra. Los liberales alimentaron el miedo a un regreso de Daniel Ortega al Gobierno, tratando de inducir la idea de que Nicaragua retornaría mecánicamente a la guerra y a los problemas pasados. Los malos recuerdos que el candidato Ortega —aun cuando no pronunciase un solo discurso— evocaba en la memoria de la mayoría de la población facilitaban esta propaganda.

—¡Celebremos la derrota de Ortega! —gritó un reo en el mismo pasillo que se encontraba el tico.

—Yo sí creo en Ortega, él conoce lo que vivimos, aquí mismo él fue torturado. —alegaba otro.

—¡Que viva Ortega!

—¡Que viva!, pero en el infierno.

—Cállense, manada de hijueputas, y dejen dormir.

—¡Que viva Bolaños! Ahora sí progresaremos.

Las voces de los reclusos retumbaban entre las paredes de los pasillos. Algunos aún reclamaban a Ortega quién había perdido esta ronda, muchos otros celebraban entre risas su derrota.

En Costa Rica como en Nicaragua se hablaba aún del atentado de las torres gemelas en los Estados Unidos, los actos terroristas ocurridos el once de septiembre —analizados de forma notablemente superficial por la sociedad y los medios nicaragüenses, tanto de derecha como de izquierda— brindaron a los liberales un imprevisto argumento para reforzar su campaña del miedo a Daniel Ortega, que también tenía en algunos de sus amigos de allende los mares un flanco débil y bien conocido.

La campaña que vinculaba a Daniel Ortega con el terrorismo internacional se desarrolló fundamentalmente a través de *spots* televisivos que insistían en el peligro que para Nicaragua representaría la victoria de Ortega.

Esta campaña resultó agotadora y si perjudicó al FSLN, tuvo también efectos bumerán. Varias preguntas en las últimas encuestas, que buscaban medir la credibilidad que tenían estos mensajes y su impacto entre los electores, indicaron que una mayoría los rechazaba, dos terceras partes de los encuestados estaban en desacuerdo con este tipo de publicidad y no vinculaban al FSLN con el terrorismo.

El Frente no cumplía con la responsabilidad de todo partido político de competir con candidatos lo menos vulnerables posibles. Y también, enfrentar con un discurso creíble y coherente los ataques que considerara arteros.

En las dos primeras semanas después de los comicios, se produjo una repatriación masiva de capitales que se fugaron de Nicaragua a partir de la escandalosa quiebra del popular banco Interbank. Este flujo, impensable si Ortega hubiera ganado las elecciones, significó de inmediato una mejoría en el sistema financiero, un alivio a la grave escasez de reservas que el país venía padeciendo. Con estas bazas, podría esperarse que el Gobierno Bolaños lograse acelerar el proceso de culminación que permitiría a Nicaragua ingresar plenamente en el año 2002 en la Iniciativa para Países Pobres Altamente Endeudados, lo que ayudaría a aliviar el grave déficit fiscal y permitiría a Bolaños cumplir algunas promesas de su campaña relativas a mejoras en la educación y la salud.

Leyendo el último artículo de periódico sobre este tema, Fabio recordó a Jerónimo y a José en el Diana D, el día del rapto, los escuchó hablar de elecciones y de Ortega, José expresó en aquel momento que, si quedaba Daniel Ortega, a ellos también se los llevaría puta, aun siendo este sandinista, quizás estaba arrepentido de sus decisiones, quizás se arrepentía de dejar a su familia, de pelear por el beneficio de otros en nombre del pueblo y de visitar constantemente lugares de desgracia, como aquel guardabarranco que visitaba a Fabio y que se despidió aquella noche del incendio en la cárcel, el chele comenzó a extrañas sus visitas, sus colores, su atisbo de esperanza.

De pronto, y mientras Fabio escondía sus periódicos, las ruidosas alarmas comenzaron a sonar, el sonido era ensordecedor. Ya había caído la tarde, poco a poco, pero a paso ligero los comenzaron a sacar, no a todos, solo a algunos, los sumergieron en unos pasadizos subterráneos nunca antes vistos por los reos, eran pequeños, cada vez más diminutos, el horror se apoderó de ellos, algunos comenzaron a sentir arcadas, otros ya se habían orinado encima, movían sus cabezas intentando atisbar un poco de luz al final de alguno de los túneles. Caminaban a ciegas por huecos hechizos, inestables y terroríficos. No había salida, la oscuridad era extrema y cualquier sonido retumbaba en las paredes y en los oídos de aquellos indefensos presos, solo podían esperar lo peor, quizás una muerte masiva en algún viejo contenedor a la salida, un incendio en el fondo de la tierra, una sala de ahorcamientos o solo los dejarían morir de hambre.

Caminaron hasta el cansancio de túnel en túnel, parecían mineros atrapados, pero dirigidos por un hombre uniformado. Fabio ya había vivido muchas veces esas embestidas de realidad, los sacaban de la cárcel para poder seguirlos escondiendo. Llegaron a un hueco grande, profundo y oscuro, la respiración agitada hacía eco en toda la pequeña área; en la entrada, ahora salida del hoyo en el que se encontraban había unas rejas, por ahí salió rápidamente el guardia, cerró la vieja y oxidada reja fuertemente incrustada en la tierra y desapareció. En la inmensa y aterradora oscuridad, Fabio intentó mirar el suelo y recordó sus tres florecillas, no se despidió de ellas.

# XIII
# LAS MONTAÑAS
# 2001

**2000—2003** — *Cuba presta ayuda a Salvador, Ecuador, Nicaragua, Honduras; afectados por la epidemia de dengue con diferentes Brigadas Médicas.*

«No tenemos grandes recursos materiales, pero sí tenemos grandes recursos humanos, nuestros médicos son nuestros recursos humanos, nuestros maestros son nuestros recursos humanos, nuestros técnicos, nuestros constructores son nuestros recursos humanos. De eso tenemos, ¡y de extraordinaria calidad!».

**Discurso pronunciado por el comandante en jefe Fidel Castro Cruz en el acto conmemorativo del XXVII aniversario del asalto al cuartel Moncada, efectuado en Ciego de Ávila, el 26 de julio de 1980.**

«… Inspirados en la lucha de Fidel y el Che en las montañas de Cuba, la visión de la guerrilla victoriosa con el apoyo del campesinado utilizó con éxito el componente de la lucha armada rural. El planteamiento que tiene el FSLN en 1962 es el de un alzamiento con un campamento base en la montaña, una guerrilla rural apoyada por el campesinado que sería el detonante de una insurrección general que derrotaría a la dictadura sin importar el apoyo de los EE. UU.

Los dirigentes del FSLN, desde un primer momento, tuvieron el apoyo de antiguos combatientes de Sandino y del Gobierno cubano, que accedió a que algunos sandinistas se entrenaran en Cuba y participaran, junto al Ejército Rebelde en diversas acciones militares contra la contrarrevolución, incluso en la defensa de La Habana en el episodio de Bahía de Cochinos…».

**Fuente: http://www.fidelcastro.cu/es/internacionalismo/ nicaragua**
**Universidad de las Ciencias Informáticas (UCI), La Habana, Cuba**

*\*\*\**

Fabio y los demás rehenes, todos cargados de la misma tormentosa suerte, fueron sacados del Chipote y algunos otros que se unieron en el camino, del penal de Granada.

Todos fueron extrañamente conducidos a las montañas, después de tres días en «el hueco» como le llamaron ellos mismos al lugar donde los dejaron encerrados, sin luz, servicio sanitario, agua o alimentación. Sin explicación alguna fueron sacados por diminutas alcantarillas casi colapsadas, como las más sucias ratas, arrastrados por el húmedo suelo, gracias a Dios todos estaban desnutridos y lograron acomodarse en aquellos túneles debajo de la tierra, unos con más cantidad de aguas sucias y llenas de excremento que otros.

Fabio comprendió que otra vez dejaba de ser preso incógnito y volvía a ser un esclavo al servicio de negocios referentes a cualquier tipo de tráfico ilegal que generara ganancias a tantas personas ajenas a él, desde los más altos mandatarios hasta quienes los conducían y vigilaban en sus labores como esclavos, todos ganarían a costilla de ellos.

Rápidamente y a vista y paciencia de todos fueron llevados hasta una montaña cercana, un campamento militar que creyó escuchar llevaba por nombre Mulukukú, ahí conoció Fabio al famoso don Leonel, no se perdía, ya que en apariencia física era distinto a los demás, imponente, alto, chele, de ojos celestes, para su edad se mantenía en muy buena forma, sin alguna herida visible y una dentadura admirable, su sonrisa era el anticipo de cualquier desgracia imaginable, era el más temido, el más sanguinario y con solo verlo caminar se sabía que era el jefe de jefes.

La primera noche, los reos más jóvenes comenzaron a gozar de aquello, llamaban la atención como queriendo morir o quizás abrir posibilidad para salir corriendo. Las reglas eran claras en cuanto a fugas de los prisioneros, la fórmula era sencilla: por cada cautivo que se escapara, uno de los guardias moría, sí, se mataban entre ellos, no permitía don Leonel ningún error.

Las montañas se habían convertido en un nuevo escenario ilegal, allí llevaban esclavos, traficaban armas y almacenaban drogas; ahí se reprimía a la gente que manifestaba los descontentos que hubiese en Nicaragua, también se llevaba aún a personas que fueron presos políticos y de guerra, como Fabio. En las montañas se asesinaba desde siempre a dirigentes de grupos rebeldes, ahí violaban una y otra vez los derechos humanos antes en nombre de la guerra y ahora quizás en nombre del tráfico de personas, armas y drogas.

—Igual que en las montañas de Colombia, El Salvador y Honduras —eso decía un auto nombrado miembro de la mara salvadoreña, hasta las orejas lleno de tatuajes, que se encontraba preso en el mismo campamento, para él la situación de Nicaragua no se alejaba de la situación política, social y económica del resto de los países centro y sur americanos.

En esa montaña y campamento militar ellos permanecían sin celdas ni rejas, solamente eran retenidos por gruesas cadenas en manos, pies y algunos que generaban más desconfianza en el cuello.

La segunda noche allí fue distinta, los custodios internados en las montañas estaban tomando vino de coyol y cerveza según cada gusto, quizás era domingo y tenían derecho a embriagarse con algún guaro de contrabando o una cerveza artesanal de los campos, había música e incluso bailaban entre ellos. Cuatro eran mujeres, las más astutas, las que aportaban las mejores ideas, las cuatro sobresalían no por su belleza femenil que tanta falta les hacía ver, sino por su capacidad de manejar las diversas situaciones que se presentaban en el campamento.

—Mirá vos.

—¿Yo? —contestó Fabio.

—Sí, vos —respondió el reo de su derecha con facciones claramente asiáticas—. ¿Por qué estás aquí?

—¿En serio me preguntás eso?

—Sí.

—Aprendé de una vez, esas cosas no se hablan aquí.

—Pues yo no olvido quién soy, de dónde vengo y por qué estoy aquí.

—Yo tampoco, solo que hace ya años que no hablo de ello —respondió como en susurro Fabio.

—Vos te parecés en puta al alto chele, al jefe, todos lo notamos, claro, él seguramente sí come bien.

Fabio contestó con un simple gesto de desprecio.

—Yo soy bien valiente —dijo el chino— y a todos les cuento mi historia, algunos llegan a tener acceso a teléfono y hasta escriben cartas.

—Yo ya intenté todo, creélo —refunfuñó Fabio.

—No debés perder la esperanza, *brother* —insistió su vecino acomodándose las cadenas—. ¿En qué año te capturaron?

—1984.

—Esta es otra década, hay leyes nuevas, por eso estamos acá. Me atrevo a apostar que todos nosotros somos inocentes y por eso nos trajeron aquí.

—¿Por qué pensás eso? —Se interesó Fabio

—Porque ya había escuchado que el Gobierno con algunos entes privados visitarían las cárceles buscando anomalías, es probable que ya no puedan colarnos en cárceles normales sin expedientes legales.

—Yo fui juzgado una vez y hasta firmé mi sentencia hace muchísimos años —recordó con pesar el tico.

—Eso no es legal, nada de lo que hicieron en esos años —el chino subió un poco el tono de su voz—. Yo tuve un amigo acá que, de paso, murió ahorcado, supuestamente un suicidio, él era muy inteligente. Sus padres de niño lo escondían a él y a sus hermanos en el cielo-raso de la casita en que vivían, pegados a las hojas de zinc del techo que con el sol quemaban su piel, los escondían cuando llegaban los militares reclutando para el Frente, esa madre quería que sus hijos estudiaran, un futuro diferente y no verlos partir a las montañas esperando su muerte por la causa —el chino hizo una pausa.

—Comprendo —masculló Fabio acordándose del pobre Miguel.

—No, no comprendes, ni yo tampoco porque no nacimos aquí, mi amigo estudió en otro país y volvió por su familia, por su madre. Lo apresaron por sus ideales, por sus propuestas para el pueblo, por ser inteligente y estudiado; lo escondieron al igual que a nosotros por muchos años. Trabajamos en un laboratorio, yo sé trabajar la cocaína por eso estoy vivo, mi amigo se negaba a hacer las cosas bien y sin chistar y por eso lo mataron —el chino comenzó a llorar.

—Pues el ahorcado fijo era el novio del chinito llorón —soltó uno de los más jóvenes también tirado en el suelo, los demás comenzaron a reír.

—Hermano, aquí no debés externar lo que pensás —le dijo Fabio obviando las risas de los demás.

—Ustedes dos, par de cochones, ¡cállense ya! o nos darán una golpiza a todos —se escuchó una voz en un tono un poco más alto, en ese momento eran alrededor de veinte en ese campamento.

Esa noche fue muy larga, al más viejo y vulnerable de los reos los militares ya borrachos le pusieron ranas por todo el cuerpo, cuando el pobre sintió el frío y trataba de quitárselas con las cadenas solo lograba golpearse y golpear a los demás, los gritos fueron abrumadores, la madrugada larga y llena de angustia, las bromas de sus raptores los mantuvieron despiertos.

Ese nuevo día vieron el amanecer, el sol se levantó despacio escupiendo colores y esperanza, respiraban aire fresco. Al menos diez de ellos fueron llevados por un camino de piedras internándose en el bosque.

Pasaron una noche ruidosa, los más jóvenes aprovecharon la borrachera de sus captores e hirieron al más viejo de ellos con algún tipo de navaja o piedra afilada en espalda y muslos, eso hacían en el penal del que procedían con los nuevos y con los viejos. Fabio al enterarse buscó la forma de acercarse al herido, quién siempre estaba alejado, callado, lleno de barba y su cabello ya largo y enredado le cubría la cara, acostado siempre en el suelo como acurrucado, no daba problemas, era un viejo débil y flacucho.

A la hora del almuerzo, diez cucharadas de arroz y frijoles. Fabio aún envuelto en pesadas cadenas se acercó al viejo para ayudarle a comer, quiso hablarle, pero al verle y reconocerle no pudo más que tirarse al suelo y llorar, una vez más era quebrantado por sus buenos sentimientos.

Era su amigo Juan el Loco, el mismo que vio llorando cuando partía detrás de Jerónimo, ¿Por qué su amigo estaba en la montaña? ¿Por qué no pudo defenderlo de sus agresores? Vio vestigios de sangre en sus ropas y mucho dolor en su mirada perdida. Juan parecía no reconocerlo, no reaccionaba cuando Fabio entre lágrimas le hacía preguntas y lo intentaba abrazar, ahora sí estaba loco. El tico solo pudo esperar.

Ya había rumores de que al finalizar sus trabajos allí ellos serían llevados a la cárcel Modelo de Tipitapa, los guardias de ese campamento fueron entrenados en Mulukukú y de ahí el nombre, una de las guardias confesó a Fabio estar en las montañas desde los once años, fueron las montañas de Mulukukú uno de los escenarios de la guerra civil de los años ochenta.

—En este lugar se encontraba el Centro de Entrenamiento Militar Denis Gutiérrez, una escuela de entrenamiento para los miembros del Servicio Militar Patriótico, la mejor escuela en este campo —recordaba con orgullo la mujer, por lo menos eso intentaba proyectar, pero en su mirada había profunda tristeza y arrepentimiento más que nostalgia—. Después de la guerra, nuestro pueblo quedó en extrema pobreza —finalizó la vigilante.

Fabio junto a los otros que quedaron en el campamento disfrutaban de la ausencia de los más jóvenes, aunque el tico esperaba con ansias a los agresores de su amigo.

—¿Cómo vivían en esos campos de entrenamiento? —Fabio se mostraba interesado mientras distraía a su cuidadora.

—En el centro de entrenamiento sí disfrutábamos, cantábamos y celebrábamos, nos preparábamos para la guerra, para dar nuestras vidas, a veces también hacíamos fiestas y nos visitaban nuestros orgullosos familiares, mi madre, ella sí estuvo satisfecha con mi decisión de pelear con Sandino —dijo ella mientras tomaba un café chorreado con agua del río.

Otro de los custodios, el más viejo, se acercó y se unió a la charla entre guerrilleros y presos:

—En 1984, allí como los mismos cachorros de Sandino fuimos dichosos, preparados con decisión, en esas montañas de Matagalpa cerca del río blanco, ahí me hice hombre con tan solo doce años —continuó entre suspiros.

—Correcto, en el Centro de Entrenamiento Militar Denis Gutiérrez, nombre del que fiel a su juramento de patria libre o morir, cae en esas montañas luchando contra la contrarrevolución, contra el enemigo, se les enfrentó cara a cara como fiel revolucionario, ahí nos formamos nosotros, los mejores, éramos la juventud del Servicio Militar Patriótico —continuó la mujer de ropas verde militar.

—¿La juventud del Servicio Militar Patriótico? —preguntó el chino.

—Algo que vos no entenderías —refutó la custodia.

—Eso creen ustedes, que nosotros, los presos, no sabemos nada —se animó el chino.

El Servicio Militar Patriótico del que hablaban y recordaban con orgullo con siglas S. M. P. fue creado mediante la llamada Ley del Servicio Militar Patriótico, en 1983, un año antes de la captura del Diana D, casi veinte años más tarde por algún motivo el tema había surgido y generó interés en el pequeño grupo. Esta ley de creación del S. M. P. fue derogada en 1990 durante el Gobierno de Violeta Barrios de Chamorro, quien dictó la suspensión indefinida del servicio militar que, de paso, era severamente cuestionado por medios internacionales.

Esta cuestionada ley les exigía a los hombres entre 18 y 40 años y a las mujeres de manera voluntaria enlistarse en el entonces llamado Ejército Popular Sandinista. De esta manera, el E. P. S. incrementó sus fuerzas para enfrentarse a la que llamaron «contrarrevolución», autonombrada «Resistencia nicaragüense», este tema sí era muy bien conocido por presos como Fabio, que en sus inicios fue capturado por ayudar y ser cómplice en el contrabando de armas para la contra, él no tenía idea, pero estar en ese barco fue su sentencia.

En el cumplimiento del S. M. P., muchos jóvenes, la mayoría estudiantes de los últimos años de secundaria y universitarios; algunos militantes de la llamada Juventud Sandinista cumplieron hasta treinta meses de servicio militar activo en campaña, agregándose un año de servicio militar de reserva.

Fueron muchos los combates librados entre los Batallones de Lucha Irregular (B. L. I.) conformados por jóvenes que eran llamados por la propaganda oficialista «Cachorros de Sandino» y las Fuerzas de Tarea de La Contra formadas por jóvenes que se llamaban entre sí «Comandos».

La operación militar de mayor envergadura en la que participaron fue la denominada Operación Danto 88, que atacó los campamentos de la Contra ubicados en territorio hondureño, más de cien cachorros de Sandino heridos, algunos muertos y bastantes desaparecidos. Una vez más el pueblo ponía a los muertos.

—Esas historias son espeluznantes —aseguró el chino— y yo sí sé sobre todo esto porque mi amigo lo vivió en carne propia.

—Su novio —dijo apresuradamente y entre risas uno de los presos queriendo protagonizar—, es cochón el chinito.

El chino, ignorándolo, continuó:

—En un helicóptero soviético lo devolvían a base sandinista, tenía que ayudar a echar los cuerpos de los últimos muertos en cajas de madera para enviarlos como en correo a sus familias, los devolvían en cajas. —El chino, muy sensibilizado por el tema, se secó una lágrima.

El uniformado más viejo se retiró y los dejó hablando solos, la mujer ya había desaparecido en la maleza, sin decir nada se había internado en la montaña.

—Muchos perdieron sus ojos o, al menos, uno de ellos, siendo solamente niños —continuaba el chino, como desahogándose.

—¿Tu amigo vivió eso? —preguntó Fabio, quien no quitaba la mirada de su amigo Juan, el cual continuaba silenciosamente acurrucado en el suelo, no se inmutaba con la conversación.

—Sí y lo que más le arrechaba era haber sido olvidados en las montañas. Ahí veían muertos como niños en un parque, poco de hijos de puta, demonios son los sedientos de poder y dinero que están detrás de las guerras.

—¡Callate! —interrumpió Fabio.

—Perdón —se disculpó el chino—, hambre, miedo y balas, eso vivieron, al igual que nosotros, pero sin cadenas, mataban para sobrevivir —concluyó—, eso me contó mi amigo antes de morir.

En ese momento apareció el grupo que partió por la mañana, todos excepto uno, eran acompañados por el jefe de operaciones el mismo que acababa de matar a un reo por el solo placer de respirar el miedo a muerte en el resto. Traía una gran sonrisa y dejó que los reos compartieran entre ellos.

El chino se arrimó a Fabio y a su amigo Juan, pero justo en ese instante y en el buen sabor del momento en que quitaron algunas de sus cadenas, Fabio se arrojó encima del joven líder que masacró a su amigo, todo pasó muy rápido, lo golpeó tan fuerte que en el primer golpe lo dejó inconsciente, se ensañó con él, le arrojó toda la furia acumulada y de no habérselo quitado de encima a punta de golpes eléctricos proporcionados con chuzos hechos para movilizar ganado, lo hubiera matado, era su intención.

En cuestión de segundos, Fabio estaba colgando de un árbol, encadenado, podía oler la sangre del otro reo aún en su frente, estaba furioso, quería matarlo, estaba cansado de quedarse callado, apenas comenzaba a respirar con normalidad cuando sintió el primer cinturonazo de don Leonel. Fabio era un simple esclavo en ese momento, utilizado para los trabajos más delicados en las rutas de paso de mercancías ilegales, un tico no se interpondría entre un buen fajo de billetes y don Leonel, temido narcotraficante nicaragüense, sanguinario y desalmado, torturaba por placer.

Con ambas manos y, al mismo tiempo, don Leonel comenzó a golpear los oídos de su nuevo esclavo, Fabio se retorcía aturdido justo antes de quedar inconsciente por un momento. Su última imagen, la perfecta sonrisa de don Leonel, una sonrisa que le traía recuerdos terroríficos.

Fabio reaccionó justo cuando don Leonel le apretaba los testículos con una especie de pinza. Los gritos de dolor paralizaron a todos en el campamento, dos minutos de recomposición y justo antes de volver a apretar la pinza Fabio pudo soltar:

—Usted no es más que un disidente, sin ideales propios —el animado tico estaba decidido a morir.

El chele mayor, don Leonel, soltó una gran carcajada que retumbó en los oídos de Fabio de la misma forma que las risas de Jerónimo en el Diana D el día del rapto.

—Cuénteles a ellos que usted seguía a Somoza en sus inicios. —El segundo golpe no dolió, la adrenalina subía.

—¿Qué puede saber un simple esclavo sobre disidentes? ¿Qué sabés vos, tico, malparido de política? Sos un tico fachento, un idiota —le respondió don Leonel dando los siguientes golpes al desafortunado tico.

—Suélteme y le digo cuánto sé de cobardes como usted, que solo golpean hombres cuando los tienen encadenados. —Fabio se llenó de valor ¿Así golpeaba a sus hijos y a su mujer? ¿Amarrados?

—¿Querés pelear conmigo, hijo de la verga?

—Sí, como los hombres, sin armas ni cadenas.

La esplendida sonrisa del jefe no se hizo esperar, sus carcajadas estaban impregnadas de muerte.

—¿Querés morir? Pues bien, serás el segundo del día.

Uno de los presos que desde hacía ratos lloraba, levantó el tono de sus quejidos, lloró fuerte y gritó amargamente a Fabio un claro «No lo hagas, por favor», era Juan el Loco que parecía recuperaba su voz y su cordura.

Repentinamente, el jefe, látigo en mano, o como ellos le llamaban «vergaetoro en mano» mostró un atisbo de temor que fugazmente desapareció y volvió a sonreír, preparó a guardias y a reos en un solo círculo, colocó a Fabio sin cadenas en el centro, mandó le dieran agua y se dispuso a matarlo de manera lenta y verdaderamente dolorosa.

Comenzaron los golpes y las porras de los bandos, era una lucha digna de narrativa deportiva, golpes buenos y malos, intentos fallidos y muchas expectativas. No sería una lucha que la historia recordaría, solo los presentes en ese digno combate podrían contar sobre el valor de aquel tico que firmaba su sentencia a muerte.

Fabio estudiaba posibilidades después de cada golpe recibido. Su condición física era indiscutiblemente inferior a la de su contrincante, que se abalanzaba hacia él cada vez que bajaba su defensa y miraba al público, don Leonel se quería lucir. Aprovechando un segundo de descuido en el que Leonel le sonreía a su barra, Fabio se deslizó por el suelo y agarro sus tobillos tirándolo al suelo, en segundos estaba sobre él, sus golpes fueron certeros en la cabeza, en su juventud había sido un buen peleador. Los ánimos se encendieron, los reos gritaban y corrían, los guardias trataban de detenerlos, ya había caído la noche, la oscuridad reinaba, cinco presos huyeron hacia un río cercano y Fabio era el culpable.

Inmediatamente, Fabio fue encadenado junto a los demás, pero no perdió la oportunidad aun estando sobre su caído rival de buscar su oído y susurrarle:

—Estos golpes te los mandó tu hijo Jerónimo.

Fabio había comprendido desde el primer momento que don Leonel no era más que el padre que tanto odiaba Jerónimo, era increíble como su voz se parecía e incluso algunos gestos, aunque era chele como él mismo.

Se sintió bien por su ataque de valor, recordó sus tiempos de ejercicios en prisión, todas sus lecturas, las vidas que vivió en aquellos libros leídos. Casi veinte años llevaba encerrado, increíble a cualquier razonamiento, comenzó a pensar que toda su vida respondía a un propósito que comenzaba a descubrir al mismo momento que aceptaba que la muerte le pisaba los pasos.

Los esfuerzos estaban concentrados en aquel escape, alguien moriría por aquella huida y todo apuntaba a que sería el valiente tico. Pasaron la noche encadenados y esperando noticias, el sol despuntó aquel amanecer sin tener conocimiento de la refriega que ocurriría a sus pies.

Ya avanzado el día y con el calor a flor de piel, llegaron los primeros vigilantes preocupados, uno de ellos pasó escupiendo a los pies de Fabio, todo era su culpa. Al cabo de un rato de guardias caminando de un lado para otro, se escucharon los gritos, todos corrían y los reos esperaban noticias, Fabio esperaba lo mejor, su amigo Juan había logrado escapar, él esperaba que la corriente de algún río ya lo tuviera a salvo y en un buen escondite.

Las mujeres que los vigilaban comenzaron a llorar, al menos dos de ellas, la incertidumbre crecía, encontraron un cuerpo ahorcado, un suicidio en el campamento. El valeroso jefe al mando, el heroico combatiente, se había colgado de un árbol, quizás la consciencia, quizás los demonios internos, tantos pecados escondidos, la impotencia de no tener familia, de no ser amado, de provocar el odio de sus hijos o quizás la vergüenza de ser golpeado por un reo, solo quedaban hipótesis al respecto de la muerte del arrecho don Leonel, el padre de Jerónimo.

# XIV
# LA CELDA DEL PASTOR
# 2002

**2002: los hechos más trascendentes en América Latina**
**Enero:**

10 – En Nicaragua asume el presidente Enrique Bolaños y anuncia lucha contra la corrupción.

**Febrero:**

20 – Se rompe proceso de paz que el presidente colombiano Andrés Pastrana y la guerrilla de las FARC llevaban a cabo desde enero de 1999.

23 – Las FARC secuestran a excandidata presidencial ecologista Ingrid Betancourt y su asesora Clara Rojas a quienes pretenden canjear por rebeldes.

28 – Un grupo de cubanos toma la embajada de México en La Habana pidiendo asilo, pero son desalojados.

**Marzo:**

20 – Atentado de Sendero Luminoso en Lima deja 10 muertos a pocos metros de embajada de EE. UU., tres días antes de la llegada del presidente George W. Bush.

21 – Justicia ordena enjuiciar al expresidente nicaragüense Arnoldo Alemán por corrupción.

**Abril:**

3 – Exministro de Economía argentino, Domingo Cavallo, es detenido en la causa por contrabando de armas.

7 – El derechista Abel Pacheco triunfa en balotaje en Costa Rica.

22 – Fidel Castro divulga la grabación de un diálogo telefónico con su colega mexicano Vicente Fox, quien le pide que evite encontrarse con George W. Bush en la Cumbre de Monterrey. Tensión diplomática.

24 – Escándalo por presunto tráfico de armas entre Nicaragua y Panamá para abastecer a la guerrilla colombiana.

**Junio:**

13 – Protestas en Arequipa, segunda ciudad de Perú, que dejan dos muertos y cien heridos y obligan al Gobierno a suspender privatizaciones.

26 – El Parlamento cubano aprueba modificación constitucional que declara «irrevocable» al sistema socialista de Fidel Castro.

**Agosto:**

7 – Álvaro Uribe asume la presidencia de Colombia en una ceremonia enlutada por un ataque dinamitero atribuido a las FARC que dejó 21 muertos, más de 50 heridos y grandes daños materiales, inclusive en el Palacio de Gobierno.

7– Gobierno de Nicaragua vincula a ex presidente Arnoldo Alemán con lavado de 97,6 millones de dólares.

**Octubre:**

18– La Justicia uruguaya encarcela por primera vez a un colaborador de la dictadura (1973—85), el excanciller Juan Carlos Blanco.

27 – El líder del partido de los Trabajadores Luiz Inácio Lula da Silva es electo presidente de Brasil con más de 52 millones de votos.

**Noviembre:**

8 – El secretario general de la OEA, César Gaviria, instala mesa de diálogo entre el Gobierno y la oposición en Venezuela.

14 – Fracasa primera convocatoria para desaforar y poder enjuiciar a expresidente y actual diputado nicaragüense, Arnoldo Alemán.

29 – Paramilitares derechistas colombianos decretan un cese unilateral e indefinido de hostilidades con miras a emprender un proceso de paz.

29 – EE. UU. revoca visa al expresidente Alemán por presunto vínculo con lavado de dinero.

**Fuente: http://www.lr21.com.uy**
**31 de diciembre de 2002, 04:33hs**

\*\*\*

En una selva muy espesa se encontraban aquellos desdichados, esperando suerte; Fabio se volvió popular, haber golpeado al temido jefe que luego se suicidó era toda una hazaña. Para Fabio, su mayor gusto fue que su amigo Juan escapara, él sí conocía su verdadera historia, la que no le dejaban contar, la del Diana D y sus tripulantes, los escondites, las cárceles subterráneas y mazmorras, el tráfico de armas y drogas, el uso de esclavos en el trabajo sucio liderado en su mayoría por políticos, quizás Juan lo rescataría.

Dos nuevos jefes llegaron hasta el campamento, tres días pasaron desde la muerte del chele mayor, uno de ellos asumía el mando. Se reunieron con sus compañeros y tomaron decisiones, colocaron una serie de elementos de tortura frente a los esclavos que acababan de comer su ración diaria de arroz y frijoles, colocaron a tres frente a los demás y, sin contemplaciones, uno de los capos nuevos les disparó en la sien, uno, dos, tres, tres disparos certeros que infundirían la cuota necesaria de terror en los demás cautivos.

Cinco más incluido Fabio pasaron como segundos elegidos al frente, fueron inducidos a tomar una pastilla blanca, introdujeron sus cabezas en baldes de agua el tiempo suficiente para que perdieran el control y quedaran casi inconscientes, las convulsiones comenzaron bajo la mirada atónita de los demás ya horrorizados, el chino murió primero y después el más grueso de todos, tres sobrevivieron a pasar toda la noche allí tirados sin ningún tipo de ayuda, en cuentas Fabio que comenzaba a creer que alguna oración no lo dejaba morir, pensó en oraciones, en Dios y en su hermana Chila, en el poder de la palabra y en algún momento de la noche pudo vocalizar «seré libre».

Después de tan desgarrador acontecimiento en las montañas uno a uno los reos fueron trasladados, Fabio volvió al Chipote. Todos ellos fueron brutalmente advertidos sobre las consecuencias a las que se atenían si decían una sola palabra de lo sucedido en esa densa montaña, debían borrar de su mente las palabras —esclavo, armas, suicidio y droga—, nuevamente bajo cargos falsos y con otro nombre el tico ingresa a su cárcel preferida.

Fabio regresó al Chipote más fuerte de espíritu, no era el mismo que había salido hace tan poco tiempo, no volvió a la misma celda junto al Juanete que de paso tampoco extrañaría mucho ya que como su apodo lo asomaba estorbaba, molestaba y apretaba peor que un mal juanete, su pabellón ahora era otro, uno que le gustaba más, uno que él sintió más privilegiado, Fabio no contó nada de lo sucedido ni nadie le preguntó.

Había disposición de libros y Fabio que en el camino pudo escuchar a algunos reos hablando de un escándalo que implicaba a la antigua secretaria personal de Pedro Joaquín Chamorro, en el diario La Prensa, la esposa de Daniel Ortega. Acusaciones que le hacía una de sus hijas, quiso investigar sobre la vida de esta mujer que confiaba a ciegas en su marido, doña Rosario Murillo o como le decían por cariño la Chayito.

Rosario era una escritora y docente de Nicaragua, nacida en Managua en el año 1951. Era una mujer apasionada de las lenguas extranjeras, ella habría estudiado formalmente francés e inglés, era una mujer instruida y amante de la literatura; pero, por otra parte, su sed de conocimientos la convertía en una auténtica autodidacta, que dirigía su propio crecimiento cultural a través de la lectura y la investigación de manera espontánea.

Motivadora activa del Frente Sandinista, talentosa declamadora y poeta quién con sus encantos y facilidad de palabra convencía fácilmente a la gente con la cual se relacionaba mucho. Ella y su esposo Daniel Ortega se ayudaban mutuamente, ella siempre lo acompañó y apoyó. Con la economía en ruinas y tras diez años al frente del país, Ortega perdió las elecciones de 1990, pero logró pasar muchos años «gobernando desde abajo», con el FSLN en la oposición, desde donde promovió violentas protestas y negoció reformas con la derecha en el poder.

Para algunos analistas políticos, ella se vislumbraba desde el inicio como una futura vicepresidenta y por qué no, presidenta de su país. Podía ser definitivamente la mente detrás del poder. Capacidad de discurso, facilidad de palabra, poeta, docente, más que capacitada para colaborar en los oficios de su actual marido.

Ella tenía hijos de su anterior relación, los cuales le causaron desacuerdos con su nuevo marido, al menos esto leía Fabio en sus viejos periódicos y libros nuevos, leyó interesado que recientemente en el año 2001, doña Rosario Murillo afirmó que su hija Zoilamérica, quien acusaba a Ortega de supuesto abuso sexual le «llenaba de vergüenza», mientras que ser compañera de Daniel Ortega le «llenaba de orgullo». Decía que su hija era mitómana y dejaba al descubierto que estaba enamorada del líder sandinista, a quien su hija acusaba de presuntos abusos deshonestos por la obsesión que tenía con él.

—¿Su hija o su esposo? —se preguntó Fabio, no podía imaginar una madre que no defendiera a capa y espada a su hija de supuestos abusos sexuales, era repugnante la idea para él—. Los padres tienen el deber divino de proteger a sus hijos.

El expresidente Daniel Ortega y su esposa jamás renunciarían al sandinismo ni a los ideales del socialismo. Tampoco el comandante estaría dispuesto a renunciar a su inmunidad para enfrentar en una corte las acusaciones de presunto abuso sexual hechas por su hijastra. Y, lo que era más sospechoso, Ortega no estuvo tampoco dispuesto a colaborar en resolver los casos de las casas y terrenos robados por los sandinistas en el período conocido como la Piñata, eso le había tocado en aquel entonces a Violeta Chamorro en primera instancia. De todo esto se hablaba también en prisión y había mucho documentado por más que el Gobierno intentará esconder información.

La casa de piedra y maderas preciosas de Ortega y su esposa la chayo —de casi mil metros cuadrados de construcción, seis habitaciones, seis fuentes, dos salas y varios comedores— fue confiscada por los sandinistas dos días después de su llegada al poder el 19 de julio de 1979. La casa era digna de su valor estimado en casi dos millones de dólares. Sus verdaderos propietarios solamente fueron desalojados.

Fabio leía sin cansancio y se forjaba sus propias opiniones sin compartir demasiado, además tejía el plan para lograr entrar a la antigua celda de su amigo Félix.

Después, de pasar por muchas peripecias, Fabio, el tico que ahora parecía en silencio ser reconocido como héroe o líder en su pabellón, logró entrar con ayuda de muchos a la celda de su amigo el pastor, lo pensó un poco antes de poner un pie adentro pero decidió avanzar y lo que comenzó a leer en las paredes fue impresionante, aún guardaba en su corazón cada una de las últimas palabras de Félix y memorizó cada escrito de su hijo Rómulo en el diario del capitán, sabía que el pastor era conocido por su labor evangelizadora en la cárcel pero su celda le sorprendió.

En la banca de cemento donde dormía, meditaba, predicaba, soñaba y moría lentamente su amigo, con letra muy grande y ya un poco gastada decía:

«SOY PRISIONERO DE CRISTO Y POR ÉL».

Y en las paredes, una cantidad interminable de versículos bíblicos, entre los cuales ojeó:

«Génesis 37:24: Y lo tomaron y lo echaron en el pozo. Y el pozo estaba vacío, no había agua en él».

«Génesis 40:3: Y los puso bajo custodia en la casa del capitán de la guardia, en la cárcel, en el mismo lugar donde José estaba preso».

«Génesis 41:14: Entonces Faraón mandó llamar a José, y lo sacaron aprisa del calabozo; y después de afeitarse y cambiarse sus vestidos, vino a Faraón».

«Génesis 42:16: Enviad a uno de vosotros y que traiga a vuestro hermano, mientras vosotros quedáis presos, para que sean probadas vuestras palabras».

«2 Crónicas 28:5: Por lo cual el Señor su Dios lo entregó en manos del rey de los arameos, que lo derrotaron, tomaron de él gran número de cautivos».

«Mateo 27:16: Y tenían entonces un preso famoso, llamado Barrabás».

«Marcos 15:6-7: Ahora bien, en cada fiesta él acostumbraba soltarles un preso, el que ellos pidieran».

«Jeremías 37:15: Y los oficiales se enojaron contra Jeremías y lo azotaron, y lo encarcelaron en la casa del escriba Jonatán, la cual habían convertido en prisión».

«Marcos 1:14 Después que Juan había sido encarcelado, Jesús vino a Galilea proclamando el evangelio de Dios».

Todas y cada una de las citas escritas en los muros tenían relación con presos bíblicos, Fabio intentaba entender lo que pasaba por la mente de su amigo el pastor. Ya no había más espacio en las paredes y Fabio miró desconcertado al techo:

### Mateo 18: 21 – 22

Pedro se acercó entonces y le dijo: «Señor, ¿cuántas veces tengo que perdonar las ofensas que me haga mi hermano? ¿Hasta siete veces?».

Dijo Jesús: «No te digo hasta siete veces, sino hasta setenta veces siete».

El valiente chele no pudo contenerse y nuevamente se puso a llorar. Recordó cada pequeño momento junto al pastor y sus últimas palabras antes de la llegada de Jaime al encierro del barco:

—¿Por qué te confundes y te agitas ante los problemas de la vida? —le dijo—. Déjale a Dios tus cargas y el cuidado de todas tus cosas y todo te irá mejor.

Fabio, con sus ojos llenos de lágrimas y preguntándose por qué Félix querría que él visitara su celda, cerró los ojos como en un profundo sueño, respiró profundamente, inhaló y exhaló varias veces buscando serenidad, abrió sus claros ojos celestes y volvió a mirar todo su alrededor, una lluvia de imágenes de momentos vividos vinieron a su mente, hizo varios movimientos con sus manos, como alejando las malas vibras y se sentó en la plancha de cemento donde dormía el pastor y en uno de los lados casi pegando al suelo decía:

«Dios me da las fuerzas y la paz que sobrepasa mi entendimiento para soportar este martirio, perdóname Dios mío porqué aquí mismo he deseado morir, he flaqueado y me he recompuesto. Cuando me entregué a ti, todo se resolvió con tranquilidad, y me devolvieron a mi hijo, solo tú Señor puedes hacerme libre aun siendo considerado esclavo y tu gracia me sostendrá aun después de la muerte de mi Rómulo y de la mía misma.

JESÚS YO CONFÍO EN TI...
frecuentemente... JESÚS YO CONFÍO EN TI».

Fabio sollozó y recordó a su amigo, comprendió la paz que reflejaba el pastor, y cómo había ayudado a muchos con su fe y con su amor desinteresado, ese otro desaparecido tripulante del Diana D había de alguna manera cumplido su misión en este mundo, no eran ellos los únicos inocentes encarcelados, seguramente y sacando conclusiones por tantas historias escuchadas entre rejas habrían cautivos en Costa Rica, Nicaragua, Honduras, Colombia y en los demás países hermanos.

Ellos no eran mártires, eran elegidos, su historia debía ayudar, debía liberar, debía recomponer vidas, se sintió mejor al pensar en la crucifixión de un Jesucristo que predicaba el pastor, que siendo inocente fue juzgado, condenado y asesinado, no eran ellos los primeros presos ni tampoco serían los últimos, Fabio pensó en comenzar a escribir su propia historia.

—Setenta veces siete —repetía Fabio sin comprender, no podía sacarse a Jerónimo y a su padre de la mente, no entendía bien por qué.

Justo antes de salir de la celda y ya más tranquilo, el chele aún parado en el umbral de las rejas que servían de puerta, sintió algo extraño, algo que no lo dejaba aún marcharse, algo en su interior lo hizo dar vuelta atrás, justo hacía una vieja mesa de madera pegada a la pared, justo al lado del pequeño y mugriento lavatorio. Como siguiendo instrucciones, se agachó en el suelo y volteó su cabeza hacia arriba para poder observar la tabla que servía de mesa, pero en el revés. Allí esperaban unas letras que, de momento, él no entendería por completo:

«Durante la noche vi a un hombre en mi sueño, amado por Dios, condenado por los hombres. Sus ojos azul claro como el cielo, su tribulación interna enorme como el bravío mar. Oí la voz de Dios detrás de mí: Dile a mi hijo que no me he olvidado de él, que me ha pedido no morir esclavo y he escuchado sus súplicas. Dile que debe perdonar para ser libre, esperar en mí y entregarme sus cargas.
**Aguanta, amigo, un poco más**».

Fabio se dejó caer al suelo en un desmayo voluntario, lloró y se desahogó, liberó llanto y tristeza contenida, comenzó a perdonar y a comprender su vida. Se llenó de rabia y enojo y golpeó el suelo con sus puños, pero al cabo de un rato se rindió y se llenó de paz y esperanza, creía en Dios y tomaba para él esas palabras. No moriría esclavo, eso creyó.

El pabellón donde se encontraba la celda del pastor estaba prácticamente vacío, Fabio solamente pudo percibir en esos momentos tan reveladores la presencia de un sinfín de mosquitos, estaba acostumbrado a ser masacrado por zancudos nocturnos, no les tomó mayor relevancia, caía la tarde cuando abandonó la celda de su amigo y ahora profeta.

Esa tarde en el patio y ya más recompuesto guardaba silencio mientras escuchaba a sus compañeros de pabellón:

—Los disidentes de las Fuerzas Armadas Revolucionarias de Colombia sí tienen huevos —decía el más joven ojeando una página de periódico.

—Esos no son más que delincuentes con rumbo perdido —respondía su amigo.

—¿Y eso qué es? —preguntó Fabio

—Esas no son más que bandas delincuenciales, no son otra cosa que los militantes de las FARC que no aceptaron la firma del proceso de paz, y como tal ni se desmovilizaron y mucho menos entregaron sus armas, están detrás de los recientes hechos de violencia en ese país.

—Un secuestro famoso —respondió el otro.

—Sí, eso mismo.

—Pues es lo mismo que pasa acá en las montañas. ¿Verdad, tico?

Fabio frunció el ceño mostrando molestia, se dio media vuelta y se fue cómo quién es despedido de una conversación, no hablaría de su experiencia en las montañas y sintió desprecio por los políticos una vez más, sintió lástima por la situación deshumanizada de la sociedad en todos estos países con aceleradas crisis políticas, recordó el significado de las palabras democracia, Gobierno, poder y libertad y se sintió decepcionado.

—Levantáte chele, es hora de ir a desayunar —gritaba por la mañana del día siguiente el Tuerto desde su celda, ya eran muy amigos. El silencio no auguraba nada bueno. Al salir en dirección al comedor Fabio estaba tirado en el suelo, el sudor empapaba su cuerpo.

—Fabio, ¿qué te pasa?

—Nada, ve tranquilo, un poco de fiebre y dolor de cuerpo.

—Voy a avisar a los guardias.

Esa fresca mañana, Fabio pensó que comenzaba otra gripe, una más fuerte, su cabeza iba a explotar, sudaba frío y su cuerpo estaba helado, no podía estar de pie sin sostenerse de alguno de los muros, sus ojos ardían, no podía ver, pronto lo llevaron a un cuarto parecido a una sala de enfermería, quizás otra antesala de la muerte.

Para la segunda noche de fiebre, dolor de cuerpo, migraña y sarpullido en todo su cuerpo, ya Fabio sospechaba que había sido infectado del virus del dengue por algún despiadado mosquito Aedes Aegipty muy popular en Centroamérica. El Chipote y la misma Managua no se le iban a escapar a ese brote de virus. A los tres días, comenzaron a llevar y traer presos unos peor que otros, con sangrados y problemas respiratorios. Lo cierto es que muchos murieron rápidamente, pues no estaban en condiciones físicas aptas para soportar la enfermedad y ni siquiera estaban siendo tratados con medicamentos o nutrición adecuada.

Los llevaban a ese cuarto y los dejaban morir, a algunos los sacaban a hospitales, esos probablemente tendrían abogados o familia al pendiente. Con esa reciente ola de enfermos ya varios afortunados presos habían logrado escapar al salir del penitenciario y ser llevados a hospitales cercanos, no se jugarían ese chance con el chele, ya nadie lo extrañaría, lo mejor era dejarlo que muriera, además con su manía de educar a los demás presos con sus interesantes ideologías ya se estaba ganando posibles nuevos enemigos, en ese momento Fabio era una pequeña piedra que fácilmente se sacaban del zapato.

Al sexto día, Fabio comenzó a agonizar, él lo supo. Estaba hablando con su esposa y con sus hijos, buscaba por aquel cuarto a sus padres, no los reconocía, quería levantarse y correr pero sus músculos no respondían, estaba dando sus últimos consejos al Tuerto, a Juan, a Miguel y a Daniel, todos estaban allí, así lo sentía él, vio nuevamente a Julia con su niña en brazos, la concha que portaba en su cuello brillaba, lo encandilaba, recordó a su hermana Cecilia y una lágrima, la última comenzó a emerger de uno de sus ojos, el dolor en su cabeza fue insoportable, su cuerpo no picaba, más bien ardía, sangraba al intentar hablar y hasta respirar.

La habitación quedó vacía, sus fantasmas se fueron, el silencio ensordeció su dolor. No lo mató Jerónimo, ni su padre, no fue el agua del mar ni el fuego de aquella choza, lo mataba la vida misma y de forma magistral.

# XV
# LAS PESADILLAS
# 2002

«Sean capaces siempre de sentir, en lo más hondo, cualquier injusticia realizada contra cualquiera, en cualquier parte del mundo. Es la cualidad más linda del revolucionario».

«Seamos la pesadilla de los que quieren arrebatarnos los sueños».

**Ernesto Che Guevara**
**Escritor, periodista y médico argentino-cubano**
**Dirigente de la revolución cubana**

«Nos toca, en este Mundo aparentemente inhóspito para la alegría y el amor, mantener la cordura, la gran virtud, la ternura y el ritmo de un alma fuerte y serena, que quiere y hace el bien, porque nos hace bien ¡Porque nos llena! ¡Porque nos hace felices!».

**Rosario Murillo**
**Escritora, docente, activista y política nicaragüense**
**Primera Dama, Nicaragua**

***

Estaba en una montaña, la vegetación era conocida, era tan tropical como la última visitada a la fuerza, pero en esta sentía paz, cerraba los ojos y respiraba profundamente, al abrirlos de nuevo estaba en un hueco muy profundo, oscuro y lleno de humedad, como aquel en el que nos tuvieron encerrados sin comida durante tres días, pero con un poco más de luz y estaba solo, el pánico no me dejaba gritar, estaba desesperado intentando salir, me sentía capturado y solo.

Poco después, me tomé un tiempo para mirar asustado un poco más allá de mi húmedo alrededor, muy arriba lograba ver rocas, grandes piedras grises casi negras, eran tan grandes, nunca vi unas tan voluminosas y más arriba extrañamente divisé pinos, muchos pinos, podía sentir su olor, me preguntaba dónde estaba porque nunca había estado en un lugar así. Me di cuenta de que no escaparía, cerré los ojos y solo decidí morir ante el miedo de quedarme allí, en ese momento logré despertar gracias a los quejidos nocturnos de algún otro preso.

Las florecillas que me acompañaban por las noches en la otra celda de esta misma prisión desaparecieron y, con ellas, mi pequeño respiro de confianza. Todo cambió después de mi experiencia en esa montaña, creo que, de alguna forma, tuve un gesto de agradecimiento y compasión o quizás de perdón con Jerónimo, al golpear a su padre le di las gracias por traerme aquí y por no matarme, vengando a Jerónimo y liberando la furia que guardaba en mi interior por tanto maltrato también ayudé a Juan, escapó y es libre.

Las pesadillas comenzaron otra vez. Antes de ser capturado, siempre tuve la misma pesadilla, me causaba algún momentáneo temor, pero nunca imaginé llegar a pasar por cosas similares o aún peores. Dos noches antes de partir de Costa Rica tuve la misma pesadilla que comenté con mi esposa y que ahora me embarga noche tras noche en El Chipote, la del hueco oscuro, la del olor a pino y la misma de las grandes y oscuras rocas.

Después de todo lo pasado, de perder mis sueños tranquilos cuidando las tres flores que me acompañaron un tiempo en mi encierro, después de ser escondido en las montañas, del escape de Juan y mi lucha con el temido don Leonel; después de tantos años de torturas constantes y atisbos de libertad, después de sufrir una enfermedad que realmente sentí me quitaba la vida, esta fue la primera pesadilla de la nueva serie de malas noches que vengo viviendo.

Cuando llegaron al comedor por la mañana Fabio tuvo que contarle a su nuevo y gran amigo y compañero apodado el Tuerto lo soñado:

—De pronto hacía frío, era otra deprimente noche de invierno en el antiguo Puerto de Corinto, aún podía oler el hedor putrefacto de ese guiso extraño que me ofrecía aquella noche la amable cocinera de aspecto andrajoso, nariz alargada y túnicas exóticas el día que me encontró a punto de morir a causa del frío y los golpes que normalmente recibía —una leve pausa marcó el relato—. No había recuperado completamente la conciencia cuando un gusano de esa repugnante mezcla caminaba por mi boca y yo sin fuerzas para mascar; lo tragué y una gran cucaracha también, en ese momento aparecieron dos ángeles a un lado de la cocinera, pero me miraban con desprecio. Quizás descubrieron que yo no había sido un buen esposo y querían deshacerse de mí de una manera cruel o entregarme de nuevo a Jerónimo, hacerme prisionero y torturarme o quizá solo regresarme a mi hogar. De pronto todas esas ideas agobiaron mi cabeza y cuando estaba a punto de gritar por la desgracia que creía me esperaba, un fuerte dolor de cabeza me dejó inconsciente de nuevo —contaba Fabio.

—¿Cómo es que recordás tantos detalles? Yo también tengo pesadillas a veces, pero las tuyas me dan un poco más de miedo que las mías propias —le decía el Tuerto muy atento.

—Desperté después de lo que para mí había sido una eternidad. Ya no estaban los ángeles, ni María ni Jerónimo, me sentí tranquilo y quise saber si aún llevaba en mi mano el cordón rojo desgastado, que me regaló mi hija, estuve en completa paz y con la mente en blanco, hasta que en un intento por mover mi brazo me di cuenta de la realidad en la que me encontraba, pues estaba completamente inmovilizado con cuerdas sujetas a lo que parecía un artefacto de tortura, después vi hacia las paredes: observé con terror una estructura de metal con manchas de un rojo tan vivo que dudosamente pasaría por pintura, tenía que ser sangre, como los charcos de la sangre viva de Daniel en el barco o en nuestro encierro en Corinto.

»¿Dónde estaba? ¿Quiénes eran esos ángeles? Ya no eran blancos, eran rojos como mi sangre. ¿Qué querían? Comenzaron a reír a carcajadas y uno tenía en su poder las pulseras, los cordones con conchas de Corinto que les hice a mis hijas, las mismas que puse en una botella en el mar, eran grises, muy bellas eran esas conchas las reconocí al momento. —Fabio miró a sus compañeros—. Si se ríen de mí no les contaré más de mis pesadillas, son unos idiotas ustedes.

—Estás loco vos, chele, es cierto que aquí se pasa mal, pero creo que los años en cárceles ya te trastornaron, hermano —le dijo un poco asustado el Tuerto—, estas carajadas viniendo de unos ángeles a mí no me causan buenos presentimientos.

—Esta noche intentaré no dormir —soltó Fabio.

El día se pasó en absoluta normalidad, alguna que otra riña de presos inmaduros, pocos trabajos, buen comportamiento en el pabellón, una que otra patada de entera integración, dos o tres empujones y muchas ofensas, pero eran días muy pasivos en esa cárcel. Ya Fabio no pensaba mucho en Daniel ni en Félix, tampoco en Juan, quería olvidar a Jerónimo, a Julia y a la pobre María, que le recordaban sus oscuros y extraños sueños. Vivía un día a la vez.

—De pronto estaba en un barco, había pescado todo el día y estaba muy cansado. Así que me fui a mi camarote a dormir. El sonido de una ventana abriéndose interrumpió súbitamente mis pensamientos, comencé a sudar frío y mis latidos sobrepasaban las pulsaciones por minuto normales, parecía que estaba a punto de un ataque cardíaco, de un paro respiratorio o de una captura en alta mar, y como por arte de magia ya no estaba en el barco, estaba en mi cama, en mi cuarto, en Cañas, en Costa Rica mi patria querida, de nuevo vi un ángel blanco que entraba por la puerta y se dirigía sigiloso hacia la palanca que estaba a un costado mío. Para acabar mi ruina, la palanca parecía activar el complejo mecanismo de poleas que hacía funcionar la máquina a la que me hallaba atado. Sí, estaba atado en mi propia cama.

»Después de eso todo, fue mucho menos pensado y mucho más doloroso, la maquina separaba cada uno de mis miembros con una rudeza propia del demonio, no imaginan lo que pasaba por mi mente, aún lo recuerdo tan bien, el dolor aumentaba más y más hasta que se hizo insoportable y entre gritos, lágrimas y maldiciones quedé desmayado para despertar en un cuarto acolchonado con una maldita camisa de fuerza; yo solo decía «no estoy loco», pero al cabo de un rato decía «soy Fabio Araya Vargas, soy costarricense, tengo familia y soy inocente» una y otra vez. «¡Tengo evidencias! —gritaba— y mi familia me busca». Es desgarrador para mí siquiera contarlo, hermanos. —Los interesados compañeros ya no reían, sino que intentaban interpretar esas pesadillas.

Cada día, Fabio tenía una nueva e interesante historia que contar a sus compañeros de cárcel, pesadillas que salían de su inconsciente, de lo vivido o quizás de lo que aún le faltaba por vivir, esos días fueron extraños, se sentía enfermo, ya estaba desgastado y más torturado que maltratado, quizás la cuenta de sus días llegaba a su fin o, talvez su regreso a casa tan esperado llegaría a ser realidad.

—Fabio, el dengue dejó serias secuelas en ti —le dijo en tono burlón el Tuerto, adelantándose a la nueva historia que sospechaba les contaría Fabio de su nueva pesadilla.

—No encuentro la manera de explicar lo que sucedió en mi sueño, en mi más reciente extraña pesadilla. Fue algo imposible, increíble, lunático… todavía no comprendo cómo sigo vivo. No fue el susto lo que aceleró mi corazón, ni el brillo del cuchillo tan cerca de mi cuello, no fue la mirada de locura que brillaba en los ojos de esa mujer que pretendía matarme —Fabio respiraba y cortaba la historia para tranquilizar su pulso—. Dicen que hasta el hombre más pacífico puede, por no se sabe qué circunstancias, convertirse en un asesino. Yo no le había hecho nada, quizás envidiar su libertad. Ella era hermosa y libre, Julia tenía una vida por delante, pero por qué me quería matar. Me dijo: «Sos costarricense y, por lo tanto, amigo de los estadounidenses, debés morir». Estaba vestida ahora como guerrillera, era mi enemiga, cuando ella estaba comenzando a cortar mi cuello pude ver unas grandes llamaradas detrás de ella, el rancho se quemaba otra vez, sentí las quemaduras en mi cuerpo y en un segundo pasé del pánico a un momento de paz, vi salir nuevamente a un ángel blanco pero esta vez no tenía la misma mirada, seguramente me había perdonado, las llamas pararon y Julia se puso a llorar, estaba muy golpeada y supe que no era su culpa, también la perdoné y lloré con ella hasta despertar. —Fabio soltó una lágrima frente a sus amigos, quienes escuchaban atentamente mientras comían.

—Estás realmente mal, tico —le dijo uno mientras tomaba un poco de leche.

—Me están volviendo loco las pesadillas, cuando me torturaban y golpeaban el miedo no me dejaba dormir ni tener pesadillas, ahora que vivo unos días más tranquilos o hasta normales, duermo, pero estos sueños escurridizos del demonio no me dejan tener paz.

Ya iba a ser diciembre y así como Fabio contaba sus pesadillas, los demás relataban sus historias de terror, había un reo leonense, él contaba sus historias de indígenas nicaragüenses, hablaba de brujerías, de rituales y de interpretadores de sueños. Fabio también escuchaba atentamente, le interesaban mucho los detalles, había escuchado sobre las iglesias en Nicaragua sus tradiciones y su belleza.

—Nosotros adorábamos al sol y a la luna, de ahí la idea más brillante de los europeos para colonizarnos, según ellos, fue pintar esas iglesias con dorado y plateado, el dorado nos representaba el sol y el plateado a la luna y así lograron llevarnos a sus iglesias e implantarnos la religión de ellos, fue la estrategia mejor pensada de la colonización, así perdimos todo. Ustedes tienen que conocer la catedral de León cuando salgan de aquí, esa también fue quemada en la revolución, ya ahí habíamos perdido toda armonía con la naturaleza, imagínense que hasta le prendieron fuego para sacar a la Guardia Nacional, dicen que esa es la iglesia que conecta por túneles subterráneos con la Fortín, esa cárcel sí que aseguran que fue de verdad, ahí si moría uno como basura —contaba aquel oriundo de León en Nicaragua.

—Pues si salen de aquí también vayan a Costa Rica, allí muy cerca de la frontera esta la hacienda Santa Rosa, allí batallamos contra los filibusteros, un poco de nicas bajo el mando de un estadounidense, ahí sí que los estaba jodiendo Estados

Unidos a ustedes, les ofrecían cosas que nunca cumplirían y los llevaban a la guerra. Aquí en Rivas el valiente Juan Santamaría, un costarricense quemó el mesón donde se encontraban los filibusteros y ese pleito sí que lo ganamos nosotros.

—Ahora te entró el orgullo, pues. —El Tuerto se sacudió.

—Me siento loco hablando de esto, pero en Costa Rica también hay historia, señores, nosotros también fuimos dizque colonizados por los españoles, a nosotros también nos robaron desde el idioma hasta nuestras creencias, somos países hermanos y nosotros aquí más que hermanos —concluyó Fabio orgulloso de sentirse aún costarricense.

—Sí, sí claro, muy bonitas las historias, pero ¿qué creen, que están de vacaciones? —gritó uno de los oficiales desde arriba de uno de los muros de seguridad.

Todos se levantaron en el acto y se dispusieron cada uno a sus deberes, algunos de ellos recibían visitas supervisadas y a veces lograban pasar libros y naipes, todos se entretenían mientras podían, había días muy tranquilos, pero eran temporadas pequeñas.

—Fue inesperada, pero sé que fue mi última pesadilla.

—¿Cómo sabés eso, chele?

—Dejáme contarte —Los dos reclusos se acomodaron en la banca de madera de la capilla—. Nuevamente estaba en una montaña muy grande, verde y fresca, cerraba los ojos y respiraba profundo, sentía libertad y mucha paz, nuevamente abrí los ojos ya estaba metido en un hueco sucio húmedo y profundo, ya lo conocía, era el mismo de los otros sueños, esta vez no sentí tanto pánico, era imposible salir, deseaba volar y salir de ahí, siempre deseaba volar. Podía ver las rocas grandes y más arriba los pinos, esta vez sentí su olor como un olor a navidad, a hogar, aroma a pino fresco, lo amé, estaba más plácido y apareció algo nuevo en mi sueño era un ángel blanco, el mismo ángel que me sacó volando de ahí, cuando bajó hasta donde yo me encontraba la luz me cegó por un instante y el ángel ahora era como un león con alas, así me sacó volando de ahí.

—Estás muy mal vos, ¿sí lo sabés, chele?

—Sí lo sé, ¿quién está bien aquí, Tuerto?

—Pues sí, tenés razón, ni los guardias aquí están bien, continúa.

—Al salir de ahí, el ángel me dejó en mi pueblo, caminé por el parque con la iglesia al frente, vi gente conocida, pasé al frente de la licorera de mi hermano y me dirigí a casa de mi hermana Cecilia, no sé cómo, pero sabía dónde vivía ahora, en Cañas. Ella estuvo tan feliz de verme y yo de verla a ella, aunque tuve la certeza de que mis papás ya habían muerto, lo vi en su mirada y también lloré tanto como ella, supe que primero se fue mi padre y meses después mi madre, murieron esperándome y eso me entristeció el alma, así como ese bello sueño del que no quería despertar.

Las lágrimas comenzaron a fluir y el Tuerto estaba ahora más que interesado, identificado con el dolor de su amigo.

—Me despedí sin decir nada y corrí a casa de mi hermana Ana, vive en frente de una iglesia, observé todo, la iglesia de Barrio Unión, donde yo mismo me casé, ahí también entré, no lo vas a creer pero fue real, bueno yo si lo creí, lo viví y lo disfruté, allí estaban mis tres hijos juntos en casa de mi hermana, pude verlos y reconocerlos, fue tan triste saber que crecieron sin mí pero tan satisfactorio saber que son buenas personas y mi último hijo el que anhele tanto conocer fue varón como yo, el ángel o Dios mismo me lo mostró en ese sueño. —Fabio se puso a llorar y se sintió mareado, se levantó y apoyó sus codos en la mesilla donde tantas veces se alimentó, estaba aún muy débil por su resiente enfermedad.

—No me dejés así, chele, cuéntame, por favor.

—El ángel apareció de nuevo y supe que debía volver a mi pesadilla real, esta que vivimos, así que con la mirada le supliqué ver a mi esposa.

—Ufff, yo a mi esposa espero no verla nunca más —suspiró su amigo.

—Calláte, insensible —replicó Fabio.

—No me hagás caso, continuá.

—Gracias por escucharme.

—Dejá de agradecer y seguí.

—La vi igual a la última vez cuando me despidió, triste, sola, esperándome en la puerta de atrás de mi casa, pero a pesar de su tristeza por no verme regresar ella estaba muy bien, cuidaba a uno de mis nietos y eso me hace estar feliz hoy, después de tantos años aún amo a mi esposa.

—Sos un iluso, soñás eso porque es lo que deseás.

—Pues sí, ese ángel que me atormentó en las otras pesadillas me permitió ver a mi gente de nuevo, vi a mis hermanos, a todos, aún están vivos, a mis tres hijos, me despedí de mi esposa y de mis hermanas, cerré ese capítulo de pesadillas y ya podré morir en paz y acompañar en el cielo a mis padres, solo debo descifrar cómo salir de aquí, no moriré siendo esclavo.

# XVI
# LA REINA ESTER
# 2012

«Al tercer día, Ester se puso su ropa de reina, se fue al patio interior de la casa del rey y se detuvo frente a la sala real. El rey estaba en la sala real, sentado en su trono frente a la entrada. En cuanto el rey vio a la reina Ester en el patio, se alegró de verla y extendió hacia ella el cetro de oro que tenía en la mano. Ester se acercó y tocó la punta del cetro».

**Libro de Ester 4:11**
**La Biblia (NVI)**

\*\*\*

Doña Ceci, en ocasiones, le contaba a su nieta Johanna, casi siempre por las noches y antes de dormir, sobre aquel día de la desgracia, de la llamada que le avisaba la desaparición de su hermano. El tío Fabio aún era muy recordado y extrañado, casi a tres décadas de su desaparición. Cecilia cuidaba de su nieta entonces bebé ese día del mes de enero. Mientras Fabio despedía su libertad, la vida de su familia transcurría con normalidad. Probablemente, mientras él estaba aterrado en aquel sucio baúl escondido, ella comenzaba alguno de sus tiempos de oración, ese año se había titulado como maestra de escuela dominical de una iglesia llamada Asambleas de Dios, ella ya vivía bien, estaba sola y no le aguantaba más maltratos a su marido.

Con un trapo viejo limpiaba los muebles de su pequeña casa de zócalo, debía hacer las tortillas para el café de la tarde, esperaba a su hija mayor Yini para tomar café. Miró por la ventana y respiró profundamente. Llamó su atención el olor de una flor; reina de la noche, la cual sobresalía del límite de la ventana de madera de la sala de su casita, doña Ceci sintió un golpecito en el corazón, un sustillo, un presentimiento justo antes de recibir la noticia.

Un veintiuno de enero, día trágico que nunca olvidaría y que marcaría sus oraciones cada día desde entonces. Esa tarde hacía mucho viento y los colgantes de la casa se movían suavemente, le tocó lavar mucha ropa ajena, lavando y cosiendo se ganaba unos colones, doña Cecilia Araya era una mujer valiente y esforzada, aun sin marido sacaba adelante su casa. Ella estaba a punto de recibir la noticia de que su hermano Fabio, padre de dos niñas hermosas, después de embarcarse en el Diana D rumbo a Caldera, no aparecía, estaba siendo buscado por los Gobiernos y la familia estaba desesperada.

Sonó el viejo teléfono de su casa, era escandaloso, con el primer sonido ella sintió como su corazón se aceleraba, como cuando no se duerme esperando que suene el teléfono con una mala noticia.

La mala noticia no se hizo esperar, Cecilia solo escuchó «hermana, el Diana D no aparece» y su mundo se derrumbó, las lágrimas fluían y la impotencia se comenzaba a sentir. Poco después llego Yini con su hijo en brazos, lloraron juntas e intentaron comunicarse con su hermano en Guatemala, pero fue imposible, eso recordaba la abuela de ese trágico día.

—Varios días habían pasado. Aquella mañana, abuela Mira estuvo muy inquieta, no podía dejar de pensar en las palabras de su hijo Fabio, por eso cuando iban a ser las tres de la tarde decidió llamar a Puerto Caldera, para confirmar la llegada del Diana D. Para confirmar que todo estaba bien, mi pobre madre siempre lo esperó —contaba la abuela Ceci, su nieta la escuchaba con verdadero interés.

»Fue ahí cuando entendió mi madre Mira el porqué tenía noches sin dormir y también que sus pesadillas no terminarían nunca más, ya que la peor de ellas se hizo realidad, su hijo estaba desaparecido. Ese día no logró pegar un ojo, ni ella ni ningún Araya, a solas en la salita de su casa, en una fría mecedora pasó la noche. Debía confiar, tener fe, de esa fe que dice la Biblia que es como tener confianza plena de que todo estará bien, de que Fabio estaba vivo —Ceci recordaba con pesar la historia de esos días de incertidumbre con un nudo en la garganta y su nieta Johanna entendiendo todo, sentía mucha tristeza y curiosidad.

»Los días comenzaron a pasar, nadie sabía dónde estaba el Diana D y las pesadillas eran cada vez peores. Los Gobiernos de México, Guatemala y Costa Rica cerraron el caso solo un mes después de la desaparición del barco pues en sus investigaciones concluyeron que el Diana D había naufragado, pero eso era una mentira a vista de todos —continuaba Ceci.

»Mi madre, tu bisabuela Mira, que en paz descanse contaba que una vez soñó que estaba como en una isla, había agua, mucha agua, el sol no le dejaba ver, pero, el hombre que veía era Fabio. —Johanna amaba escuchar las anécdotas de su abuela cuando dormía con ella, abuela y nieta compartían alegrías y tristezas.

—¿Qué hizo abuela Mira en el sueño? ¿Se tiró al agua? —preguntaba imaginando todo Johanna.

—«Nada, hijo, por favor, nada, escúchame, te estamos esperando, por favor aguanta, no puedes morir ahogado, lucha por vivir, te lo ruego, estoy en la arena, pero no me puedo mover», gritaba desesperada, ella lloraba en el sueño, recordaba que tenía a Zeidy en brazos, lloró y llamó a su hijo, pero él no le escuchaba. Se estaba hundiendo cada vez más, ella no podía echarse al agua y dejar a la niña ahí sola, lo pensó e intentó, pero debía cuidarla. «Nada, hijo, nada», le repetía ella. —Las lágrimas corrían por las mejillas de doña Ceci mientras contaba el sueño de su madre.

Johanna había crecido pidiéndole a Dios por su tío y que la verdad del Diana D saliera a la luz pública, pero la realidad era que ella ni siquiera lo conoció, no lo recordaba. Le guardaba el cariño que le había inculcado su abuelita Ceci, su madre Geovannya y sus tías, quienes lo recordaban como un tío amoroso y entregado.

—En diciembre de 1984, ya todos en Guanacaste estábamos un poco más tranquilos, confiando que Fabio tarde o temprano aparecería, pero continuando con nuestras vidas, casi un año había pasado cuando escuchamos noticias de un expresidiario nicaragüense que contaba haber compartido con tripulantes del Diana D, quienes estaban presos por asuntos militares, ese había sido el rumor desde el principio, pero en Nicaragua no se podía preguntar sobre el tema —Cecilia contaba una y otra vez su historia para recordar y no permitirse olvidar, la desgracia de Fabio, su vida, debía ser recordada por más generaciones.

»Tu tío Yayo estuvo cerca de esa dichosa cárcel o campo militar cerca de Puerto Sandino y de Corinto esperando noticias, dormía cerca de Paso Caballos en un rancho viejo, los pobladores escucharon su historia pero ahí la gente le tiene mucho miedo al Gobierno, él mismo cuenta que una noche un hombre vino a buscarlo, disimuladamente se le acercó, con ropas muy oscuras y sucias, se notaba que era un militar o, por lo menos, lo había sido. —Esa era la primera vez que Johanna escuchaba de ese hombre misterioso.

—¿Me dicen que buscas rastros de un barco y su tripulación? ¿Por qué lo buscás aquí? —le preguntó el hombre a tu tío, quién no sintió la más mínima confianza en aquel tipo, la noche era fría, no se podía confiar en nadie.

—Eso dicen —contestó.

—¿Podés contarme algo? ¿Del barco, a quién específicamente buscás?

—A Fabio Araya, es mi hermano.

—Cuenta Yayo que aquel hombre se tiró al suelo, se hincó y le pidió perdón. Ese hombre le contó que en un momento de confusión y por querer quedar bien con los militares que tomaban su pueblo, él mismo había entregado a Fabio en manos de esos asesinos que ahora lo perseguían a él —continuaba su relato con tristeza la abuela Ceci.

—Creí que mi hija se escaparía con él, era prófugo, huía de un sargento jefe de comando, creí que era lo mejor para mi familia. Ellos se lo llevaron para torturarlo y matarlo, me golpearon, mataron a mi hijo, quién se opuso a que se llevaran a mi niña, hace ya meses que no la veo y a mí me persiguen, me van a matar y a su hermano no lo veremos nunca más, pero perdóneme usted, por favor —confesaba entre lágrimas el padre de una supuesta amiga de Fabio, profundamente arrepentido.

—Eso fue hace ya muchos años, pero yo aún creo que mi hermano vive.

—Mami, esa historia, cada parte de esa desaparición resulta difícil de creer —Johanna trataba de ordenar ideas, ya era 2012 y estaba cuidando a su amada abuela Cecilia en el hospital de Cañas.

—En Nicaragua muchos escritores han planteado a lo largo de los años una tesis más que denuncia de que el FSLN liderado por Ortega ha usado símbolos y consignas religiosas por convicción, miedo y manipulación. Existen denuncias concretas de sacerdotes a quienes han ofrecido dinero a cambio de ayuda política. Ortega y Murillo no son la pareja perfecta que aparentan, eso dicen, estoy segura que cada uno jala para su lado en busca de poder y no de amor —afirmaba la abuela como queriendo que a su nieta no se le olvidara ni una sola de sus palabras.

»El amor real no busca lo suyo, el amor real se proyecta solo, no necesita frases o consignas, no son necesarios los anuncios. No debemos juzgar nosotros a personas con vidas tan distintas, Ortega vivió cosas terribles y él es lo que alguien formó en él, es lo que aprendió a ser y aunque manifieste constantemente a Dios en sus campañas, su vida se aleja mucho del reflejo de un Dios misericordioso, perdonador, consolador y amoroso como el que él y su esposa Chayito predican. —La abuela se dio vuelta como buscando algo importante que había olvidado.

—¿Necesitas algo, abuela?

—Pásame la cartera con los papeles —le ordenó la abuela.

Tomándola con cuidado comenzó a buscar en ella un papel roto y amarillento, era una carta doblada y muy bien guardada, Cecilia dirigiéndose a su nieta y a su hija Ana Iris que acababa de llegar a la hora de la visita, desdoblando la carta y poniéndola en manos de su nieta les ordenó—: ¡Léanmela!

### San José 30- 09- 1974

«Chila, con el mayor gusto dedico este momento para saludarte y a la vez desearte buena salud en compañía de tus hijos y además desearte de todo corazón te encuentres bien. Cecilia, desde hace mucho tengo ganas de escribirte, pienso que tal vez ahora me sea difícil visitarte, por lo que sucedió aquella vez que tu marido dijo que yo solo iba a correrle los clientes del bar y pensando que a él no le interesa que nosotros te visitemos, pues es lógico que a tu esposo le preocupe nuestro apoyo. No dejo de pensar en la mala vida que este hombre te ha dado y en la forma que te maltrata últimamente, recuerda, somos hermanos y por eso es obvio que yo te esté ofreciendo mi mano y le haya agarrado mala voluntad a él. Porque si vos fueras hombre o, al menos, fueras yo, no le aguantarías nada a nadie, con todo lo que me has contado te has pasado de buena.

Chila, está bien sufrir uno en la vida por castigo de Dios, pero no porque a otro le dé la gana, como en el caso tuyo, las vergüenzas que te ha hecho pasar y sus infidelidades no tienen nombre. Todo eso y los testigos son suficiente para bajarlo de esa nube, recuerda que hay leyes que te amparan como mujer que eres, con tantos hijos, tenés muchas razones para dejarlo, como madre y esposa también.

No es solo que quiero regañarte, es solo un consejo. Te cuento que ahorita estoy bien gracias a Dios, que alquilo una casa, que Melvin y Lio están aquí conmigo. Danilo nuestro otro hermano se enjaranó y se metió a medias con otro señor y compraron unos camiones, probablemente que yo me vaya a trabajar con él.

También te cuento que me quiero casar, si Dios quiere y me va bien en el trabajo, nunca lo he pensado tanto como ahora, yo te avisaré para que vengas, será importarte verte en el brindis.

Besos y abrazos a tus hijos: Yinita, Yovania, Iris, Pepito, puntiolito y a ti con el cariño de siempre,

**Fabio A. V**».

Johanna pasó la carta a su tía Ana Iris, quien la terminó de leer con lágrimas en la cara, las tres lloraron unidas por el dolor que aún embargaba a la abuela, ella continuaba creyendo que su hermano vivía en Nicaragua. No quería morir sin saber de él. La abuela Cecilia siempre declaraba:

—Mi hermano no morirá siendo un esclavo.

Poco tiempo después, Chila salió del hospital, fue cuidada y chineada por sus hijos, quienes se alegraban de tan agradable recuperación y de tenerla de nuevo en casa. Ella en sus momentos de dolor en el hospital había rogado al ser supremo, a su adorado Dios, la muerte. Minutos antes de su última operación levantó su voz al cielo diciendo:

—Señor, llévame a tu gloria, ya quiero estar contigo, estoy cansada de este mundo y de estar enferma, quiero descansar.

—Chila siempre fue el soporte de la familia e incluso de amigos, ella no quería depender de nadie, odiaba que la tuvieran que bañar o darle de comer, hacía escasos meses ella tenía la vitalidad necesaria para cuidar días enteros a sus bisnietos, en ese mismo mes de enero sus fuerzas habían decaído.

—¿Ana Iris?

—Sí, mamá.

—Venga para contarle algo.

—Venga aquí a la cocina, mamita, y tomamos café, cuénteme.

—Vieras que me soñé con la reina Ester.

—¿Cuál Ester, mamá? ¿La de la Biblia?

—Sí.

—¿Y qué soñaste, mamita?

—La vi en el cielo, Dios me la mostró, su vestido era blanco, un blanco distinto, casi me encandilaba y su corona era de oro. Yo le pregunté a Dios: «Señor, ¿quién es esa mujer tan hermosa?».

—Es la reina Ester —me respondió—, aquí también tengo tu corona.

—Le pregunté: «Señor, «¿y de verdad aquí en el cielo las calles son de oro y los mares de cristal, como lo dice la Biblia?».

—Sí, hija, aquí te estamos esperando —me volvió a hablar el mismísimo Dios.

—Mamita, qué sueño más hermoso, Dios te ama, mamá, y allá estarás un día como la reina Ester y con una hermosa corona. —Los ojos de Ceci brillaron cuando escuchó las palabras de su hija.

Ester aparece en la Biblia como una mujer que se caracterizó por su belleza, fe, valentía, preocupación por su pueblo, prudencia, autodominio, sumisión, sabiduría y determinación. Ella era leal y obediente a su primo Mardoqueo, y se aprestó a cumplir su deber de representar al pueblo judío y alcanzar la salvación. En la tradición judía se la ve como un instrumento de la voluntad de Dios para evitar la destrucción del pueblo judío, para proteger y garantizar la paz durante el exilio. Las características de esta reina describían realmente a la abuelita Cecilia, siempre preocupada por todos, prudente y valiente, desde que dejó a su marido se dedicó a sus hijos sin darse la oportunidad de volver a casarse. Buscó siempre la salvación de su familia a la cual invitaba incansablemente a su iglesia, les aconsejaba y alejaba de los malos caminos.

Un doce de enero, casi treinta años después de la desaparición del Diana D, después de superar los abusos de un mal hombre, de sacar adelante a sus hijos y nietos, de cumplir su misión en esta tierra, después de muchos tratamientos médicos, a punto de cumplir  sus sesenta y ocho años y habiendo superado muchos días de dolores interminables, contra los pronósticos de los médicos que después de la última operación aseguraban que doña Ceci mejoraría y estando en la casa de su amada hija Ana Iris, muy cerca del volcán Miravalles que tanto le recordaba su pueblo Arenal y que amaba ver sentada en el corredor mientras hablaba con sus hijos por teléfono. En una de las habitaciones, Ceci se sintió completa, comprendió lo que vivía y con un grito llamó a su hija, que viendo a su madre extraña y temiendo lo peor ya había llamado a la ambulancia y corrió a atenderla.

—¿Qué pasó, mamita? —las lágrimas brotaban una vez más—, mamita, aguante mamita. —Doña Ceci estaba ya acostada boca arriba, abrió los ojos e hizo una leve mueca, un esbozo de sonrisa viendo hacia el techo, ahí en esa cálida habitación, en espera de la ambulancia, muere la abuela que unía con hilos de oro finos y apacibles a su familia, el amor hecho mujer.

El dolor fue desgarrador, por primera vez en mucho tiempo se reunieron los hermanos. Todos excepto Fabio, quien tampoco estuvo en el funeral de su hermana mayor. El desconsuelo embargó nuevamente a la familia, en el funeral estuvieron todos los sobrinos, nietos y bisnietos, logró reunirlos a todos en una sola despedida. Doña Ceci murió esperando a su hermano desaparecido, nunca lo olvidó, siempre lo esperó.

# XVII
# LAS FOSAS
# 2003

**Aparece una fosa de la era sandinista en Nicaragua**
«La Sociedad Interamericana de Derechos Humanos (SIDH) aseguró el lunes haber descubierto una cárcel subterránea en la que 37 presos contrarrevolucionarios habrían sido asesinados y enterrados durante los años de Gobierno sandinista (1979—1990) en Nicaragua. Los sandinistas aseguran que se trata de parte de una campaña sucia ante las elecciones de noviembre. El cardenal Miguel Obando pidió una investigación».
**Artículo publicado el 15 de agosto del 2001**
**Diario *El País*, Nicaragua**

*** 

Un preso contrarrevolucionario, eso era Fabio desde hacía ya muchos años. Normalmente, un traidor considerado enemigo era inmediatamente mandado a matar, pero la condena de Fabio se había pasado de cárcel en cárcel y de tortura en tortura, realmente no había sido castigado aún con la muerte, lo tomaron como esclavo para negocios turbios, nunca beneficiosos para el tico.

Los tiempos eran otros y las brutalidades habían disminuido, los medios de comunicación hacían más difícil la tarea de los que obraban fuera de los reglamentos, leyes y estatutos.

La noticia de algunas fosas de tortura encontradas y la visita de organismos internacionales que observaban el proceder penitenciario en Nicaragua ocasionaba ilusiones en algunos que aún soñaban con ser rescatados. Fabio aún recordaba hacía ya bastantes años cuando en Gobierno de don Daniel Ortega, hallaron otras tumbas comunes clandestinas y en el país se había exacerbado el debate político y delatado, una vez más, la verdadera naturaleza del pasado régimen sandinista que Ortega negaba desde la presidencia. Fabio ya no era tan positivo como sus compañeros que esperaban aún que alguien se interesara desde fuera por la justicia en las cárceles.

Fabio recordó su paso por tumbas y fosas iniciando los años noventa, él ya estaba más que interesado en temas de política, sus compañeros se reunían en el patio y capilla o desde sus celdas a escucharlo, él se sentía útil pero no todos lo veían como charla inofensiva. El tico estaba siendo fuertemente vigilado, se estaba convirtiendo en un peligro por su capacidad de análisis.

Para cualquier persona o comunicador era atrevido atribuir estas matanzas al anterior Gobierno de Daniel Ortega, en ese momento candidato a la presidencia de la República, pues ningún tribunal o grupo de expertos pudo confirmar su responsabilidad, tampoco lo haría un fantasma, un náufrago o un desaparecido.

—¿Vos estuviste ahí? —preguntó fascinado el Tuerto, que ya era fiel seguidor de Fabio.

—Sí —contestó el tico.

—¿Y nunca viste a Ortega?

—No —respondió pensativo Fabio.

—Por eso soy tu amigo, tico, vos sí que has vivido. —El Tuerto se emocionaba.

Uno de los reos comenzó a leer la noticia:

—Las fosas descubiertas recientemente son muchas: los cementerios de Morokón, de Bluefields y de San Juan de Limay. Otras doce fueron encontradas anteriormente en Murra con catorce esqueletos.

La cara de todos cambió con el exclusivo pensamiento de aquel arqueológico descubrimiento, gente como ellos que ahora eran solo un puño de huesos.

—No, hermano, esto es muy luctuoso, imagínese usted —reclamó el Tuerto—. Sus familias esperándolos aún, sin saber nada de ellos, simples esqueletos, como basura enterrados. —Todos meditaban el asunto.

El otro continuó:

—Quilalí: veinticuatro esqueletos, San Juan de Río Coco: cinco, Estelí, restos aún sin contar, Jinotega: fosa sin desenterrar, Masaya cantidad desconocida, Masatape: trece cadáveres, Wililí diez esqueletos, Bijagua cuarenta cadáveres. He aquí un inventario monstruoso, cuyos autores no deben quedar impunes ni por el temor de «revivir los odios del pasado», como se ha dicho, ni por las represalias del sandinismo ni por actual campaña electoral.

—Ya vieron... hablan de muertos y después de política —dijo Fabio.

—¿Y qué querías que dijeran? —preguntó el moreno que leía.

—Que hablaran de la deshumanización, que no vieran esqueletos sino personas asesinadas, con familiares, con sentimientos, inocentes. —Fabio se levantó y miró al cielo. —Si mi familia leyera ese periódico o si lo viera en las noticias, quizás pensarían en la posibilidad de que yo mismo fuese uno de esos esqueletos. —Fabio caminó dos pasos al frente dando la espalda a sus compañeros y luego se devolvió.

—Los enterraban vivos —dijo— a algunos.

—¿Qué sabés vos de fosas?

—La mitad de mi vida la viví en mi país y la otra mitad aquí, en este pedacito de tierra, un país pequeño en territorio, pero enorme en pensamientos y corrientes, un país que acoge un pueblo reprimido y sumiso. —Fabio pensó en su misma sumisión.

»Leer y analizar este acontecimiento sin pensar en los inicios ideológicos del régimen sandinista, que sometió a la sociedad y al propio Estado a un control implacable, sería vacío. Con estos acontecimientos ofende el sentido común conjeturar que esos asesinatos como los tantos presenciados por nosotros mismos y esas fosas comunes pudiesen haber escapado a la decisión del régimen sandinista, máxime que fueron consumadas por su grupo más cercano y privilegiado: los cuerpos de seguridad —todos asintieron con la cabeza, sentados en la banquilla donde comían y miraban a su exponente.

—Parecés un político muy instruido, de la mejor universidad, tico —soltó el moreno sorprendido por tal discurso.

—No se necesita ir a la universidad para aprender, sino vivir. No se necesita el mejor instituto para dar un buen discurso, basta con  leer, informarse y hablar con la verdad —se defendió Fabio.

—Pues sí —respondió el moreno resignado.

—Somocistas y sandinistas, los dos regímenes se parecen por sus atrocidades y el enemigo de ayer del sandinismo es hoy su mejor aliado: su defensor. El Frente y La Contra, la misma vara es —se adelantó el Tuerto como buen alumno, ya más analítico.

—Pero dejá que continúe el chele, que nada que llega a su historia —se adelantó el moreno que hace un rato solo leía para ellos.

—La guerra se apropió de la vida de miles de seres humanos incluyendo la mía que ni nicaragüense era y expropió la libertad y el progreso de un pueblo con el mismo ímpetu con que se apoderó de los bienes materiales de tantos inocentes que viven en extrema pobreza aún años después, la contienda desangró la economía nacional, el pueblo debería unirse y defenderse, auxiliarnos también y hasta liberarnos —terminó Fabio con orgullo su última frase, un guardia silencioso los vigilaba y escuchaba.

—Ustedes no imaginan lo que se siente ver a sus amigos tirados en una fosa, cadáveres arrojados por camionetas hasta con cuarenta cuerpos.

—¿Cuál fosa conociste, chele? —preguntó el Tuerto.

Fabio lo ignoró y consumido en sus recuerdos les dijo:

—El olor es insoportable. —El tico tragó grueso para no llorar—. Yo mismo tuve que tirar a mis compañeros. —Fabio cayó en cuenta en la anterior pregunta de su compañero y continúo—: Cerca de Estelí, fui llevado ahí como parte de mis trabajos forzados. Ese día me levanté con el sol, bueno con el canto de los gallos que allí sonaban mucho. Jerónimo la tenía contra mí y siempre me enviaba a las peores misiones. Ya me habían hablado en Corinto de lugares cercanos como el *Repollal*, literalmente los cráneos parecían repollos allí, un campo lleno de cabezas humanas.

—¿Qué te da más tristeza recordar? —preguntó el moreno.

—Que me hicieron abrir el cuerpo de un amigo —su voz se entrecortó—, ese día fui llevado al campo, más bien a la montaña. Yo no imaginaba lo que ya tenían allá, un camión lleno de cuerpos, unos más putrefactos que otros, había unos muy recientes, yo debía echarlos al hueco, pero estaba mareado y entre los primeros cuerpos que saqué estaba el de mi compinche, mío y de Daniel, el desdichado y ahora muerto Miguel. —El tico sentía un nudo en la garganta—. Miguel nos ayudaba en los trabajos, compartía sus raciones con Daniel, era muy amable, muy sufrido y tenía una familia que le esperaba. —Fabio no pudo evitar pensar en la pobre María.

»Miguel había llegado a prisión de una forma muy parecida a la nuestra, nos contó que tuvo dinero, propiedades y familia. Para la guerra se refugió en la más nueva de sus casas, en la más maciza, estuvieron diez días completos debajo de las camas, escuchando bombardeos, sin luz, sin agua, sin comida. Los sacaron de sus propiedades, se escuchaban tanquetas bombardeando muy cerca, fue separado de su familia a la cual esperaba volver a ver con vida, él también era un ser humano —el tono de voz de Fabio bajó bruscamente—. ¿Saben qué fue lo primero que pensé cuando lo vi ahí?

Todos negaron con la cabeza intrigados.

—¿Qué le diría a María? A la cocinera —Fabio hizo una pausa, cerró los ojos e imaginó el rostro fiel amiga María, ya casi no la recordaba—, yo recién había sido capturado —continuó—, no imaginaba tantos años de cautiverio y la desamparada y ahora difunta María, ella también nos soñaba libres, a mí, a su hijo, al joven Daniel y al pobre Miguel. De esos solo vivo yo y libre ninguno.

—¿Y los cuerpos? ¿Qué hicieron con ellos? —preguntó el moreno interesado en la otra parte del relato, del cual no dudaba una palabra.

—Tuve que amontonar muchos cuerpos, comenzamos a cortarlos en pedazos, luego, cuando ya estábamos ensangrentados y malolientes, nos dieron orden de abrir a los que quedaban, sacarles las vísceras y revolverlos como para que se hicieran una sola masa. Como quien mezcla cemento en una construcción, luego, con sus mismas ropas empapadas en gasolina, encendían el fuego que los calcinaría, estoy seguro de que algunos de ellos, incluido mi amigo Miguel, fueron llevados ahí desde hacía dos días y obligados a cavar su propia fosa.

—Fabio, has vivido momentos traumáticos.

—Sí, no podría decirles cuál es el episodio más dramático de mi vida.

—Y pensar, amigos, que toda esta guerra, como muchas otras, se da en nombre de la paz y de la libertad —el Tuerto estaba profundamente identificado con el tico.

—Esto es una cadena sin fin de luchas entre sandinistas y liberales, yo no voy con ninguno, yo siento lo que la gente real e inocente siente. Estoy con el pueblo y he llorado lágrimas de sangre extranjera por lo que vive desde hace tantos años este hermoso pueblo —una breve pausa dejaba pestañear a los atentos cautivos, más que cautivos, cautivados—. Una cosa trajo a la otra, la dictadura corrupta y sanguinaria de la dinastía Somoza que acarreó la rebelión del pueblo, llevó a la búsqueda de un líder revolucionario y acabaron con aquella injusta dictadura, pero entregaron el poder a una dinastía más sangrienta y enviciada que la anterior, porque el poder y el dinero corrompen al más justo de los revolucionarios, se llevaron entre las patas la economía del país y nuestras vidas con la cola del huracán —Fabio levantaba la voz sin importarle quién lo escuchaba.

—Aquí en este patio se conoce a los compañeros —dijo el más joven del pequeño grupo que se acababa de unir a la conversación—. Y se habla de política también.

—En efecto, pero qué miedo hablar de esto —dijo el moreno.

—Los sandinistas tenían buenas intenciones al inicio, pero mala dirección —intervino el Tuerto.

—El mundo se emocionó con los sandinistas por su campaña de alfabetización de origen cubano —agregó Fabio sonriéndole al Tuerto, juntos habían leído y comentado sobre esto, hacía mucho que se instruían.

—Como el paredón de fusilamiento —siguió el Tuerto.

—Sí, mi amigo —continuó Fabio—. Y ninguna fue real.

—El paredón de fusilamiento sí existió —replicó el moreno, demostrando también manejar el tema.

—Sí, claro, en este país dicen los libros, que se fusiló desde que se inició el movimiento armado en junio de 1979. Los llamados «muchachos» traían listas de militares, informadores o simplemente políticos somocistas que fueron pasados por las armas sin existir forma ni figura de juicio, como nosotros, como Miguel, como Daniel y los demás tripulantes de mi barco —respondió el tico.

—¿Y la alfabetización? También se dio —intervino nuevamente el moreno.

—Con la campaña de alfabetización se persuadió a la juventud para que sirvieran de multiplicadores del socialismo ante la clase campesina, eso fue todo. Es muy conocida la frase del ex rector y primer ministro de Educación de la Revolución cuando al despedir a los «batallones de alfabetización» les dijo: «Esta es una campaña política con ribetes educacionales» —quiso concluir Fabio, quien vio acercarse a tres guardias de manera sigilosa y tuvo un mal presentimiento.

# XVIII
# LIBERTAD
# 2004

*Ó*scar Arias Sánchez — Nobel Lecture
**Conferencia Nobel el día 11 de diciembre de 1987**
«La paz consiste, en gran parte, en el hecho de desearla con toda el alma. Estas palabras de Erasmo las viven los habitantes de mi pequeña Costa Rica. El mío es un pueblo sin armas donde nuestros niños nunca vieron un avión de combate, ni un tanque, ni un barco de guerra. Uno de mis invitados a recibir este premio, aquí con nosotros, es José Figueres Ferrer, el hombre visionario que en 1948 abolió el ejército de mi patria y le señaló, así, un curso diferente a nuestra historia.

**Soy uno de América Latina**

No recibo este premio como *Ó*scar Arias. Tampoco lo recibo como presidente de mi país. No tengo la arrogancia de pretender que represento a alguien o a alguno, pero no le temo a la humildad que me identifica con todos y con sus grandes causas.

Lo recibo como uno de los 400 millones de latinoamericanos que buscan en el retorno a la libertad, en la práctica de la democracia, el camino para superar tanta miseria y tanta injusticia. Soy uno de esa América Latina de rostro marcado por profundas huellas de dolor, que recuerdan el destierro, la tortura, la prisión y la muerte de muchos de sus hombres y de sus mujeres. Soy uno de esa América Latina cuya geografía aún exhibe regímenes totalitarios que avergüenzan a la humanidad entera.

## Las cicatrices de América

Las cicatrices que marcan a América son profundas. América busca, en estos años, retornar a la libertad y cuando se asoma a la democracia, ve primero la horrible estela de tortura, destierro y muerte que dejó tras sí el dictador. Los problemas que debe superar América son enormes. La herencia de un pasado de injusticias se agravó con la nefasta acción del tirano para producir el endeudamiento externo, la insensibilidad social, la destrucción de las economías, la corrupción y muchos otros males en nuestras sociedades. Estos males están a la vista, desnudos para quien quiera verlos.

No es extraño que, ante la magnitud del reto, muchos sean presa del desaliento; que abunden los profetas del Apocalipsis, esos que anuncian los fracasos de las luchas contra la pobreza, los que pregonan la pronta caída de las democracias, los que pronostican la inutilidad de los esfuerzos en favor de la paz.

La libertad hace milagros. Cuando los hombres son libres todo es posible. Los retos a que se enfrenta América puede superarlos una América libre, una América democrática. Cuando asumí la Presidencia de Costa Rica convoqué a una alianza para la libertad y la democracia en las Américas. Dije entonces, y lo repito ahora, que ni política ni económicamente, debemos ser aliados de Gobiernos que oprimen a sus pueblos. América Latina no ha conocido una sola guerra entre dos democracias. Esta razón es suficiente para que todo hombre de buena fe, para que toda nación bien intencionada, apoye los esfuerzos para acabar con las tiranías».

**Extracto de discurso/Premio Nobel de la Paz**
*Ó*scar Arias Sánchez. Expresidente de Costa Rica
**Fuente: Les Prix Nobel. The Nobel Prizes 1987, Editor
Wilhelm Odelberg, [Nobel Foundation], Stockholm, 1988**

\*\*\*

Fabio pasaba días muy tranquilos en El Chipote, ya había olvidado sus pesadillas, casi no recordaba a sus muertos y tenía muchos compadres ahí adentro. Él no sospechaba que tan rápido su suerte cambiaria, ni siquiera con el interés de los guardias en sus ideas de libertad y de esclavitud, de soberanía, democracia y poder, mucho menos con el último interrogatorio al que había sido sometido.

Ya era julio del 2004 y en su pabellón se pasó lista, la lista de los presos que serían nuevamente trasladados de prisión. Fabio ya no sintió miedo, solamente curiosidad, se alineó en la fila tradicional y esperó su destino.

—¡Vos, chele, caminá! —le ordenó el oficial, vos vas en aquel camión, el verde, vas a La Granja, el miedo volvió.

Fabio recordó las palabras del Tuerto: «Lo peor que te puede pasar se llama La Granja, ese centro penal de readaptación social es un verdadero matadero, ahí llevan a los peores, pero vos ya sabés de eso».

Fabio fue introducido a empujones en el cajón del camión, ya estaban allí muchos presos más, a todos los amarraron, algunos se habían vomitado y orinado encima de los demás, la desgracia se veía venir.

Al llegar al fondo del vagón, sobre el que se abrían nubes sombrías y muy apesadumbradas, Fabio se detuvo y supo que esta vez el final sí se acercaba, él ya estaba viejo y desgastado. Se arrodilló en el diminuto espacio que ocupaba y rezó con entusiasmo.

—Ahora sí trabajarán como reos que son —reía uno de los custodios mientras empujaba más gente en el camión.

—Los llevaremos a la montaña —culminó el jefe de comando.

Por espacio de aproximadamente ocho fastidiosas horas el vehículo pasó la ciudad sin apenas cruzarse con tráfico. Fabio permaneció inmóvil y medio arrodillado en el suelo, fue silencioso y trató de no escuchar a nadie, de no mirar a sus captores, de no oler el miedo y mucho menos pensar en la palabra libertad. El aire ahí era fúnebre, estaban muertos o a punto de morir.

Finalizaban su extenso camino y llegaban a un lugar rocoso, lejos de la civilización. El camión ya no pasaba por el hechizo camino en la entrada a la montaña, así que los bajaron, los pusieron en fila y los amarraron uno con otro. Algunos iban casi desnudos y sin zapatos, se veían torturados. Comenzaron a caminar por un viejo trillo y Fabio pudo observar marcas de quemaduras de cigarro en la espalda de su compañero de adelante, definitivamente no irían a La Granja.

—Al que intente escapar, dos disparos. —El sargento dio tres pasos al frente—. Al que no avance al ritmo, tres disparos —continuó—. Al que se atreva a hablar, un tiro en la pierna y lo tiro por el barranco. —El olor a muerte fue aspirado profundamente por la nariz de aquel hombre a quien restregaban un arma de fuego en sus labios, abriendo su boca con la fuerza de aquel fusil. Todos miraban aterrados, con la expectativa de lo que pasaría. El afortunado hombre rogaba sonara el disparo de una vez y morir pronto y sin dolor, esa fue su suerte, un solo tiro en la boca antes de arrojarlo a patadas por el barranco.

Los hombres que los dirigían reían mientras veían aquel cuerpo rodar, eran alrededor de diez desalmados y los conducían a un campamento oculto al sur, cerca del río San Juan.

La vegetación cada vez era más densa, los que iban descalzos ya comenzaban a sangrar, solo se detuvieron a esconder el cadáver de uno de los prisioneros que no aguantó el camino y recibió dos disparos en la cabeza. Lograron llegar después de muchas horas de caminar sin cesar, sofocados por el calor y los matorrales que se les venían encima.

En ese momento de su vida, a Fabio no le importaba morir, en silencio soportó todo el camino.

Ya en el campamento, los acostaron a dormir solo con un poco de agua como cena. Así durmió, acostado en la tierra. Muy temprano, los dividieron, a él le tocó en una especie de cueva de piedra, ahí había piedras tan grandes como las de sus antiguos sueños. En la mañana les dieron agua con alguna amarga pastilla blanca y después de un rato su visión se aclaró, sintió el peso alrededor de su cuello y sus brazos, y supo que estaba vivo, se preguntó ahora el origen e ideales de estos, sus nuevos captores.

Observó la estrecha celda de piedra en la que yacía, tratando de ver rostros en la oscuridad. ¿Estaba allí alguno de sus compañeros presos, de sus amigos y ahora seguidores? Un rostro amigo resultaría muy reconfortante. Pero solo vio hombres ancianos que no conocía, y sus ojos le reflejaban de vuelta su mismo miedo. Pensó en don Leónidas, su padre, ¿qué tal habría sido su vida?

Esa esperanza del recuerdo de su padre le proporcionó coraje. Comenzó a levantarse, empujando su cuerpo hacia arriba contra los muros de piedra. Casi al instante, otro prisionero se estrelló contra él, aferrándolo con sus manos toscas y llenas de hongos. Miró hacia su rostro, con la esperanza de ver algo familiar, pero allí ni siquiera había ya un poco de sentido humano. Eran locos de verdad, esquizofrénicos, endemoniados, sus ojos iban de un lado a otro, como un vaivén, y la piel estaba arrugada y vieja como las ultimas hojas del diario del capitán. Ese compañero de su nuevo encierro tenía llagas en todo su cuerpo, estaba enfermo, agonizaba en vida.

Fabio esperó que este sí fuera una nueva pesadilla horrible, incluso esperó ver a algún ángel blanco que le indicará el camino de escape, pero era real, una pesadilla a vivir en su marchita existencia.

Apartó a un lado al horrible y tenebroso prisionero, y se levantó de nuevo. Pudo ver una luz más allá, y entonces, de repente, la luz desapareció, como una estrella fugaz de las que vio en el barco cuando estuvo en alta mar. En lo alto de la oscuridad que la reemplazó, la luz silueteó dos militares en lo alto, como en un balcón con entrada secreta, estaba siendo vigilado y apuntado con un arma. El hedor hizo que los ojos le picaran, y se tiró al suelo.

Estuvo un rato recomponiéndose aún de los efectos de la pastilla subministrada, no percató movimientos extremos hasta que alguien jaló sus cadenas y lo sacó de la cueva.

—Vas a remplazar a alguien en las trincheras, las de vigilancia, harás lo que te digamos —escuchó mientras era arrastrado.

El mundo giró a su alrededor. Sintió cómo las espinas de un rocoso camino golpeaban contra su espalda mientras lo arrastraban. Por encima de él se alzaba un enorme acantilado y, más allá, unos árboles parecidos al pino, así los percibió él. Dejaron de arrastrarlo y se dio contra los demás prisioneros que habían sido arrastrados igual que él. Vio de nuevo al anciano loco, tratando aún de formar palabras, bramando hacia él con urgentes sonidos, con su gastada garganta. Tal vez una advertencia, ¿qué torturas y enfermedades habría pasado ese infortunado personaje? ¿Qué necesitaría saber él que ese anciano pudiera advertirle?

El Chipote había quedado atrás, sus amigos también, sus ideales de liberación real y sus esperanzas de encontrar ayuda desaparecían. Ya no le importaba nada, sin embargo, el aire libre, ver la luna, las estrellas y el sol eran para él su último regalo de Dios.

No entendía mucho, pero poco a poco se dio cuenta de que se encontraba en algún tipo de galera de esclavos, quizás fue negociado y vendido como muchos otros. Ante él se encontraba una extraña manivela chapada en hierro, y el suelo se movió cuando lo pisó.

«No era una galera —pensó—, sino una rueda de molino para moler grano». Tenían la intención de utilizarlo como esclavo de trabajo. Bueno, eso podía aguantarlo, ya no estaba para otros trabajos de más demanda, su cuerpo no daba para mucho, podría ser este el inicio del final. De niño había trabajado en la montaña, en fincas. Podía ser un trabajo brutal, pero durante la noche podría planear su huida. Era fuerte. Encontraría a otros como él. Escaparía. Sobreviviría, comenzó a soñar.

Inició observando detalles y memorizando rutinas, los turnos de los vigilantes y las horas de comida, así como los días en que se enfiestaban y emborrachaban en horas de trabajo.

Pasaron varios días de quehaceres, poca comida y muchos maltratos, días enteros atado por cadenas pesadas y otros un poco más libres sin cuerdas o cadenas, a veces los llevaban al rio a traer agua o gente de paso con los llamados «coyotes» que transportaban inmigrantes ilegales, muchas de esas veces deseó tener el valor para tirarse al agua y escapar, pero sabía que eran buenos con las armas y su puntería no fallaría, esos desalmados también pagaban con la vida el escape de uno de sus prisioneros, por lo menos eso creía Fabio.

Era de noche ya, no sabían qué día ni de cuál mes, se escuchó un extraño rugido cuando empujaron al anciano a su lado.

Retrocedió con horror cuando una vez más, el loco lisiado agarró sus manos pasando por ellas su piel helada como la muerte. Entonces lo vio bien, no era tan feo, más bien era tierno, un desprotegido esclavo marchito y a punto de morir.

Era domingo ya, pues ese día los captores escuchaban la radio, uno de ellos estaba ya muy borracho y escogió a Fabio y al anciano loco para divertirse un rato, los sacó de su celda y los desató.

—¿Es cierto que vos sos tico?

Fabio agachó su mirada con nostalgia, ese día había luna llena.

—Levantáte y mirá, más allá del río, ahí está tu Costa Rica, patria querida. ¿Querés volver?

Fabio solamente guardó silencio.

—Vete, así borracho no disparo tan bien —le incitó entre risas—. Hace mucho que no persigo con ganas a un hijo de puta como vos.

Fabio miró a su alrededor y verdaderamente parecía que estaban solos, nadie los observaba, todos estaban borrachos y cada quién en lo suyo. El tico estaba cansado de maltratos e insultos y anhelaba su libertad, una vida entera deseando la muerte o su libertad, como decían los mismos sandinistas «patria libre o muerte», ya era hora de elegir una de las dos, pensó en su madre y en la ofensa que ese pendejo embriagado le acababa de recitar, no lo meditó mucho.

El anciano, que predijo las intenciones del nuevo, se hizo a un lado y en el preciso momento en que Fabio le escupía la cara al valiente borracho del frente, su nuevo compañero de un golpe le hizo caer el arma de fuego.

Todo pasó en unos segundos, Fabio no se despidió ni dio las gracias, alzó carrera por el camino que ya conocía hacia el río, hacia su libertad. Escuchó disparos a lo lejos y muchos gritos, pero ya nada le importaba. Mientras corría lleno de autodeterminación comenzó a rezar el salmo 10, el mismo que repetían Félix y Rómulo en el diario del capitán y que él memorizó en su encierro:

«Oración pidiendo la ayuda de Dios
Señor, ¿por qué te quedas tan lejos?,
¿por qué te escondes en tiempos de angustia?
Con altanería, el malvado
persigue rabiosamente al humilde;
pero ha de quedar atrapado
en las trampas que él mismo ha puesto.
El malvado se jacta de sus propios deseos;
el ambicioso maldice y desprecia al Señor.
Levanta insolente la nariz, y dice:
«No hay Dios. No hay quien me pida cuentas.»
Eso es todo lo que piensa.
Siempre tiene éxito en lo que hace.
Para él, tus juicios están lejos,
muy lejos de su vista.
Se burla de sus enemigos,
y piensa que nadie lo hará caer,
que jamás tendrá problemas.
Su boca está llena de maldiciones,
de mentiras y de ofensas;
sus palabras ocultan opresión y maldad.
Se pone al acecho, por las aldeas,
y a escondidas mata al inocente.
No pierde de vista al indefenso:
como si fuera un león en su cueva,
espía al pobre desde su escondite,
esperando el momento de caer sobre él,

y cuando lo atrapa, lo arrastra en su red.
Se agacha, se encoge,
y caen en sus garras los indefensos.
El malvado cree que Dios se olvida,
que se tapa la cara y que nunca ve nada.
¡Levántate, Señor, levanta tu brazo!
¡No olvides a los afligidos!
¿Por qué, Dios mío, han de burlarse los malos,
pensando que no habrás de pedirles cuentas?
Tú mismo has visto su irritante maldad;
¡la has visto, y les darás su merecido!
A ti se acogen los indefensos;
tú eres la ayuda de los huérfanos.
¡Rómpeles el brazo a los malvados!
¡Pídeles cuentas de su maldad
hasta que no quede nada pendiente!
El Señor es el Rey eterno;
¡los paganos serán echados de su país!
Señor, tú escuchas la oración de los humildes,
tú los animas y los atiendes.
Haz justicia al huérfano y al oprimido:
¡que el hombre, hecho de tierra,
no vuelva a sembrar el terror!».

Y con esta última frase Fabio Araya Vargas, tripulante desaparecido del barco Diana D se lanzó lleno de esperanza y alegría al río San Juan y por primera vez en tanto tiempo sintió LIBERTAD.

# Palabras al lector

Una de las cosas que más anhelo en este paradójico mundo es poder contarles con seguridad lo que pasó con cada uno de los tripulantes del Diana D, lo cierto es que más de treinta años después de su desaparición, nuestra familia todavía anhela respuestas con desesperación.

Les pido con mucho dolor en el corazón su ayuda para esclarecer este enigma, compartan este libro, no duden en hacerlo y contribuyan a traer paz a estas familias. Este libro es parte de la búsqueda que inundó las oraciones de mi abuela Cecilia.

Fabio Araya

Cecilia Araya

# PUERTO CORINTO, NICARAGUA

# CATEDRAL DE LEÓN

# CÁRCEL LA XXI

Puesto de vigilancia

Letreros de búsqueda, Víctimas de la tiranía

Tanqueta de la Guardia, 1979

# CARTA ORIGINAL DE FABIO A SU HERMANA CECILIA

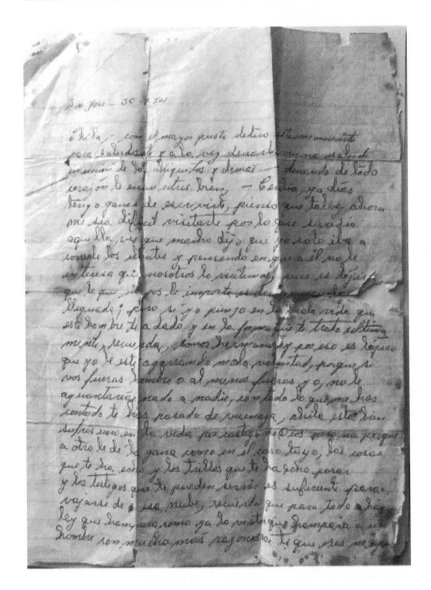

con tantos hijos como renglones para hacer cualquier
cosa. Tú puedes decir que lo dejas por los
malos ejemplos a tus hijos puede... a los pleitos
que se parecen en sus pasa... ... por su
culpa y que tantas cosas te af... ... te duele...
gravemente como madre que eres y como esposa
también...

No es esto para regañarte d' darte un consejo.
Te cuento que estoy bien gracias a dios que aquí todo
una cosa, que tengo a la familia de Vargo aquí en
San José y que Marvin también ... esto para nosotros,
...esto, comprendo, ... ... trabajo
en ... de empezar... en unos muebles y una
cocina como hombre responsable porque ya lo ibamos
a echar al bote. ——— Danilo se enzar...
y se metió a medias con otro señor y compraron una
camioneta, se pervabe que yo me vuelva a trabajar con
él ——— Lavor dios te cuenta que me pongo a creer
si dios quiere y me va bien en el de trabajar,
nunca lo he pensado tanto como ahora, yo te
abjaré para que vengas, sería un placer tenerte...
en un bárbaro por lo menos.

                    Besos y abrazos a Vinito—Giovany
Y un sujeto quetielito y a ti con el cariño de
siempre...
                                   por lo menos a algo
                                   sali... te dahora
         V... P.V.          con cariño
                                   Marvin

# BIBLIOGRAFÍA
# LIBROS

Darío, Rubén. (1901). *Prosas profanas y otros poemas.* París, Editorial Viuda de C. Bouret.

Darío, Rubén. (1909). *El viaje a Nicaragua e Intermezzo tropical.* Madrid, Biblioteca Ateneo.

García Gabriel. (1996). *Noticia de un secuestro.* Colombia, Editorial Mondadori, Diana.

Jarquín, Francisco José. (2017). *León, insurrección setiembre 1978.* Nicaragua, Editorial Universitaria, UNAN, León.

Ramírez, Sergio. (2012). *Un baile de máscaras.* Costa Rica, URUK Editores.

Saavedra, Miguel de Cervantes. (1615). *Don Quijote de la Mancha.* Segunda parte, capítulo LVIII, Edición del Instituto Cervantes. Dirigida por Francisco Rico.

Sánchez, José León. (1963). *La isla de los hombres solos.* Costa rica, Editorial Penguin Random House Grupo Editorial.

## ARTICULOS
Arguedas C. (11 de marzo de 2013). *Parientes de ticos desaparecidos hace 29 años acuden a la CIDH.* Periódico La Nación, Costa Rica. En: « https://www.nacion.com/su-

cesos/parientes-de-ticos-desaparecidos-hace-29-anos-acuden-a-la%20cidh/UA5ROZT44VGEBKA2R5MKWMTVNA/story/ »

Chávez G. ( 01 de mayo de 2018). *Edén Pastora: "Nosotros los Sandinista que vivimos la guerra, queremos La Paz".* vostv.com.ni, Nicaragua. En: « https://www.vostv.com.ni/politica/7088-eden-pastora-nosotros-los-sandinista-que-vivimos-1/ »

Córdoba M. (24 de abril de 2014). *Aquella primera visita del papa.* Elnuevodiario.com, Nicaragua. En: « https://www.elnuevodiario.com.ni/nacionales/317975-aquella-primera-visita-papa/ »

Crítica en Línea- EPASA, Editora Panamá América, S.A.. Tomado de: http://portal.critica.com.pa. En: « https://portal.critica.com.pa/archivo/020899/lat1.html »

Diario El País. (14 de agosto del 2001). *Aparece una fosa de la era sandinista en Nicaragua.* En: « https://elpais.com/diario/2001/08/15/internacional/997826415_850215.html »

Diario La Prensa. ( 01 de diciembre de 2017). *La noche del maremoto.* Nicaragua. En: «www.laprensa.com.ni/2017/09/01/nacionales/2288739-maremoto-nicaragua-1992»

Jiménez Y. (20 de junio de 2019). *Revista Dominical/ Drama*, Periódico La Nación, Costa Rica.

La Red 21. (31 de diciembre de 2002). *2002: los hechos más trascendentes en América Latina.* «https://www.lr21.com.uy/mundo/102542-2002-los-hechos-mas-trascendentes-en-america-latina »

Pantoja A. (26 de agosto de 2001). *Reabren pesquisas sobre "El Diana D". Webmaster La Prensa.* Nicaragua. En: « https://www.laprensa.com.ni/2001/08/26/nacionales/773932-reabren-pesquisas-sobre-el-diana-d »

The Nobel Foundation 1987, Les Prix Nobel. Editor Wilhelm Odelberg, Stockholm, 1988. En: « https://www.nobel-prize.org/prizes/peace/1987/arias/26125-oscar-arias-sanchez-nobel-lecture-1987/ »

Universidad de las Ciencias Informáticas (UCI). (2016) *Nicaragua.* FidelCastro.cu. La Habana, Cuba. En: «http://www.fidelcastro.cu/es/internacionalismo/nicaragua»

**HEMEROTECA**

Hemeroteca de ABC: ABC 27, Madrid, España. (5 de mayo, 2019) « http://hemeroteca.abc.es »

**REGLAMENTOS Y LEYES**

Normas jurídica de Nicaragua, *REGLAMENTO DE REGISTRO DE LOS MEDIOS DE COMUNICACIÓN.*, aprobado el 29 de mayo de 1986, Publicado en La Gaceta, Diario Oficial N°. 110 del 30 de mayo 1986.

# ÍNDICE

I EL RAPTO 1984 ................................................. 15

II EL JUICIO 1984 ................................................ 27

III LA REVOLUCIÓN  1979 ................................ 39

IV LA PENCA 1984 – 1985 ................................ 51

V ANTES DE PARTIR 1983— 1984 ................ 73

VI EL REGRESO 1992 ...................................... 85

VII A CORINTO 1992 ........................................ 95

VIII LOS GOBIERNOS 2001 .......................... 109

IX EL DIARIO DEL CAPITAN 1992 .............. 125

X EN ALTA MAR 1992 .................................... 141

XI LAS MAZMORRAS 1992 – 1993 .............. 159

XII LAS TRES FLORES Y EL
GUARDABARRANCO 2001 ........................... 177

XIII LAS MONTAÑAS 2001 ........................... 195

XIV LA CELDA DEL PASTOR 2002 .............. 209

XV LAS PESADILLAS 2002 ........................... 223

XVI LA REINA ESTER 2012 .......................... 233

XVII LAS FOSAS 2003 ................................... 243

XVIII LIBERTAD 2004 ................................... 251

BIBLIOGRAFÍA LIBROS .............................. 269

Made in the USA
Middletown, DE
26 January 2022

59789984R00165